W0353349

**Frauke Scheunemann**, geboren 1969 in Düsseldorf, ist promovierte Juristin. Seit 2002 ist sie freie Autorin und schrieb zusammen mit ihrer Schwester viele Besteller. 2010 erschien mit »Dackelblick« ihr erster Solo-Roman. Dieser und die nachfolgenden Bände standen monatelang auf der SPIEGEL-Bestsellerliste. 2013 debütierte sie im Kinderbuch und begeistert seitdem auch kleine Fans. Insgesamt hat Frauke Scheunemann weit über zwei Millionen Bücher verkauft. Sie lebt mit ihrem Mann und ihren vier Kindern in Hamburg.

Frauke Scheunemann

# HENRY SMART

## Im Auftrag des Götterchefs

Oetinger Taschenbuch

MIX
Papier aus verantwortungsvollen Quellen
FSC® C014496

1. Auflage 2019
Oetinger Taschenbuch in der Verlag Friedrich Oetinger GmbH,
Poppenbütteler Chaussee 53, 22397 Hamburg
April 2019
Alle Rechte dieser Ausgabe vorbehalten
©Originalausgabe: Verlag Friedrich Oetinger GmbH, 2017
Einband: © John Kelly 2017
Druck: GGP Media GmbH, Karl-Marx-Straße 24,
07381 Pößneck, Deutschland
ISBN 978-3-8415-0595-8

www.oetinger-taschenbuch.de

»Wer … *den Ring* … besitzt, den sehre die Sorge,
und wer ihn nicht hat, den nage der Neid.»

*Richard Wagner, Komponist,*
*irgendwann vor ca. 170 Jahren*

»Ich will keinen Ring, ich will ans Meer!
Warum sind wir nicht einfach wie eine ganz
normale Familie in die Ferien gefahren?«

*Henry Smart, Schüler,*
*neulich zu Beginn der Sommerferien*

# 1. Kapitel

## Pizza Salami, drei Verbrecher und die Einwanderungsbehörde

Ich wollte mir wirklich nur eine Pizza bestellen – echt, ich schwöre! Pizza Salami mit Champignons, extradünn und ohne Rand, mit einer doppelten Portion Mozzarella. Ganz normal also, bis auf die Sache mit dem Rand vielleicht. Warum ich also jetzt gerade von einem Zweimeterriesen in den Schwitzkasten genommen werde, nachdem er und seine zwei Buddies die Tür zu unserer Pension eingetreten haben, ist mir ein komplettes Rätsel. Vielleicht denke ich aber auch gerade nicht so klar, weil ich leider *kopfüber* in diesem Schwitzkasten hänge.

Ich merke, wie mir langsam schlecht wird. Könnte auch an dem Geruch des Riesen liegen, denn der ist richtig übel! Ob der Gestank von seinen dunklen, zotteligen Haaren kommt oder von der groben, zerschlissenen Kleidung, weiß ich nicht genau – aber ich weiß, dass ich es in dieser Lage nicht mehr lange aushalte, ohne mich übergeben zu müssen. Seine Kollegen sehen nicht ganz so wild aus, genau genommen, sogar ziemlich normal, jedenfalls, soweit ich das, auf dem Kopf hängend, beurteilen kann. Hilfe!

Hilfe! HILFE! Ich zapple noch ein wenig, dann gebe ich auf. Es ist zwecklos. Ich stecke so fest wie einbetoniert.
Der Riese brüllt den anderen etwas zu – verstehen kann ich es leider nicht, denn er brüllt in einer Sprache, die ich noch nie zuvor gehört habe. Es scheint aber der Befehl gewesen zu sein, mein Zimmer zu durchsuchen, denn jetzt schleift mich der Riese genau dorthin, während die anderen Verbrecher sämtliche Schränke aufreißen und durchwühlen. Was suchen die bloß?
Jetzt schüttelt mich der Riese wütend durch.
»Wer ist dein Auftraggeber? Los, spuck es aus!«
»Ich weiß gar nicht, wovon Sie reden! Lassen Sie mich los!«, rufe ich verzweifelt. Er lässt mich natürlich nicht los, sondern schüttelt noch ein bisschen doller. In diesem Moment kommt Hilda in mein Zimmer gestürzt.
»Lass ihn sofort los!«, schreit sie den Riesen an. Der zuckt kurz zusammen, macht dann aber erstaunlicherweise, was Hilda ihm gesagt hat: Er lässt mich los. Man könnte auch sagen, er lässt mich einfach fallen. Rumms! Ich knalle auf meinen Kopf und bleibe leicht benommen vor den Füßen des Riesen liegen. Der beugt sich zu mir und flüstert mir etwas ins Ohr.
»Sag ihm, dass wir schneller sein werden. Wir sind immer schneller als er.«
Dann versetzt er mir mit der Faust einen Stoß in die Seite, richtet sich auf und ruft den beiden anderen Verrückten etwas zu, was ich wieder nicht verstehe. Keine zehn Sekunden später sind alle drei verschwunden.

Ich warte zur Sicherheit einen Augenblick, dann rapple ich mich auf und reibe mir den Kopf, an dem gerade eine ziemlich große Beule wächst. Hilda setzt sich neben mich und mustert mich schräg von der Seite.

»Aua, was zur Hölle war das?«, stöhne ich. »Oder besser: Wer? Kennst du die?«

Hilda zögert kurz.

»Ich? Äh, nein.«

Mein Gefühl sagt mir, dass Hilda lügt. Ich bin mir ziemlich sicher, dass sie genau weiß, wer diese drei Verrückten waren.

»Was hast du denn gemacht, bevor die hier aufgekreuzt sind?«, will sie dann von mir wissen.

»Gar nix! Ich hab mir gerade eine Pizza bestellt. Bei dem Lieferservice, dessen Flyer an Frau Skuldmöllers Pinnwand hängt. *Papas Pizza* oder wie das heißt. Als es geklingelt hat, dachte ich natürlich, es ist meine Pizza. Stattdessen sind diese Bekloppten ins Haus gestürmt und haben mich überfallen.«

Hilda legt den Kopf schief und grinst mich an. Die Sommersprossen auf ihrer Nase tanzen dabei, zusammen mit ihren rotblonden Haaren erinnert sie mich gerade irgendwie an Pippi Langstrumpf.

»Weißt du, Henry – bestell in Zukunft einfach keine Pizza mehr, okay?«

Mehr sagt sie nicht. Stattdessen steht sie auf und lässt mich allein in meinem Zimmer sitzen. Na, super. Vor einer halben Stunde habe ich noch gedacht, diese Sommerferien würden schrecklich langweilig werden, nun habe ich einen anderen Verdacht: Ich fürchte, sie werden einfach *nur* schrecklich.

Als Dad vor vier Monaten verkündet hat, er hätte den absolut unschlagbaren Megariesenplan für die Sommerferien, dachte ich, er hätte uns eine Suite in dem Hotel gebucht, das direkt in Disneyland liegt. Da wollte ich nämlich immer schon hin. Oder einen Surfkurs am Strand von Santa Barbara. Von mir aus auch zwei Wochen Miami. Aber statt zwei Wochen Florida plante Dad drei Monate Deutschland. Drei! Monate! Deutschland! Und zwar nicht in einer coolen Metropole wie Berlin oder Hamburg. Nein – mein Vater wollte allen Ernstes in ein Kaff namens Bayreuth. Und zwar die gesamte Zeit. Vorher nie von Bayreuth gehört. Musste ich auf der Landkarte erst mal suchen. Und ringsherum: Nichts. Nada. Niente. Außer Pampa. Für Erwachsene ist der Ort bestimmt super. Ganz niedlich, an jeder Ecke Kultur und die Landschaft drum herum ein Traum, aber die nächste richtig große Stadt über zweihundert Kilometer entfernt. Eine echte Vollkatastrophe also, vor allem, wenn man zwölf ist und sich überhaupt nicht für Landschaft interessiert. Oder niedliche Kleinstädte.
Ich konnte schon das hämische Lachen meiner Mitschüler hören. Alle machen etwas Cooles, nur Henry Smart mal wieder nicht. Der verbringt drei Monate auf dem Land. Aber kein Wunder, würden sie denken – Smarts sind ja

auch immer pleite. Künstler eben. Genau genommen, erfolglose Künstler. Die machen in den Ferien etwas komplett Langweiliges und suchen sich den uncoolsten Teil der Welt aus. Vor allem die blöde Melissa Edgewood würde sich bestimmt kaputtlachen. Wenn die nach Europa fährt, dann nicht nach Bayreuth, sondern sie jettet nach Paris. Oder nach Rom. Oder nach London. Oder sie verbringt ihre Ferien auf der Jacht ihrer Familie oder fliegt zum Shoppen nach New York – aber das ist dann echt nur die Notlösung. Bei mir reicht es höchstens für ein Sommercamp mit den Pfadfindern, oder ich gehe mit Dad zelten.
Ich hab Dad also vorgeschlagen, einfach zu Hause zu bleiben. Immerhin wohnen wir in San Francisco, was ja wohl definitv die schönste Stadt der Welt ist. Aber er war von seinem Plan nicht abzubringen. Wollte, dass ich endlich das Land meiner Vorfahren kennenlerne. Meine Ma war nämlich Deutsche. Eigentlich wollten wir immer mal zu dritt in ihre alte Heimat reisen, aber das hat sie leider nicht mehr geschafft.
Jetzt also Bayreuth. Auf die Idee war Dad gekommen, weil es dort im Sommer wohl immer eine Art riesiges Festival geben muss. Die *Festspiele*. Na ja. Dad arbeitet normalerweise als Maskenbildner an der Oper von San Francisco und hatte sich bei diesem Festival nun einen Job besorgt. Im Sommer ist an der Oper Spielpause, passte also perfekt. Aus Dads Sicht. Er war von seiner eigenen Idee jedenfalls völlig begeistert.
»Glaub mir, Henry, es wird dir dort gefallen. Es ist DIE

Chance, Deutschland nicht als Tourist, sondern so richtig ›in echt‹ kennenzulernen. Bayreuth soll ein ganz zauberhaftes Städtchen sein, wirklich wunderschön! Und du kannst endlich wieder Deutsch sprechen, bevor du es noch irgendwann verlernst. Das wird großartig!«
Seine Augen strahlten, und ich beschloss, nichts mehr dazu zu sagen. Wenn mein Dad sich etwas so sehr in den Kopf gesetzt hat und so begeistert ist, ist er sowieso nicht zu stoppen. Dann eben ein langweiliger Sommer in Deutschland. Dachte ich jedenfalls. Wie gesagt: bis vor einer halben Stunde.

Hilda kommt wieder in mein Zimmer. Sie wohnt in derselben Pension wie Dad und ich. Allerdings nicht als Gast, sondern dauerhaft, denn die Pension gehört ihren Tanten, und Hilda lebt bei ihnen. Frau Skuldmöller, Frau Urdmann und Frau Verdan-Dimitrowski sind drei ältere Damen, die zwar ein wenig seltsam, aber ansonsten wirklich nett sind. Gemeinsam bewirten sie die Gäste der *Esche*, so heißt die Pension. Was mit Hildas Eltern ist, weiß ich nicht. Sie ist zwar ungefähr so alt wie ich, aber das war es dann auch schon mit den Gemeinsamkeiten. Während ich nämlich ein ganz netter Kerl bin, ist sie mit Sicherheit das unfreundlichste Mädchen der Welt. Noch knapp vor Melissa Edgewood.
Hilda redet nur selten mit mir, und wenn, dann tut sie so, als könnte sie mich kaum verstehen. Dabei ist mein Deutsch wirklich ganz gut, und mein amerikanischer

Akzent hält sich echt in Grenzen. Ab und zu macht sie sich einen Spaß daraus, so schnell Deutsch mit mir zu sprechen, dass ich wirklich manchmal nachfragen muss, was sie gesagt hat. Außerdem hat sie mir schon an Tag 1 klargemacht, dass sie die Poster von berühmten amerikanischen Footballspielern, die ich gleich über meinen Schreibtisch gehängt hatte, total albern findet. Obwohl sie die gar nicht kennt. Echt nervig!

Jetzt allerdings hält sie mir ein Sandwich unter die Nase, anscheinend selbst gemacht.

»Hier«, sagt sie, »für dich!«

»Oh, danke!« Ich bin überrascht. »Das ist aber nett.«

»Tja, bevor du verhungerst ...«

»Na ja, irgendwann muss meine Pizza ja kommen.«

Hilda zuckt mit den Schultern.

»Ich glaube, die kannste vergessen. Die kommt nicht mehr.«

»Wieso?«

»Na, wegen der Typen eben.«

»Meinst du, die hatten etwas mit der Pizza zu tun?«

Wieder Schulterzucken.

»Aber was denn? Überfallen die prinzipiell alle, die bei *Papas Pizza* eine Pizza Salami bestellen? Da fällt mir ein – sollten wir nicht mal die Polizei anrufen?«

Hilda schüttelt den Kopf.

»Nein.« Mehr sagt sie dazu nicht.

»Aber warum denn nicht? Ich meine – hallo! Das waren Verbrecher.«

»Nee, ich ... äh ...«, sie denkt kurz nach, »ich glaube, das war die Einwanderungsbehörde. Ja, so muss es sein, ich bin mir sicher.«
»Die *Einwanderungsbehörde*??«
»Ja, die ... äh ... haben deinen Anruf bei *Papas Pizza* abgehört und sich bei deinem Akzent gedacht, dass da bestimmt gerade ein illegaler Einwanderer am Telefon ist. Und dann haben sie den Anruf zurückverfolgt und standen hier auf der Matte. Das hat der Pizzabote gesehen und ist vor Angst abgehauen. Mit deiner Pizza Salami.«
»Hä?« Mehr fällt mir dazu nicht ein. Das ist die bescheuertste Geschichte, die ich je gehört habe. Das hat sich Hilda mit Sicherheit gerade von vorn bis hinten ausgedacht. Die Frage ist nur: warum? Und warum will sie nicht, dass ich die Polizei anrufe?
»Aber die Typen von der *Einwanderungsbehörde* haben überhaupt kein Deutsch gesprochen. Diese Sprache habe ich vorher noch nie gehört. Das kann doch eigentlich gar nicht sein«, werfe ich ein.
Hilda grinst.
»Das war bestimmt Bayerisch. Oder Fränkisch. So sprechen die Leute hier in Bayreuth, wenn sie kein Hochdeutsch können. Das hast du nur nicht verstanden.«
Ja genau. Das war ganz bestimmt kein Fränkisch. Ich bin mir hundert Prozent sicher. Diesen Dialekt, diesen komischen Singsang, habe ich mittlerweile schon häufiger gehört. Aber ich sage nichts mehr dazu, denn ebenso hundert Prozent sicher bin ich mir, dass Hilda irgendetwas

weiß und mir nicht davon erzählen wird. Hilda ist einfach eine blöde Zicke – zum Zähneausbeißen!
Ich seufze und beiße stattdessen lieber in das Sandwich. Immerhin – das ist ziemlich lecker. Schinken-Käse mit Gurken, Tomaten und Mayonnaise. Während ich noch vor mich hin mümmle, dreht sich ein Schlüssel im Schloss der Haustür. Ich höre laute Schritte im Flur: Dad ist wieder zu Hause.
Hilda wirft mir einen Blick zu, dann flüstert sie mir zu: »Henry – tu mir einen Gefallen: Erzähl deinem Vater nichts von den Typen, okay?«
Ich lege den Kopf schief. »Warum nicht?«
»Bitte, tu's nicht. Es ist ganz schlecht für meine Tanten, wenn Gäste glauben, dass sie hier in der *Esche* überfallen werden, weißt du? So was spricht sich dann rum, und dann kommt keiner mehr. Ich ... ich verspreche dir, dass das nie wieder vorkommen wird.«
Ein seltsames Versprechen.
»Das kannst du doch gar nicht«, bemerke ich misstrauisch. Die Schritte meines Vaters kommen näher, gleich wird er in meinem Zimmer auftauchen. Hilda rollt genervt mit den Augen.
»Glaub mir einfach. Ich schwöre es dir.«
Den letzten Satz zischt sie so böse und giftig zwischen den Zähnen hervor, dass mir ein kalter Schauer den Rücken hinunterläuft. Irgendetwas stimmt hier nicht. Ganz und gar nicht.

# 2. Kapitel

## Man ist so alt, wie man sich fühlt, sagen jedenfalls die Erwachsenen.

»Hi, Junior! Alles gut?«, begrüßt mich mein Vater fröhlich, als er in mein Zimmer gestapft kommt.

»Hi, Dad!«

Obwohl mein Vater eigentlich ganz gut Deutsch kann, reden wir normalerweise Englisch miteinander. Aber um die *German experience*, wie er unseren Bayreuth-Trip nennt, perfekt zu machen, will er hier nur noch Deutsch mit mir sprechen. Und wenn Dad sich erst mal etwas in den Kopf gesetzt hat, ist er nur schwer davon abzubringen. Deswegen hocke ich ja jetzt auch in Bayreuth!

Soll ich Dad von dem Überfall erzählen? Oder reißt mir Hilda dann den Kopf ab? Ich werfe ihr einen kurzen Blick zu. Mittlerweile flicht sie ganz unschuldig ihre langen rotblonden Haare zu einem Zopf, summt ein Liedchen und tut so, als wäre hier gerade überhaupt gar nichts passiert. Dann klimpert sie mit ihren langen Wimpern, guckt meinen Vater mit großen blauen Augen an und flötet ihm ein zartes »Guten Abend, Herr Smart!« zu.

»Oh, hallo, Hilda! Das ist aber nett, dass du Henry Gesellschaft leistest!«
»Mach ich gern, Herr Smart! Ich freue mich doch, dass endlich mal jemand in meinem Alter bei uns wohnt.«
Okay, das ist mal definitiv so was von gelogen, dass es eigentlich sogar mein Vater merken müsste. Aber er strahlt nur über beide Ohren und nickt ihr freundlich zu. Klar, der freut sich natürlich, weil er denkt, dass die Reise nach Deutschland eine Bombenidee war und ich hier in kürzester Zeit viele deutsche Freunde finden und das Land meiner Mutter ins Herz schließen werde.
Immer, wenn ich an Mom denke, werde ich ein bisschen traurig. Nicht todtraurig oder so, dass ich gleich losheulen müsste. Nein, es gibt mir immer einen Stich – genau, es fühlt sich fast so an wie ein unerwartetes Seitenstechen, weil man irgendwo hingejoggt ist und dabei vergessen hat zu atmen. Sie ist gestorben, als ich in der zweiten Klasse war, also ist es schon eine ganze Weile her, und ich muss auch längst nicht mehr jeden Tag daran denken. Aber gerade jetzt frage ich mich, was Mom wohl sagen würde, wenn sie Dad und mich hier sehen könnte – in der Pension *Zur Esche* mit diesem seltsamen blonden Mädchen und den schrulligen Vermieterinnen. Ich bin mir nicht sicher, ob es *das* Deutschland war, das sie mir immer gern zeigen wollte.
Allerdings scheint sich hier in Bayreuth alles um diesen Typen namens Richard Wagner zu drehen, und das wiederum hätte Mom richtig gut gefallen. Wagner zu Ehren

haben sie hier ein riesiges Festspielhaus gebaut, und dort führen sie jedes Jahr die Opern auf, die er geschrieben hat. Nichts anderes, nur seine Opern – verrückt, oder? Mom hätte das nicht verrückt gefunden, sie war nämlich selbst ein großer Wagner-Fan. Wie Dad hat sie an der Oper gearbeitet – als Gewandmeisterin war sie für die Kostüme der Sängerinnen und Sänger zuständig. Dort haben Mom und Dad sich auch kennengelernt – bei Wagners *Rheingold.* Das ist eine Oper, bei der es irgendwie um Gold aus dem Rhein geht, das ein Zwerg namens Alberich klaut und dann daraus einen Ring schmieden lässt, der ihm unglaubliche Macht verleiht. Allerdings bringt der Ring ihm auch ziemlichen Ärger ein. Und nicht nur ihm, eigentlich auch allen anderen, die damit zu tun haben. Davon handeln dann auch die Fortsetzungen von *Rheingold.* Also kann man es sich ein bisschen wie *Der Herr der Ringe* vorstellen. Nur eben mit ziemlich viel Gesang. Und ohne Hobbits.

»Henry?«

Hilda bufft mich in die Seite. Äh, was? Wie? Wo?

»Ob du heute Abend mit uns essen möchtest, wollte ich wissen.«

Ich bin völlig verwirrt. Wieso sollte ich mit Hilda essen wollen? Ich meine – die Sache mit dem Sandwich war nett, aber man muss es ja auch nicht übertreiben mit der Freundlichkeit. Dad räuspert sich.

»Wo bist du nur mit deinen Gedanken, Junge? Also, ich habe heute Abend noch einen Termin, Henry. Und Hilda hat angeboten, dass du mit ihr und ihren Tanten zu Abend essen könntest. Dann wärst du nicht allein.«

»Habt ihr schon eine Aufführung?«, will ich wissen. Dad schüttelt den Kopf.

»Nein, so weit sind wir noch lange nicht. Aber die Ausstattungsleiterin hat noch ein paar ganz spezielle Wünsche an die Maske, und das wollen wir heute Abend bei einem gemeinsamen Bier besprechen. Also, was meinst du, Junior? Willst du den Abend nicht lieber in Damengesellschaft als allein vor dem Fernseher verbringen?«

»Och, finde ich gar nicht so schlimm«, versuche ich Hildas Einladung abzubügeln.

»Henry, ich freue mich, wenn du kommst!« Hilda strahlt Dad und mich an. Mann, ist die hartnäckig! Und warum eigentlich? Die mag mich doch eigentlich gar nicht.

»Komm, Junior, du bist doch sonst nicht so schüchtern!« Dad klopft mir aufmunternd auf die Schulter. Ich rolle mit den Augen. Offensichtlich komme ich um das Abendessen mit Hilda und ihren Tanten nicht herum.

»Okay, wenn du unbedingt willst ...«, murmele ich möglichst unwillig. Der soll nicht denken, dass ich dazu Lust hätte!

»Prima!«, ignoriert Dad meinen Unwillen gekonnt. »Dann warte später auch nicht auf mich. Es wird bestimmt spät. Geh einfach nach dem Essen ins Bett, wir sehen uns beim Frühstück!«

Nach dem Essen ins Bett? Ich bin doch kein Baby mehr!

Aber noch bevor ich protestieren kann, läuft Dad schon gut gelaunt in Richtung Badezimmer. Offenbar will er vor seinem Termin noch duschen. Ich seufze und drehe mich wieder zu Hilda um.
»Wann geht das los bei euch?«, will ich von ihr wissen. Sie zuckt kurz mit den Schultern.
»Sei einfach um sieben Uhr unten in der großen Küche.« Sie dreht sich um und marschiert ohne ein weiteres Wort aus meinem Zimmer. Kühl und kurz angebunden wie immer. Schätze mal, das wird ein super Abend.

»Heinrich, mein Junge! Wie schön, dass du unserer Einladung folgst! Wir wollten dich schon die ganze Zeit kennenlernen, Heinrich«, begrüßt mich Frau Urdmann in der großen Wohnküche im Erdgeschoss der *Esche*. Mit ihren grauen Haaren, der faltigen Haut und den hochgezogenen Schultern, aus denen ein dürrer Hals hervorragt, erinnert sie mich stark an eine Schildkröte.
»Henry. Er heißt Henry, Tante Urdi!«, verbessert sie Hilda. Aber die alte Dame schüttelt nur den Kopf und lächelt milde.
»Kannte mal einen Heinrich, mein Junge. Hatte keine Kinder, keinen Erben. Konnte ihm auch *sein* Gott nicht schenken.« Sie kichert. »Wir wollten das nicht!« In ihren Augen beginnt es zu funkeln, sie nickt ihren beiden Schwestern zu, die schon am Tisch sitzen. Falls diese aber etwas mit der seltsamen Äußerung anfangen können, lassen sie es sich jedenfalls nicht anmerken.

Frau Verdan-Dimitrowski steht auf und kommt auf mich zu. Erst jetzt fällt mir auf, dass sie deutlich jünger als ihre Schwester Frau Urdmann sein muss. Ihre langen Haare sind dick und blond mit einem leichten Rotstich, um ihre Augen kräuseln sich Lachfältchen. Ich schätze, sie ist ungefähr so alt wie meine Geschichtslehrerin Mrs. Spikes, an deren vierzigstem Geburtstag wir im letzten Jahr ein kleines Theaterstück aufgeführt haben. Das ist insofern sehr komisch, weil ich bis eben hätte schwören können, dass auch Frau Verdan-Dimitrowski eine alte Dame ist. Aber offensichtlich habe ich nie richtig hingesehen.

»Hallo, Henry!« Sie lächelt mir freundlich zu. »Ich freue mich, dass Hilda dich mal zu uns mitbringt. Mit Gästen macht so ein Abendessen doch gleich viel mehr Spaß.«

Dann dreht sie sich wieder zum Tisch und zeigt auf den leeren Platz neben Frau Skuldmöller.

»Setz dich doch neben meine Schwester.«

»Danke schön, Frau Verdan-Dimitrowski«, antworte ich artig.

»Ach, nenn mich ruhig Vera!«, erwidert sie und geht zum Tisch. Ich folge ihr. Dort erwartet mich die nächste Überraschung – und die haut mich fast aus den Latschen: Auch Frau Skuldmöller ist nicht so alt, wie ich dachte. Sie ist viel jünger. Und damit meine ich VIEL jünger. Genau genommen, dürfte sie kaum älter als eine College-Studentin sein. Oder ein High School Senior. Braune, kinn-

lange Haare, keine einzige Falte, sie trägt Jeans und T-Shirt – kein Zweifel, Frau Skuldmöller ist höchstens Anfang zwanzig. Wie ist das nur möglich? Brauche ich vielleicht dringend eine Brille?
Sie streckt mir die Hand entgegen, völlig verdattert erwidere ich ihren Händedruck.
»Hey, cool, dass du da bist! Du musst mir unbedingt alles von der Neuen Welt erzählen. Ich bin nämlich sehr neugierig!«
Sie lacht. *Neue Welt*? Den Ausdruck habe ich so noch nie gehört. Ich weiß zwar aus dem Geschichtsunterricht, dass Amerika früher in Europa so genannt wurde, aber hier und heute sagt das doch keiner mehr. Langsam überlege ich, ob ich mir bei dem Sturz auf den Kopf heute Mittag irgendwie das Gehirn verdreht habe und mir deswegen nun alles so komisch vorkommt.
Hilda kommt auch an den Tisch und legt zwei Untersetzer auf die Tischplatte.
»So, in zwei Minuten geht es los! Tante Urdis Wildschweinbraten – eine echte Spezialität!«

Es wird ein verdammt lustiger Abend. Das Essen schmeckt superlecker – obwohl ich vorher noch nie Wildschwein gegessen habe und ich normalerweise mit neuen Sachen echt vorsichtig bin, haue ich mindestens drei Portionen weg. Frau Urdmann erzählt Geschichten aus längst vergangenen Zeiten, und zwar so spannend, als wäre sie selbst dabei gewesen. Vera lacht viel und scheint mich aus unerfindlichen Gründen schon sehr gut zu kennen. Jedenfalls weiß sie Sachen über mich, die mich überraschen – und sie scheint auch von dem Besuch des Riesen Wind bekommen zu haben. Na gut, vielleicht hat ihr Hilda davon erzählt. Jedenfalls macht Vera eine Bemerkung über *Papas Pizza* und dass ich mich wundern würde, wenn ich Papa kennenlernen würde. Bevor ich allerdings nachfragen kann, was sie damit meint, werfen ihr Hilda, Tante Urdi und Frau Skuldmöller vielsagende Blicke zu, und sie wechselt daraufhin das Thema.

Frau Skuldmöller will, dass ich sie Scully nenne. Sie hat mal eine amerikanische Krimiserie im Fernsehen gesehen, in der eine FBI-Agentin Scully hieß, und die fand sie richtig gut. Offenbar findet sie Amerika cool. Und überhaupt ist sie sehr neugierig und will alles über mein Leben in San Francisco erfahren. Also erzähle ich ein bisschen von meiner Schule und meinem Leben mit Dad.

»Tja, es ist wirklich schön dort«, sage ich schließlich, »ich meine, Deutschland ist natürlich auch klasse, aber …«, ich zögere kurz, »ich bin doch froh, wenn ich im September wieder zu Hause bin.«

Scully mustert mich, dann lächelt sie und schüttelt den Kopf.

»September? Oh nein. Auf keinen Fall September.«

Ich starre sie an. Wie meint sie das denn jetzt? Ich will sie gerade danach fragen, als es an die Tür klopft. Dad steckt seinen Kopf in die Wohnküche.

»Hallo! Hier bist du!«

Ich werfe einen Blick auf die Uhr. Schon halb eins nachts – das gibt's ja gar nicht! Ich dachte, ich wäre erst seit einer Stunde hier.

»Guten Abend, Herr Smart«, begrüßt ihn Frau Urdmann.

»Ja, ebenfalls guten Abend! Oder besser: gute Nacht. Ich wollte nur Henry suchen. Ich dachte, er wäre längst im Bett, aber es scheint ihm hier ja gut zu gefallen.«

»Ja, wir hatten viel Spaß«, bestätigt Vera. »Aber wahrscheinlich ist es jetzt wirklich mal an der Zeit, ins Bett zu gehen, nicht wahr? Hilda?«

Die verdreht die Augen, sagt aber nichts. Ich stehe auf und gehe zu Dad.

»Es war wirklich ein schöner Abend! Und ein tolles Essen!«, bedanke ich mich bei meinen Gastgeberinnen und folge Dad in den Flur. Erst an der Treppe zu unseren Zimmern merke ich, wie wahnsinnig müde ich eigentlich bin. Kein Wunder, war irgendwie ein aufregender Tag.

Dad setzt sich noch kurz an mein Bett.

»Junior, es freut mich echt, dass du hier anscheinend auch Anschluss findest.« Er lacht. »Ist aber schon eine seltsame Truppe, das Mädchen und diese drei uralten Damen.«

Mit einem Schlag bin ich wieder hellwach.

»Uralt sagst du? Bist du sicher?«

»Klar. Schau sie dir doch an. Die haben zusammen bestimmt dreihundert Jahre auf dem Buckel. Na gut, vielleicht zweihundertfünfzig. Sie sehen aus, als ob sie ein langes, aufregendes Leben hinter sich haben. Egal, auf alle Fälle sind es aber ganz reizende Omis – da haben wir

wirklich Glück mit unserer Pension gehabt. So, und jetzt schlaf schön.«
Er gibt mir einen Kuss und geht in sein eigenes Zimmer.
Natürlich schlafe ich in dieser Nacht nicht *schön*. Ich träume von Riesen, die mir an den Kragen wollen, von Pizzalieferungen, die nie ankommen – und von alten Damen, die plötzlich aussehen wie junge Frauen. Oder umgekehrt.

# 3. Kapitel

## Zwei Cola und ein alter Bekannter

Mann, bin ich müde! Ich kann nach dieser Nacht tatsächlich kaum die Augen offen halten. Am liebsten würde ich mich nach dem Frühstück sofort wieder ins Bett hauen – schließlich sind Ferien! Aber daraus wird nichts, denn Dad hat heute frei und will mit mir Bayreuth »erkunden«, wie er sich ausdrückt. Gähn! Mein Vater hat einfach nicht die geringste Ahnung, was Jungs in meinem Alter gerne machen. Ins Kino gehen zum Beispiel. Gut, am Vormittag vielleicht noch etwas verfrüht, aber wie wäre es dann mit einer Runde *Lasertag*? Gibt's doch bestimmt auch in Deutschland. Das wollte ich schon immer mal spielen: im Dunkeln mit einer Laserpistole durch einen Parcours schleichen, sich hinter Schutzwänden verstecken, um im richtigen Moment den Gegner abzuschießen – das macht bestimmt riesig Spaß. Aber für Dad kommt das leider gar nicht infrage. Kein *Kriegsspielzeug* für seinen Sohn! Wahrscheinlich bekomme ich noch bis zu meinem achtzehnten Geburtstag Holzspielzeug geschenkt. Ich seufze.

»Alles in Ordnung, Junior?« Dad guckt besorgt. Ich nicke.

»Klar. Bin nur ein bisschen müde. Bisschen viel Wildschweinbraten gestern Abend. Habe schlecht geträumt.«
»Na, komm!« Mein Vater klopft mir aufmunternd auf die Schultern. »Ein bisschen frische Luft bei dem herrlichen Wetter, und du fühlst dich wieder wie neu. Ich habe uns extra einen Stadtplan besorgt. Auf geht's!«
Auf dem Weg nach draußen begegnet uns Hilda. Sie verzieht spöttisch den Mund, als ich ihr etwas matt zuwinke.
»Wirst du krank?«, will sie dann wissen. Ich schüttle den Kopf.
»Ich hoffe nicht. Bin vielleicht einfach zu spät ins Bett gegangen. Oder zu viel gegessen. Keine Ahnung.«
Sie lacht. »Diese Menschen. Immer was zu jammern. Und du bist da keine Ausnahme.«
Dann nickt sie meinem Vater zu und verschwindet in Richtung der Wohnung ihrer Tanten. Hä? Was sollte das denn?
»Die hat doch nicht mehr alle Tassen im Schrank«, murmele ich vor mich hin, während ich meinem Vater folge.
»Hast du was gesagt?«, will der von mir wissen.
»Hilda ist echt total komisch. Was meinte sie denn damit, dass Menschen immer gern jammern? Ich bin müde, na und? Vielleicht ist es auch noch die Zeitumstellung. Jetlag und so.«
»Ich weiß überhaupt nicht, wovon du sprichst, Henry. Hilda hat eben kein Wort gesagt, sondern uns nur freundlich angelächelt.«

Okay, der Fall ist klar: Mein Vater braucht ein Hörgerät, und zwar ganz dringend. Schließlich hat Hilda nicht geflüstert. Oder, andere Möglichkeit: Ich höre Stimmen. Noch keine zwei Wochen in Deutschland, und ich drehe völlig durch. Wenn mir jetzt auf unserer Besichtigungstour der Osterhase oder der Weihnachtsmann begegnen, weiß ich nicht, was dann passiert!

Natürlich begegnen uns weder Osterhase noch Weihnachtsmann, während wir durch die kleinen Gassen der Bayreuther Altstadt laufen. Ich bin also doch nicht verrückt. Stattdessen treffen wir auf jede Menge andere Touristen, vorwiegend asiatische Reisegruppen, die an jeder Ecke Fotos machen. Ist aber auch niedlich, dieses Deutschland! Überall ziemlich enge Straßen und Häuser, die an den Außenwänden Holzbalken haben. Fachwerk nennt man das, meint Dad. Warum man da nicht einfach mit Farbe drüberstreicht, weiß er allerdings auch nicht.
Die Sonne scheint, es wird warm, und ich ziehe meine Jacke aus, um sie mir um die Hüften zu schlingen. Als wir an einer Eisdiele vorbeikommen, hält Dad an und deutet auf den Verkaufstresen.
»Möchtest du eins?«
Ich werfe einen Blick auf die verschiedenen Eiskübel in der Auslage. Die Sorten sehen lecker aus, aber sie haben komische Namen: *Brunhilds Bestes*, *Wotan mit Keks* oder *Frickas Früchte*. Dad grinst, als er die Schilder durchliest.

»Tja, Bayreuth ist eindeutig die Wagner-Stadt. Das sind alles Figuren aus Wagners *Ring*.«
Er wendet sich an das junge Mädchen, das hinter dem Verkaufstresen steht, und bestellt bei ihr eine Kugel *Wotan mit Keks* in der Waffel. Dann hält er mir das Eis unter die Nase.
»Wotan, zum Beispiel, ist der Chef. Der wichtigste Gott der Germanen. Mit ihm geht die ganze Geschichte vom Ring des Nibelungen eigentlich erst los.«
Ich nicke. Klar, von Wotan habe ich schon gehört. Der gehört schließlich zur Geschichte mit diesem Alberich dazu. Wotan hat ihm den Ring abgeluchst, den der Zwergenkönig geschmiedet hatte, um die Weltherrschaft zu erlangen. Aber ob man nun deswegen gleich ein Eis nach ihm benennen muss, das normalerweise einfach *Cookies and Cream* heißt?
Mein Vater zeigt auf die verschiedenen Eiskübel:
»Und dann hätten wir noch Brunhild – die Lieblingstochter von Wotan und eine echte Walküre.«
»Eine was?«
Dad grinst.
»Die Walküren sind göttliche Wesen, die die toten Helden vom Schlachtfeld nach Walhall, dem Göttersitz, begleiten.«
Ich starre auf das grüne Eis, Pistazie vermutlich, und verdrehe die Augen. Die junge Eisverkäuferin mustert uns interessiert. Wahrscheinlich hat sie Dad zugehört. Voll peinlich!

»Können wir nicht einfach mal Eis essen gehen wie andere Leute auch?«, zische ich meinem Vater zu. Der schüttelt entschieden den Kopf.
»Keine Chance, mein Sohn. Wenn ich die Gelegenheit habe, Genuss mit Bildung zu verbinden, muss ich einfach zugreifen.«
Ich seufze und wende mich der Eisverkäuferin zu.
»Ich hätte gern eine Kugel Erdbeereis.«
Sie lacht.
»Du meinst *Loges Liebling*, richtig?«
»Von mir aus auch das.«
»Loge, der germanische Gott des Feuers. Listig, findig, Wotans bester Berater. Eine gute Wahl, Henry!« Mein Vater klopft mir auf die Schulter, während ich still an meinem Eis schlecke. Ich habe beschlossen, ihn einfach zu ignorieren. Irgendwann wird er schon aufhören. Spätestens, wenn er merkt, dass er mit diesen schnarchlangweiligen, verstaubten Legenden bei mir überhaupt nicht landen kann. Ich meine – germanische Götter? Alle längst nicht mehr im Dienst – falls es die überhaupt mal gab. Wen interessiert's? Mich jedenfalls nicht.
Nach einem längeren Spaziergang kommen wir schließlich beim Festspielgelände an, das Dad mir unbedingt zeigen will. Immerhin arbeitet er hier für die nächsten zwölf Wochen. Das Festspielhaus selbst liegt auf einer kleinen Anhöhe und sieht schon ziemlich beeindruckend aus: ein riesiger roter Backsteinbau mit weiß eingefassten Fenstern und Verzierungen, einem halbrunden Vorbau

und einem fast doppelt so hohen Haupthaus. Jede seiner Ecken gleicht einem Turm, sodass der ganze Bau entfernt an eine Ritterburg erinnert, fast wie eine Festung. Bei diesem Gedanken muss ich grinsen – ich stehe also vor einer Festung der klassischen Musik, die diese tapfer gegen alles verteidigt, was ich gern höre. Rap, Soul oder Pop kommen hier garantiert nicht rein!

Stichwort »reinkommen«: Jetzt steuert mein Vater sehr zielstrebig eine der großen Glastüren des Gebäudes an.

»Ich muss dir unbedingt den großen Saal zeigen, du wirst begeistert sein!«

»Bestimmt«, antworte ich wenig überzeugt. Statt Lasertag oder Kino nun also eine Opernhausbesichtigung. Ich habe einfach kein Glück in diesen Ferien!

Bevor Dad aber noch dazu kommt, mir irgendetwas im Festspielhaus zu zeigen, begegnet uns im Vorraum hinter der Glastür eine Frau, die uns freundlich grüßt.

»Ach, Herr Smart, das ist aber gut, dass ich Sie gerade sehe. Ich habe noch mal über Ihren Vorschlag mit den Silikonnasen für die Walküren nachgedacht, und ich muss sagen, ich finde den gar nicht schlecht. Können wir kurz in der Werkstatt darüber sprechen?«

Mein Vater bleibt stehen und hebt grüßend die Hand.

»Oh, hallo, Frau Brenner! Darf ich kurz vorstellen: mein Sohn Henry. Er verbringt seine Sommerferien hier mit mir. Also, wenn er nichts dagegen hat, dann kommen wir kurz mit. Henry, Frau Brenner ist die Chefmaskenbildnerin hier im Festspielhaus.«

Die Frau nickt mir freundlich zu.
»Hallo, Henry! Darf ich deinen Vater kurz entführen?«
Ich zucke mit den Schultern und murmele etwas, das hoffentlich entfernt nach *Hallo* klingt. Lust habe ich eigentlich keine.
»Oder willst du dich hier so lange noch ein bisschen umsehen?«, fragt Dad, der wohl gemerkt hat, dass ich auf einen Werkstattbesuch mit einer langweiligen Erwachsenenbesprechung jetzt nicht gerade scharf bin.
»Ja, vielleicht. Geht ihr mal. Vielleicht hau ich mich auch einfach draußen unter einen Baum und lass mir die Sonne ins Gesicht scheinen. Ich bin ziemlich müde.«
Frau Brenner lächelt.
»Danke, Henry. Es dauert auch bestimmt nicht lang.«
DAS ist mit Sicherheit gelogen. Wenn Erwachsene sagen, dass etwas nicht lang dauert, ist meistens das Gegenteil der Fall. Aber egal. Dad sieht glücklich aus, dass diese Frau Brenner seine komische Nasenidee gut findet, also will ich ihm jetzt nicht die Tour vermasseln.
Vor dem Festspielhaus sehe ich mich um. Eigentlich habe ich nach dem Eis Durst und würde mir gern eine Cola besorgen, aber das Restaurant direkt neben dem Hauptgebäude sieht noch sehr geschlossen aus. Auch die Stände in dem Park, der alles hier umgibt, sind noch zu. Also laufe ich weiter auf dem Weg entlang, der uns hierhergeführt hat.
Nach fünf Minuten habe ich immer noch nichts gefunden, wo ich eine Cola bekommen könnte. Ich will gerade um-

drehen und zum Festspielhaus zurückgehen, da entdecke ich ein Hinweisschild: *Papas Pizza. Italienische Spezialitäten.*

*Papas Pizza?* Sofort bin ich überhaupt nicht mehr müde, sondern hellwach. Das ist doch der Lieferservice, bei dem ich gestern meine Pizza bestellt habe! Und der mir dann den Schlägertrupp vorbeigeschickt hat, da bin ich mir zu hundert Prozent sicher, ganz egal, was Hilda behauptet! Der Sache werde ich sofort auf den Grund gehen.

Das Schild zeigt nach rechts, ich laufe los und suche nach dem Laden. Keine zweihundert Meter weiter stehe ich vor einem kleinen roten Haus. Treffer! *Papas Pizza* steht in verschlungenen Buchstaben auf dem Schild oberhalb des Eingangs. Und weiter: *Restaurant. Lieferservice.* Ich merke, wie ich eine Gänsehaut bekomme und meine Knie anfangen, ein bisschen zu zittern. *Okay, Henry, cool bleiben*, beruhige ich mich selbst. *Du gehst da jetzt rein und bestellst eine Cola. Und dann siehst du weiter!*

Eine halbe Stunde später haben meine Knie längst wieder aufgehört zu zittern. Genauso lange sitze ich nämlich schon an einem Tisch mit rot karierter Tischdecke und sauge betont lässig an dem Strohhalm in meiner Cola. Für Aufregung gibt es hier allerdings auch rein gar keinen Grund, denn in dem Laden ist wirklich tote Hose. Das kann ich von meinem Platz aus super sehen. Also, dass es nichts zu sehen gibt. Keine Riesen, keine Schläger, nicht mal andere Gäste sitzen in dem holzgetäfelten Raum mit Fotodrucken und goldgerahmten Spiegeln an den Wänden. Ab und zu schaut der Kellner um die Ecke und fragt, ob ich nicht doch etwas essen möchte. Klar, dem Koch ist wahrscheinlich todlangweilig. Ich sage dem Kellner, dass ich noch darüber nachdenke.

Nach weiteren zehn Minuten überlege ich, wieder zu gehen. Hilda hatte vielleicht doch recht – der Schlägertrupp und der Lieferservice hatten überhaupt nichts miteinander zu tun. Purer Zufall, dass die aufgekreuzt sind, als ich auf meine Pizza gewartet habe. Andererseits ... warum ist dann keine Pizza gekommen? Und warum wusste Hilda das schon vorher? Als der Kellner das nächste Mal kommt, bestelle ich mir eine zweite Cola. So schnell gebe ich nicht auf! Ich stehe hier erst wieder auf, wenn ich weiß, was es mit *Papas Pizza* wirklich auf sich hat.

Oder wenn ich auf's Klo muss. Denn nach weiteren zehn Minuten macht sich bemerkbar, dass ich mittlerweile schon fast einen Liter Cola getrunken habe. Mir bleibt also nichts anderes übrig, als meinen Spitzenbeobachtungsplatz zu verlassen, um die Toilette zu suchen. Mist! Hoffentlich passiert nicht gerade jetzt etwas!

Als ich an dem Kellner vorbeikomme, scheint der kurz zu überlegen, ob ich abhauen will, ohne zu bezahlen – dann sieht er meinen suchenden Blick und deutet wortlos in die linke hintere Ecke des Restaurants. Auf dem Weg dorthin fällt mein Blick in einen der vielen Spiegel, die überall im Restaurant hängen. Und da sehe ich ihn. Zwar nur für den Bruchteil einer Sekunde, aber ich bin mir todsicher: Ich habe eben den Riesen gesehen! Zottelige Haare, abgerissene Kleidung, derselbe irre Gesichtsausdruck wie gestern! Kein Zweifel, das war er!

# 4. Kapitel

## Wer ist hier der Boss?

Ich stürze sofort in die Richtung, in der ich den Riesen gesehen habe. Aber schon nach dem ersten Schritt wird mir klar, dass genau das gar nicht so einfach ist: Der Spiegel hängt an einer Wand, die schräg verläuft. Was also hat er gespiegelt? Ich überlege kurz – der Riese muss rechts hinten gestanden haben, also genau entgegengesetzt zu den Toiletten. Schnelle 180-Grad-Kurskorrektur, ich laufe wieder los.

»Hey, wo willst du hin?«, ruft mir der Kellner hinterher. »Die Toiletten sind auf der anderen Seite!« Er rennt mir hinterher, ich gebe Gas, damit er mich nicht zu fassen bekommt. Offenbar passt es dem Herrn überhaupt nicht, dass ich mich in dieser Ecke des Restaurants umsehen will!

Eine halbe Sekunde später stehe ich vor einer schwarzen Tür, nach einer weiteren halben Sekunde hat der Kellner mich fast erreicht. Aus den Augenwinkeln kann ich sehen, dass seine Hand nach meiner Schulter greifen will – also drücke ich die Türklinke hinunter und stoße die Tür beherzt auf. Der Kellner stolpert, fällt gegen mich,

und gemeinsam stürzen wir in den Raum hinter der Tür. Aua!
Auf dem Boden liegend, fällt mein Blick auf ein Paar schwarze Herrenschuhe, auf Hochglanz poliert, darüber ein Hosenbein, grau, vermutlich edler Stoff, jedenfalls ist es ganz glatt und gehört eindeutig zu einem Anzug, keiner Jeans. Ich rapple mich hoch, um mir den Rest zu diesem Bein anzuschauen: Vor mir, auf einem roten Ledersessel, sitzt ein älterer, äußerst elegant wirkender Herr. Er hat kinnlange graue Locken, die streng aus der Stirn zurückgestrichen sind, einen korrekt gestutzten Bart und trägt eine dunkle Sonnenbrille, obwohl es in dem Raum nicht wirklich hell ist. Außerdem wirkt er auf eine ganz besondere Art und Weise Respekt einflößend. Ich spüre sofort, dass er hier der Boss ist. Vom Restaurant. Vom Lieferservice, irgendwie von allem. Meine Gänsehaut meldet sich wieder!
Der Kellner ist mittlerweile vom Boden aufgestanden, er schüttelt sich kurz, dann blökt er los.
»Chef, tut mir leid, der ist einfach so losgerannt! Ohne Vorwarnung! Wollte angeblich auf's Klo – und dann das!« Er packt mich von hinten und schüttelt mich kräftig durch. »Hat wohl gedacht, er kommt damit durch! Aber nichts da, dich werde ich gleich an den Ohren hier rausschleifen!«
Der Grauhaarige erhebt sich und macht einen Schritt auf uns zu. Er ist echt groß, bestimmt einen ganzen Kopf größer als Dad und damit fast so ein Hüne wie der zottelige

Riese, der tatsächlich hinter dem Ledersessel steht und mich sehr böse anstarrt.

»Schon gut, Geri. Nicht deine Schuld. Lass mich kurz mit dem jungen Mann reden, wir klären das ganz friedlich.« Er wendet sich mir zu. »Also, was verschafft uns die Ehre? Wie kommst du dazu, einfach hier in mein Büro zu stolpern?«

Okay, Variante Ausrede ausdenken oder Angriff ist die beste Verteidigung? Ich entscheide mich für Letzteres. Also stehe ich vom Boden auf, streiche meine Klamotten glatt und blicke dem Hünen fest in die Augen.

»Guten Tag, mein Name ist Henry Smart, und Ihr ... äh ... Mitarbeiter da drüben«, ich zeige auf den Riesen, »hat mich gestern überfallen. Sie können von Glück sagen, dass ich nur mal freundlich nachfragen wollte, was das sollte, und nicht gleich die Polizei mitgebracht habe.«

Der Grauhaarige stutzt, dann bricht er in schallendes Gelächter aus.

»Ein Überfall? Von Mitarbeitern meines Restaurants? Das ist wirklich eine unglaubliche Geschichte!« Er dreht sich zu dem Riesen um. »Farbauti, was sagst du dazu?«

Der Zottelige schüttelt den Kopf, und zwar so wild, dass seine verfilzten Haarsträhnen hin- und herfliegen.

»Ich habe den Kleinen noch nie im Leben gesehen!«, dröhnt er dann. »Wahrscheinlich wollte der nur die Zeche prellen und hat sich in der Tür geirrt. Und jetzt denkt er sich ’ne Ausrede aus.«

»Die *Zeche prellen?*« Okay, vielleicht ist mein Deutsch doch nicht so gut, wie ich dachte. Ich versteh überhaupt nicht, wovon der redet. Der Grauhaarige legt die Stirn in Falten.

»Und?«, fragt er mich dann. »Wolltest du?«

»Hä?«

»Na, die Zeche prellen? Also, hier abhauen, ohne zu bezahlen?«

Ich schüttle den Kopf.

»Natürlich nicht. Wie ich schon sagte – der Typ hier hat mich gestern überfallen. Zusammen mit zwei anderen Schlägern. Kurz nachdem ich mir bei Ihrem Lieferservice eine Pizza bestellt hatte. Und genau deswegen bin ich heute hier.« Ich mach mich ganz gerade und gucke möglichst entschlossen. »Ich verlange eine Erklärung!«

Anstatt mir eine zu geben, legt der Grauhaarige seine Hände auf meine Schultern und starrt mich durch seine dunklen Sonnenbrillengläser an. Obwohl ich seine Augen gar nicht sehen kann, wird mir unter seinem Blick sehr warm, fast schummrig. Ich weiß, es klingt verrückt – aber ich meine, seine Stimme in meinem Kopf zu hören, in einer Sprache, die ich nicht verstehe. Erst leise, dann immer lauter und lauter, bis mir der Kopf dröhnt. Ich reiße mich los, drehe mich um und stolpere aus der Tür, dann renne ich aus dem Restaurant, hinaus ins Freie. Bloß weg hier!

»Du glaubst mir nicht, richtig?«
Ich seufze. Hilda sitzt auf dem Boden vor meinem Bett, und wenn sie ihre Augenbrauen noch höher zieht, wachsen die gleich an ihrem Haaransatz fest. Was hatte ich auch erwartet? Na ja, wenn ich ehrlich bin, dass sie mir wenigstens ein bisschen glaubt. Ein klitzekleines bisschen. Schließlich ist sie die einzige Person weit und breit, die wenigstens offiziell in meinem Alter ist. Meinem Vater habe ich vorsichtshalber gar nichts von der ganzen Sache erzählt, denn wenn Dad sich Sorgen macht, steigen die Chancen, dass die Ferien noch langweiliger werden, weil ich sie dann in seiner Nähe verbringen muss. Hilda macht sich natürlich keine Sorgen, sie hält mich einfach für verrückt.
»Äh, also, du bist in diese Pizzeria rein und hast wildfremde Menschen beschuldigt, dass sie dich gestern überfallen haben? Und dann bist du erst wieder abgezischt, als du Stimmen in deinem Kopf gehört hast?«
Jetzt ist es so weit: Hildas Augenbrauen berühren den Haaransatz. »Mann, Mann, Mann, erzähl die Geschichte bloß nicht weiter, sonst landest du noch auf direktem Weg in der Klapse.« Sie kichert böse. »Aber da wärst du vor Riesen und Hünen mit Sonnenbrille natürlich sicher.«
»Hilda, ich sag's dir: Da stimmt etwas nicht. Und ich werde herausfinden, was es ist! Ich habe auch schon einen Plan: Wir observieren das Objekt, und wenn der Riese und die beiden anderen Schläger auftauchen, machen wir Fotos

und gehen damit zur Polizei. Ich habe ja dich als Zeugin, so kriegen wir sie!«

Hilda verdreht die Augen.

»Zum letzten Mal: Das war bestimmt ein dummes Missverständnis gestern und hatte überhaupt nichts mit deiner Pizza zu tun. Also hör auf, hier harmlose Bürger zu belästigen. Ich werde dir jedenfalls garantiert nicht dabei helfen. Wenn dir langweilig ist, lass uns ins Kino gehen oder meinetwegen nachfragen, was die Pfadfinder so an Ferienprogramm haben. Aber ich mach mich nicht mit dir zum Affen und schlage mit irgendwelchen verwackelten Fotos bei der Polizei auf.«

Moment mal, Hilda tut ja geradezu so, als wäre das gestern gar nicht passiert! So viel Gegenwind kommt mir mittlerweile fast verdächtig vor. Mein Gefühl, dass Hilda mehr weiß, als sie sagt, wird immer stärker. Vielleicht sollte ich jetzt meine Klappe halten und in den nächsten Tagen einfach mein Ding machen. Nicht, dass sie mich noch daran hindert, weil sie in der Sache irgendwie mit drinhängt.

»Gut, vielleicht hast du recht«, wiegele ich deshalb ab. »Ich will mich natürlich nicht lächerlich machen. Wahrscheinlich bin ich noch ein bisschen durch den Wind wegen der Zeitumstellung und brauche nur etwas Ablenkung. Kino ist 'ne gute Idee. Oder hast du schon mal was von Lasertag gehört?«

Hilda lächelt.

»Klar. Wollte ich auch schon immer mal spielen. Das machen wir, versprochen. Ich weiß auch schon, wo.«

Hilda ist zwar eine Zicke – aber sie kann offensichtlich auch anders.

Es dämmert gerade, da breche ich am nächsten Morgen zu meiner Mission auf. Weil ich mir überlegt habe, dass es gar nicht so gut wäre, noch mal auf Hilda zu treffen oder vor dem Restaurant dem Grauhaarigen in die Arme zu stolpern, habe ich mir den Wecker auf fünf Uhr gestellt und meinen Rucksack mit einem dicken Pulli, meiner Fotokamera, einem Sandwich, Keksen und etwas zu trinken gleich neben meinem Bett deponiert. Jetzt laufe ich durch menschenleere Straßen und merke, wie die Aufregung in mir hochsteigt. Ob ich tatsächlich noch mal den Riesen zu Gesicht bekomme? Oder einen der anderen Schläger? Und falls ja – wird die Polizei mir wohl glauben, auch wenn ich Hilda nicht zu einer Aussage überreden kann?
Ein kurzer Blick auf die Uhr: 5 Uhr 15. Dad habe ich tatsächlich etwas vom Ferienprogramm der Pfadfinder erzählt und von einer Aktion Morgenröte, bei der ich angeblich unbedingt mitmachen will. Er hat sich gefreut, dass ich offensichtlich Anschluss bei deutschen Kindern gefunden habe, hat mir zehn Euro für Proviant zugesteckt und mir viel Spaß gewünscht. Bin mir nicht ganz sicher, ob dieser Wunsch in Erfüllung gehen wird.
Jetzt kann ich das kleine rote Häuschen schon sehen. Was mir gestern gar nicht so aufgefallen ist: Es liegt eigentlich wie auf dem Präsentierteller, auf einem kleinen Hügel,

aus allen Fenstern hat man einen guten Blick auf die Umgebung. Fast wie eine mittelalterliche Burg, die den Bewohnern die Verteidigung erleichtern soll, »unauffälliges Anschleichen« scheidet hier definitiv aus.
Ich bleibe stehen und überlege. Wo soll ich meinen Beobachtungsposten am besten beziehen? Eines ist mal klar: Wenn mich die Schlägertruppe dabei erwischt, wie ich Beweisfotos von ihnen schieße, gibt es bestimmt noch mal richtig Haue. Bei der Suche nach einem geeigneten Versteck fällt mein Blick schließlich auf drei Bäume, die auf der gegenüberliegenden Straßenseite vor dem Haus stehen. Wenn ich dort hochklettere, müsste es eigentlich gehen. Mit ihren dichten Baumkronen wären sie bestimmt eine super Tarnung. Vorausgesetzt, ich schaffe es hoch.
Fünf Minuten später habe ich es tatsächlich auf den mittleren der drei Bäume geschafft. Nun hocke ich auf einem ziemlich dicken Ast, einigermaßen gemütlich an den Stamm hinter mir gelehnt. Den Rucksack habe ich an einen Ast über mir gehängt – läuft also! Allerdings ist es erst sechs Uhr morgens, und ich fürchte, ich werde hier noch eine ganze Weile hocken müssen, bis ich an meine Beweisfotos komme.
Nach einiger Zeit wird mir kalt. Ich hangle nach meinem Rucksack, um meinen Pulli anzuziehen und das Sandwich zu essen. In diesem Moment fährt ein Auto auf den Parkplatz vor dem Haus – der Grauhaarige steigt aus der Fahrertür! Auch die Beifahrertüren öffnen sich, nacheinander schälen sich der Riese, der Kellner und ein kleinerer

Mann mit Halbglatze, den ich noch nie gesehen habe, aus dem Wagen. Ich lasse den Pullover Pullover sein und krame meine Kamera hervor. Kalt ist mir jetzt sowieso nicht mehr!

Noch bevor ich ein einziges Foto gemacht habe, kommt ein zweites Auto und stellt sich direkt vor den Baum, auf dem ich sitze. Der Fahrer steigt aus. Er ist deutlich jünger als Dad, schlank und durchtrainiert mit vollem blondem Haar. Auch ihn habe ich noch nie gesehen, aber er erinnert mich entfernt an eine Figur aus einem Zeichentrickfilm. Welche war das bloß noch? Oder an Ken. Also, Ken, den langweiligen Dauerfreund von Barbie, nur in Blond.

Als eine zweite Person aussteigt, haut es mich fast vom Baum. Es ist Hilda! Aufgeregt fingere ich an meiner Kamera herum, um sofort ein Bild von ihr zu machen. Leider geht sie genau jetzt einen Schritt zur Seite und verschwindet hinter den Blättern eines Astes. Ich lehne mich also etwas weiter nach vorne, um sie wieder ins Bild zu bekommen. Wenn es mir gelingen würde, ein Foto von ihr und dem Riesen zu machen, wäre das natürlich ein Hauptgewinn! Dann würde ich es Hilda nachher unter die Nase halten, und ihr Märchen von der Einwanderungsbehörde, die angeblich hinter mir her ist, könnte sie dann getrost ihrer Großmutter erzählen. Von mir aus auch ihren drei Tanten, mir jedenfalls nicht!

Hilda geht über die Straße auf den Grauhaarigen und die anderen zu, ich lege mir den Rucksack über die Schultern und robbe bis ans äußerste Ende des Astes. Der fängt zwar an zu wippen, weil ich mit dem Rucksack wohl schwerer geworden bin, aber ich kann mein Gleichgewicht noch gut halten. Jetzt habe ich Hilda genau so, wie ich sie haben will: im Gespräch mit dem Grauhaarigen und dem Riesen. Sie gestikuliert wild mit den Händen, und ich überlege, ob ich das nicht auch filmen könnte.

Ein Geräusch unterbricht diese Überlegungen. Es ist ein deutlich zu vernehmendes Knacken. Klingt nicht gut, das klingt gar nicht gut! Den Bruchteil einer Sekunde später gibt es einen Ruck – dann sause ich mitsamt dem abgebrochenen Ast auch schon nach unten, direkt auf Ken zu, der genau unter mir steht.

# 5. Kapitel

## Der ist hier der Boss!

»So schnell trifft man sich wieder.«
Wir sind wieder im hinteren Raum des Restaurants, und der Graugelockte sitzt auch wieder in seinem roten Ledersessel. Er mustert mich. Vermute ich jedenfalls, denn weil er immer noch eine Sonnenbrille trägt, bin ich mir nicht ganz sicher. Ich sitze ihm genau gegenüber, mit Kabelbindern an einen Stuhl gefesselt. Um mich herum in einem Halbkreis stehen: der Riese, Ken, Hilda, der Kellner und der halbe Glatzkopf. Sie alle reden wild durcheinander, aber ich verstehe kein Wort. Sie sprechen nämlich alle in der seltsamen Sprache, in der sich schon der Schlägertrupp bei dem Überfall unterhalten hat. Und wenn ich alle sage, meine ich alle: Selbst Hilda redet für mich gerade völlig unverständlich.
Ich habe ein verdammt mieses Gefühl. Gut, natürlich kann es sein, dass man sich gerade ganz erregt darüber unterhält, wie enttäuscht die Gäste sein werden, wenn sie feststellen, dass an dem Baum vor *Papas Pizza* ein sehr hübscher Ast fehlt. Oder darüber, dass ich doch tatsächlich gestern meine zwei Cola nicht bezahlt habe und dass

es so ja nun wirklich nicht geht. Aber – mein mieses Gefühl sagt mir, dass es hier gerade um größere Probleme geht. Und dass vor allem ICH ein größeres Problem habe. Denn sowohl der Riese als auch der Kellner machen nun Handbewegungen, die ich als »Kopf ab!« deuten würde. Jedenfalls bewegen sie ihre ausgestreckte flache Hand immer wieder blitzschnell von einem Ohr zum anderen, genau an der Kehle entlang, und zeigen dann auf mich. Vertrauen erweckend sieht das nicht gerade aus, und ich merke, wie ich langsam einen sehr trockenen Hals bekomme.

Der Riese macht einen Schritt nach vorn und packt meine Schulter, dabei herrscht er mich laut an, als ob er eine Antwort von mir erwarten würde. Jetzt wedelt er mit meiner Kamera vor meiner Nase herum und brüllt weiter. Haha, sehr lustig! Könnten Sie das vielleicht noch mal auf Deutsch sagen, Herr Riese? Hilda antwortet ihm, sie scheint mit dem, was er gesagt hat, überhaupt nicht einverstanden zu sein.

Der Graugelockte lehnt sich in seinem Sessel zurück, überlegt kurz, dann klatscht er in die Hände und ruft etwas. Der Riese lässt mich wieder los, legt meine Kamera auf den Tisch, der neben dem Stuhl steht, und murmelt etwas. Hilda lächelt. Nein, sie grinst und nickt ihm zu. Dann verlassen der Riese, der Kellner, die Halbglatze und Ken auf einmal den Raum. Der Grauhaarige, Hilda und ich bleiben allein zurück. Eine Minute lang sagt niemand ein Wort, und ich setze ein stilles Gebet ab, dass Hilda hier gerade irgendwie ein gutes Wort für mich eingelegt hat. Sonst heißt es für mich wohl *Gute Nacht, Marie* beziehungsweise *Henry*.

Der Graugelockte räuspert sich.

»Du bist hartnäckig, Henry Smart. Und ziemlich frech. Hier einfach Fotos von uns zu machen, ist schon ein dickes Ding.« Er schweigt wieder, und ich frage mich, ob er darüber nachdenkt, mich im nächstbesten Gewässer zu versenken. Mit zwei Tonnen Beton an den Füßen. Aber dann lächelt der Hüne und fügt hinzu: »Das gefällt mir. Ich denke, wir sollten dich nicht sofort nach Hel schicken.«

*Hel?* Der Mann spricht in Rätseln!

»Vorausgesetzt«, fährt er dann fort, »du bist bereit, den Unsinn mit den Fotos und der Polizei zu vergessen und dich stattdessen uns anzuschließen und für die gute Sache zu kämpfen.«

*Anschließen? Gute Sache?* Ich kann nicht sagen, dass ich auch nur die leiseste Ahnung hätte, worum es hier gerade geht. Außer, dass Zicke Hilda dem Grauhaarigen gerade brühwarm erzählt hat, dass ich zur Polizei gehen wollte. Von wem sollte er das sonst wissen? Offenbar sieht man mir meine allgemeine Ratlosigkeit an.

»Du hast keine Ahnung, wer ich bin, oder?«

Ich schüttle den Kopf, unternehme aber einen Versuch.

»Äh, Signore Papa?«

Der Graue zieht die Augenbrauen hoch.

»Wer?«

»Na, Signore Papa. Wegen *Papas Pizza*. Das ist doch Ihr Laden hier, und da dachte ich ...«
Hilda beginnt zu kichern, der Grauhaarige seufzt.
»Also pass auf, Henry. Ich sag dir, wer ich bin.« Er macht eine dramatische Pause, dann haut er es raus: »Ich bin Wotan.«
Aha. Wotan. Nee, ist klar. Vor mir sitzt Wotan, der Götterchef. Ich kann nicht anders – ich muss lachen.
»Du glaubst mir nicht?« Der Grauhaarige legt die Stirn in Falten. Ich versuche, mein Lachen zu unterdrücken und ruhig und höflich zu antworten. Schließlich sitze ich immer noch gefesselt auf einem Stuhl und bin in gewisser Weise auf sein Wohlwollen angewiesen.
»Ähem, na ja, das kommt jetzt schon ein bisschen überraschend. Also, Sie meinen wahrscheinlich, Sie spielen hier den Wotan bei den Festspielen, richtig? Das ist natürlich klasse. Mein Dad arbeitet auch da. Allerdings nur in der Maske. Er beschäftigt sich gerade mit Silikonnasen. Er ... äh ... kennt sich gut aus mit Silikon.«
*Mann, Henry*, motze ich mich selbst an, *was erzählst du da für einen Mist? Der Mann ist offensichtlich völlig verrückt, also reize ihn nicht mit belanglosen Geschichten über Silikon, sonst dreht er dir noch den Hals um!*
Aber der Graue sieht nicht gereizt oder verrückt aus. Im Gegenteil, er wirkt völlig ruhig, als er weiterspricht.
»Nein, Henry. Ich spiele nicht Wotan. Ich bin Wotan.«
Hat er das gerade gesagt, oder habe ich das nur in meinem Kopf gehört? Ich bekomme wieder dieses warme, dröh-

nende Gefühl, das ich gestern schon hatte, als mich der Graue so angestarrt hat. Mein Mund wird sehr trocken.

»Sie SIND Wotan?«, krächze ich.

Er nickt.

»DER Wotan?«, hake ich sicherheitshalber noch mal nach. »Der einäugige Gott der Germanen? Der Göttervater, gewissermaßen der Chef von Loge und Fricka und den Walküren und sowieso von allem?«

Er nickt erneut.

»Ja, Henry. Der bin ich. Und ich muss sagen, du kennst dich gut aus in der germanischen Götterwelt.«

Er lächelt, und ich beschließe, ihm nicht zu sagen, dass mein Wissen vor allem von meinem letzten Eisdielenbesuch und der Liebe meiner Eltern zu deutschen Opern kommt. Ich weiß nicht, was der echte Wotan von *Wotan mit Keks* halten würde. Wenn es denn der echte Wotan ist, der hier vor mir sitzt. Noch vor einer halben Stunde war für mich völlig klar, dass es keinen echten Wotan gibt.

Als könnte er Gedanken lesen, fragt Wotan nach.

»Du glaubst mir nicht, richtig? Du willst einen Beweis.«

Ich nicke.

»Na ja, das klingt schon alles ziemlich unglaublich. Könnten Sie nicht irgendetwas machen, was eigentlich nur Götter können? Also, es vielleicht hier drinnen regnen lassen oder wenigstens die Fesseln an meinen Händen lösen, ohne mich dabei zu berühren?«

Wotan schnaubt.

»Das sind billige Zaubertricks! Damit tritt man vielleicht

im Zirkus auf, aber den Erdkreis beherrscht man so auf keinen Fall.«

»Dann nur die Fesseln lösen? Bitte! Meine Hände tun mittlerweile ziemlich weh.«

Wotan, oder jedenfalls der Mann, der sich für ihn ausgibt, nickt einmal kurz in meine Richtung. Tatsächlich! Die Fesseln lösen sich auf magische Weise. Nun bin ich schon ein bisschen beeindruckt. Aber gut, vielleicht habe ich nur lange genug an dem Kabelbinder gezerrt, und er hat einfach nachgegeben. Ich nehme meine Hände nach vorn, reibe meine schmerzenden Handgelenke und lasse den Grauhaarigen dabei nicht aus den Augen. Der reibt sich mit der Hand über seinen wohlgestutzten Bart und beobachtet mich ebenfalls.

Schließlich ist es Hilda, die sich einmischt.

»Vater, wirklich – nun stell dich nicht so an und zeig es ihm. Er glaubt dir ja sonst doch nicht.«

Ich fahre aus dem Stuhl hoch.

»Der Typ ist dein *Vater*?«

»Ja«, bestätigt Hilda. »Wotan ist mein Vater. Ich bin Brunhild, der Sage nach seine Lieblingstochter. Würde ich aber so nicht unbedingt unterschreiben.«

So langsam bekomme ich hier Ohrenrauschen. Das bilde ich mir doch ein!

»Aber … wenn du in Wirklichkeit Brunhild bist, dann …«, Gedanken rattern nur so durch meinen Kopf, und ich versuche, diese möglichst schnell zu sortieren, »dann bist du … eine … eine Walküre?«

»Schon wieder richtig. Langsam bin ich beeindruckt von dir, Henry«, antwortet Hilda trocken.
Ich schüttle den Kopf.
»Nee, Leute. Das kauf ich jetzt nicht. Was auch immer hier abgeht, es hat mit Sicherheit nichts mit Göttern oder Walküren oder so einem Kram zu tun. Ich schlage vor, ihr lasst mich jetzt einfach nach Hause gehen, und wir vergessen die ganze Sache. Ich verspreche, ich zeige euch nicht an. Und dafür lasst ihr mich in Zukunft in Ruhe. Wir gehen uns einfach aus dem Weg, okay?«
Hilda und der Grauhaarige werfen sich einen Blick zu.
»Ich sag doch, du musst es ihm zeigen. Wir können ihn gut gebrauchen, Vater, wirklich! Und egal, was er jetzt verspricht, er wird keine Ruhe geben. Dafür ist er viel zu neugierig.«
Der Grauhaarige seufzt.
»Menschliche Neugier, ein echter Fluch! Gut. Hol Geri.«
Sie verschwindet und kommt mit dem Kellner wieder. Der wirft mir einen finsteren Blick zu.
»Sollen wir uns um den Kleinen kümmern, Chef?«
»Nein. Ich will, dass du es ihm zeigst«, meint der Grauhaarige. Es klingt wie ein Befehl, nicht wie eine Bitte. Der Kellner starrt ihn an.
»Aber Chef, das können wir nicht machen! Kein Mensch hat das je gesehen. Was ist, wenn er nicht dichthält?«
Anstatt des Grauhaarigen antwortet Hilda.
»Er wird niemandem etwas sagen. Es würde ihm auch niemand glauben. Aber wir brauchen ihn. Ich habe es in

meinen Träumen gesehen, lange bevor er gekommen ist – und das weißt du!«

Der Grauhaarige atmet schwer.

»Ja, ich weiß es. Aber ich hatte ihn mir irgendwie ... anders vorgestellt.«

»Das spielt keine Rolle. Du weißt, dass ich mich niemals täusche. Ich habe versucht, es zu ignorieren, aber du siehst ja, wohin das geführt hat.«

»Na gut. Tu es endlich, Geri!«, ruft der Grauhaarige nun laut.

Der Kellner seufzt – nein, es ist irgendwie ein anderes Geräusch, wie ein ... Knurren? Tatsächlich. Es klingt wie ein Knurren. Er knurrt, und dann ... ändern sich seine Gesichtszüge. Also, sie ändern sich richtig. Nicht einfach von genervt zu freundlich oder so. Nein, seine Augen wandern auseinander, und seine Nase schiebt sich nach vorn, bis sie einer Hundeschnauze ähnelt. Er fällt auf die Knie, nun verändert sich auch seine Körperform. Und zwar ebenfalls eindeutig Richtung Hund! Das gibt es doch gar nicht!

Keine dreißig Sekunden später hat sich Kellner Geri vollständig verwandelt. Tatsächlich in einen sehr großen Hund. Vielleicht auch eher in einen Wolf? Er schüttelt jetzt die restliche Kleidung ab, setzt sich genau vor mich und funkelt mich böse an. Aus unmittelbarer Nähe höre ich ein sehr seltsames Geräusch, und es dauert einen Moment, bis mir klar wird, dass das meine Zähne sind, die da klappern. Ich stehe vor einem Wolf und zittere wie Espenlaub.

Der Grauhaarige nickt mir huldvoll zu, dann macht er eine schnelle Handbewegung Richtung Decke. Sofort fängt es an zu regnen, nein – zu schütten! Mitten in einem geschlossenen Raum stehe ich unter dicken Regenwolken und werde klitschnass.

Okay. Ich hab's verstanden, Wotan!

# 6. Kapitel

## Eine sehr komplizierte Geschichte und keine Pizza mit Thunfisch

»*Papas Pizza* ist in Wirklichkeit die Tarnung für einen Agentenring?« Ich frage vorsichtshalber noch mal nach. Es ist möglich, dass ich hier langsam alles durcheinanderbringe. Schließlich hat sich mein Tag, nun ja, ich sage mal, etwas anders entwickelt, als ich heute Morgen dachte. Immerhin sitze ich auch nicht gemütlich auf dem Polizeirevier und erstatte Anzeige gegen drei Schläger, sondern sitze, mittlerweile zum Trocknen in ein großes Handtuch eingehüllt, mit Hilda und Wotan an einem Tisch in der hintersten Ecke des Restaurants. Und spitze die Ohren, um ja nichts von der unglaublichen Geschichte zu verpassen, die mir der Götterchef hier gerade auftischt.

»Genau. *Papas Pizza* ist die Zentrale meines Agentenrings. Hier backen wir nicht nur Pizza, sondern trainieren auch meine Agenten und statten sie mit allem aus, was sie zur erfolgreichen Jagd nach dem Rheingold brauchen«, erklärt Wotan.

»Genau. Stichwort Rheingold – das habe ich jetzt irgendwie immer noch nicht verstanden. Ich denke, das liegt auf dem Grund des Rheins?«

Hilda lacht.

»Ja, DAS dachten wir auch. Also, noch mal von vorn: In grauer Vorzeit bewachten die Rheintöchter einen Goldschatz auf dem Grund des Rheins. Sie waren ziemlich hübsche Nixen, also so eine Art Meerjungfrauen, bisschen albern und verspielt, aber sehr niedlich. Das fand auch der olle Zwergenkönig Alberich, der die drei Mädels gern mal zum Essen einladen wollte. Haben die Rheintöchter aber dankend abgelehnt, weil ihnen Alberich zu alt und zerknittert war. Der war darüber so sauer, dass er erstens schwor, sich nie wieder mit einer Frau zu verabreden, zweitens den Mädels den Schatz stahl und drittens aus dem Rheingold einen Ring machte, mit dem er die ganze Welt beherrschen konnte.«

»Die Geschichte hat mir mein Vater mal erzählt. Aber er hat auch gesagt, dass dann noch tausend andere Sachen passiert sind und der Ring am Ende wieder im Rhein gelandet ist. Also wozu braucht dein Vater jetzt Agenten, um wieder danach zu suchen? Dann braucht er doch eigentlich nur einen Taucher.«

»Na ja, mit dem Ring hat Alberich sein Zwergenvolk, die sogenannten Nibelungen, gezwungen, rund um die Uhr nach Gold zu schürfen. Es gab also den Ring und daneben noch einen riesigen Schatz aus Nibelungengold. Nur der Ring ist im Rhein gelandet. Das restliche Gold wurde auf der ganzen Welt verteilt. Und weil das Gold so lange zusammen mit dem Ring aufbewahrt wurde, ist der Zauber des Rings gewissermaßen auf das Gold übergegangen. Man könnte daraus jetzt also wieder einen neuen Ring schmieden und damit die Weltherrschaft erlangen.«

»Aha.« Mehr fällt mir dazu nicht ein. Das ist verdammt kompliziert! Aber eine Frage habe ich schon noch: Wie kommt eigentlich Wotan in dieser ganzen Geschichte vor? Also hake ich nach.

»Und was genau haben Sie mit der Sache zu tun, Herr Wotan? Bisher ist mir noch nicht ganz klar, warum ausgerechnet Sie den Agentenring gründen mussten. Was haben Sie denn mit diesem Alberich zu schaffen?«

Wotan seufzt und nestelt am Rand seiner Sonnenbrille.

»Nun lass mal das alberne ›Herr‹ weg, Henry. Wotan reicht völlig.« Er streicht sich über den Bart und scheint kurz über meine Frage nachzudenken, dann räuspert er sich. »Na ja, der Ring ist nicht direkt wieder im Rhein gelandet. Zwischendrin hatte ich ihn auch mal. Und damit ging der ganze Ärger erst richtig los. Als ich mir den Ring bei Alberich besorgt habe. Gut, offen gestanden, nicht nur den Ring – den restlichen Schatz habe ich auch gleich mitgenommen.«

»Also Sie haben ebenfalls geklaut. Wusste gar nicht, dass Götter so etwas machen«, gebe ich mich empört und fange mir prompt einen bösen Blick vom Götterchef ein. Jedenfalls, wenn ich das Zucken seiner Mundwinkel richtig deute.

»Geklaut ist ein bisschen übertrieben. Sagen wir mal so –

ich habe sehr gut verhandelt. Es war aber auch ein Notfall: Ich hatte einen akuten Liquiditätsengpass.«
Wovon redet der Mann? Ich verstehe kein Wort! Hilfe suchend schaue ich Hilda an, die meinen Blick richtig deutet.
»Was mein Vater sagen will: Er war ziemlich knapp bei Kasse und brauchte ganz dringend Geld. Walhall, sein Götterschloss, war gerade fertig geworden, und die Riesen, die es gebaut hatten, wollten ihre Bezahlung. Und da wartete leider eine ziemlich böse Überraschung auf Wotan – Walhall war zehn Mal teurer als ursprünglich geplant! Ich meine, es war schon ein stattlicher Palast – sollte schließlich repräsentativ sein und Platz genug für alle gefallenen Helden bieten. Aber zehn Mal so viel? Als Wotan die Rechnung bekommen hat, ist er echt hintenüber gekippt. Er hat den Riesen dann erst mal die Göttin Freya als Pfand mitgegeben. Das war aber keine Dauerlösung, denn Freya und ihren Äpfeln verdanken wir Götter unsere Unsterblichkeit. Wir brauchten Freya also dringend wieder zurück. Tja, und da kam Loge die Idee mit dem Goldschatz von Alberich.«
Ich schüttle den Kopf.
»Stopp, stopp, stopp, nicht so schnell! Wer ist denn nun wieder Loge?« Ich erinnere mich zwar noch genau an das nach ihm benannte Erdbeereis, aber was für eine Rolle spielte der noch mal bei den Germanen?
»Oh, du hast ihn schon kennengelernt«, grinst Hilda.
»Ja?«

»Ja. Der Herr mit der Halbglatze. Unser Feuergott. Und Farbauti, der Riese, ist übrigens sein Vater.«
»Wie bitte? Dieser kleine Wicht mit Nickelbrille ist der Feuergott? Und der hat einen Riesen als Vater? Wie geht das denn?«
Hilda zuckt mit den Schultern.
»Du darfst dir das eben nicht so vorstellen wie bei euch Menschen. Jedenfalls ist Loge wirklich ein brillanter Erfinder, nur seine Idee mit Alberichs Schatz war im Nachhinein ein Satz mit x.«
»Mit x?«
»Ja. War wohl nix.«
»Genau«, meldet sich nun wieder Wotan zu Wort. »Loge und ich haben den Riesen versprochen, ihnen als Bezahlung den Schatz zu besorgen. Im Gegenzug wollten sie dann Freya wieder zurückbringen. Wir sind also hin zu Alberich und haben ihm mit einem Trick den Schatz mitsamt Ring abgenommen. Deswegen hat der Zwerg den Ring verflucht. Allen, die mit dem Ring in Berührung kämen, würde er Unglück bringen.«
»War am Ende auch so«, wirft Hilda ein. »Es gab richtig viel Ärger und jede Menge Tote, am Ende der Geschichte war Walhall abgebrannt, und der Ring landete wieder im Rhein.«
Wotan seufzt ein sehr, SEHR tiefes Seufzen, fährt sich durch seine grauen Haare – und nimmt dann sogar die Sonnenbrille ab. Jetzt sehe ich auch den Grund für die Brille: Der Götterchef hat offensichtlich nur ein Auge! Sein

linkes Auge – fehlt! Das Lid scheint fest verschlossen zu sein, nur sein rechtes Auge schaut mich ziemlich müde an. Gruselig sieht das aus, ich muss schlucken.
»Mein Auge, richtig?«
Ich blicke, peinlich berührt, zu Boden und fühle mich ertappt. Aber Wotan lacht.
»Ist schon in Ordnung. Die meisten Menschen reagieren so, deswegen die Sonnenbrille. Ich gab mein linkes Auge, um aus der Quelle der Weisheit zu trinken. Aber wenn ich bedenke, was für ein alter Trottel danach aus mir wurde, hätte ich es ruhig behalten können.«
»Ach, kommen Sie«, versuche ich, ihn aufzumuntern. »Jeder macht mal einen Fehler.«
Er schüttelt den Kopf.
»Jeder Mensch vielleicht, mir als Gott hätte das nicht passieren dürfen. Alles nur wegen dieses blöden Bauwerks. Hätte ruhig eine Nummer kleiner sein dürfen, dann wären die Kosten auch nicht so aus dem Ruder gelaufen. Aber nein, es musste ja alles vom Feinsten sein!«
Noch ein Seufzer, er setzt die Sonnenbrille wieder auf.
»Jedenfalls habe ich nach dem ganzen Ärger mit Alberich und dem Ring beschlossen, mich zur Ruhe zu setzen. Der Ring lag ja nun da, wo er hingehört: auf dem Grund des Rheins. Alberich saß im Schmollwinkel, schrieb höchstens mal einen garstigen Leserbrief ans Götterblatt, und mein Palast Walhall war abgebrannt. Und dann haben sich MEINE Germanen auch noch einem anderen Gott zugewandt. Der war auf einmal so etwas von angesagt bei

den Menschen, unglaublich! Sorgte bei seinen Schäfchen nicht mit einem kräftigen Donnerwetter für Ordnung, sondern kam mit so einem neumodischen Kram wie Liebe, Vergebung und Nachsicht um die Ecke. Da konnte ich nun wirklich nicht mehr mithalten, das war überhaupt nicht mein Stil.«

Er kramt in seiner Anzugtasche und zieht etwas hervor, was wie eine Zigarre aussieht. Tatsächlich, Wotan zündet sich eine Zigarre an und bläst nachdenklich Kringel in die Luft. Mir wird von dem Rauch leider sofort schlecht, aber ich bin wild entschlossen, mir das nicht anmerken zu lassen. Die Geschichte ist einfach zu spannend!

»Ich habe dann alle in dem Glauben gelassen, die Götterdämmerung habe tatsächlich stattgefunden und mich gäbe es gar nicht mehr. Farbauti hat in aller Ruhe wieder Walhall aufgebaut – kleiner natürlich und diesmal mit einem exzellenten Kostenmanagement. Mit meinen verbliebenen Helden, Göttern und meiner Frau Fricka bin ich dort ganz still und heimlich eingezogen. Nach ein paar Jahrhunderten habe ich sogar angefangen, Golf zu spielen.«

Er stößt noch ein paar Rauchkringel aus und lächelt dann.

»Mittlerweile habe ich Handicap zehn. Ziemlich beachtlich für jemanden, der nur noch ein Auge hat, oder?«

Ich kenne mich mit Golf zwar überhaupt nicht aus, nicke aber eifrig, um Wotan in Erzähllaune zu halten.

»Mein Leben im Ruhestand hätte also wunderschön sein können. Gut, Fricka wachte mit Argusaugen über mich, und wehe, es lagen mal meine Socken im Schlafzimmer herum oder ich vergaß, die Zahnpastatube zuzuschrauben ... na ja, Kleinigkeiten eben. Aber alles in allem war ich zufrieden. Und wäre es heute noch, wenn nicht ...« Er nimmt einen tiefen Zug aus seiner Zigarre und verstummt. Hey, das ist unfair! Ich will sofort wissen, wie die Geschichte weitergeht! Leider sagt Wotan kein Wort mehr, sondern starrt nur vor sich hin und raucht. Ich will ihn gerade am Ärmel zupfen, aber Hilda hält mich zurück.

»Lass mal. Wenn mein Vater so drauf ist, schwirrt er gerade in anderen Sphären herum. Wir sehen hier gewissermaßen nur seine menschliche Hülle. Wenn du willst, kann ich dir aber erzählen, was dann passiert ist.«

»Klar will ich!«, beeile ich mich zu versichern.

»Gut. Wo waren wir noch mal stehen geblieben?«

»Im Wesentlichen bei den dreckigen Socken deines Vaters.«

»Ah ja. Es war aber nicht nur Frickas Ordnungsfimmel, der für Ärger sorgte. Leider beschloss auch Zwergenkönig Alberich, allen wieder mächtig auf die Nerven zu gehen. Der hatte nämlich in der Zwischenzeit auch herausgefunden, dass damals nur der Ring im Rhein gelandet war. Der Nibelungenhort hingegen, also das von Alberichs ausgebeutetem Volk geschürfte Gold, lag nicht im Rhein. Das hatte Siegfried nämlich nicht aus der Drachenhöhle mitgeschleppt, als er den Drachen erschlagen hatte, der Ring und Schatz bewachte.«

»Bitte wer? Siegfried? Wer ist das denn schon wieder?«

Hilda lacht.

»Wenn Siegfried hört, dass du ihn nicht kennst, wird er ausrasten. Er hält sich für den wichtigsten Helden der Menschheit.«
»Ach ja? Ich dachte, das seien Superman oder Batman. Siegfried kenne ich nicht.«
»Falsch. Du hast ihn heute Morgen kennengelernt. Der große Blonde, dem du direkt vor die Füße gefallen bist. Das ist Siegfried.«
»Ach, du meinst Ken.«
Hilda zieht die Augenbrauen hoch.
»Ken? Nein, der heißt Siegfried.«
»Aber er sieht aus wie Ken. Nur in Blond.«
Es ist mit Sicherheit ein seltener Moment: Hilda sieht komplett ahnungslos aus. Ich muss grinsen.
»Na, wie von Barbie und Ken. Du weißt schon, dieser gut aussehende Typ, der immer neben Barbie rumsteht. Oder ihr Auto fährt oder ihr Pferd festhält.«
Sie schüttelt den Kopf.
»Tut mir leid, ich kenne weder Barbie noch Ken.«
»Ich fasse es nicht – du wohnst schon seit ein paar Tausend Jahren hier, und du weißt nicht, wer Barbie ist? Sie ist das absolute Vorbild für kleine Mädchen – ein blondes Model, eine Puppe, die superschlank, superschön und superschlau ist. Einfach perfekt.«
»Ach, die meinst du!« Hilda verzieht den Mund. »Über diese schwachsinnige Puppe habe ich mich schon echt aufgeregt! Es gibt überhaupt keinen perfekten Menschen, und niemand weiß das besser als ich. Soll ich jetzt wei-

tererzählen, oder willst du mir noch was zum Thema *Vorbilder für Mädchen* mitteilen?«

Ist ja gut, ist ja gut! Hilda kann echt streng sein. Und humorlos. Wie eine Oberlehrerin. Aber ich will mich nicht mit ihr streiten, sonst erfahre ich ja nie, wie die Geschichte weitergeht. Also schüttle ich nur den Kopf und halte ansonsten meine Klappe.

»Siegfried ist ein Held und ein Enkel von Wotan. Er sollte für ihn den Ring von den Riesen zurückerobern. Das hat nur so halb geklappt – wenn du mich fragst, auch deswegen, weil Siegfried immer so wahnsinnig eingebildet ist. Ich erspare dir die Details, auf jeden Fall hat es das Nibelungengold von der Drachenhöhle aus im Laufe der Jahrhunderte in alle Himmelsrichtungen verstreut. Meist haben die Menschen daraus Schmuck oder Kronen oder sonst was geschmiedet. Und nicht nur das hat Alberich herausgefunden: Er wusste irgendwann auch über die unheimliche Macht des Goldes Bescheid.«

»Welche unheimliche Macht?«

»Hat mein Vater doch vorhin schon erzählt: Der Ring hatte auf das Nibelungengold gewissermaßen ›abgefärbt‹. Er lagerte in Nibelheim, der Hauptstadt der Nibelungen, so lange mit dem Nibelungengold zusammen, dass das restliche Gold seine Macht irgendwie angenommen hat. Kriege auf der ganzen Welt zeigen das. Alberich wollte deswegen wieder einen Ring schmieden, diesmal aus Nibelungengold. Um sich so die Weltherrschaft zu sichern. Also hat er sich auf die Suche nach Kunstschätzen gemacht, die aus dem alten Nibelungengold geschaffen worden waren. Wotans alte Späher, die noch immer über den gesamten Erdkreis verteilt sind, haben uns davor gewarnt!« Sie senkt die Stimme, bis sie fast nur noch flüstert. »Wir müssen verhindern, dass Alberich jemals wieder einen solchen Ring in die Finger bekommt und die Weltherrschaft an sich reißen kann. Deswegen hat mein Vater den Agentenring gegründet. Im Kampf gegen das Böse müssen wir unbedingt die Nase vorn haben! Und du kannst uns dabei helfen – ich weiß, dass du es kannst! Glaub mir, als Walküre habe ich ein Näschen für Helden! Ich weiß schon seit geraumer Zeit, dass du einer bist! Ich habe nämlich schon von dir geträumt, noch bevor ich dich überhaupt zum ersten Mal gesehen habe. Da wusste ich: Entweder du bist für uns eine echte Unterstützung – oder bringst 'ne Menge Ärger. Nach der Nummer mit der Pizza dachte ich zuerst, es würde Letzteres sein.« Sie grinst, und die Sommersprossen tanzen dabei auf ihrer Nase.

Mir hingegen schwirrt der Kopf! Gold, Weltherrschaft, gierige Zwerge und Helden – und ich mittendrin. Ob das gut geht? Da habe ich meine Zweifel.

»Aber sag mal, eines versteh ich nicht so ganz«, werfe ich ein, »wenn ihr doch irgendwelche Zwerge jagt – wieso haben Farbauti und die beiden anderen Verrückten dann mich überfallen? Ich bin vielleicht keine eins achtzig, aber ein Zwerg nun definitiv auch nicht. Eine Verwechslung ist da wohl ausgeschlossen.«

»Tja, das lag an deiner Pizza«, kichert Hilda.

»An meiner Pizza?«
»Du hast vom Telefon in meiner Wohnung hier angerufen und eine ›Pizza Salami, extradünn und ohne Rand‹ bestellt. Und damit aus Versehen Alarmstufe Rot ausgelöst.«
Ich reiße die Augen auf.
»Was habe ich? Ich habe doch nur eine Pizza bestellt, sonst nichts!«
»Nein, du hast eben nicht irgendeine x-beliebige Pizza bestellt. Sondern eine *Pizza Salami, extradünn und ohne Rand*. Das ist unser Codewort für einen Angriff von Alberichs Zwergen auf einen unserer Agenten. Geri sah meine Telefonnummer und dachte, der Ernstfall sei eingetreten. Deshalb hat er sofort Farbauti losgeschickt, um mich zu retten. Hättest du zum Beispiel eine Pizza Tonno bestellt, wäre das alles nicht passiert.«
Alter Schwede. Besser wär's gewesen. Leider mag ich keinen Thunfisch.

# 7. Kapitel

## Willkommen im Club!

Fassen wir mal zusammen: Ich bin heute von einem Baum und einem Helden vor die Füße gefallen, habe einen echten Gott kennengelernt und festgestellt, dass das Mädchen, das mit mir Tür an Tür wohnt, in Wirklichkeit eine Walküre ist. Alle drei sind Teil eines international agierenden Agentenrings, der die Welt vor einem miesen Zwergenkönig retten will, der die Weltherrschaft übernehmen will und den nur noch ein Stück Gold davon trennt. War sonst noch was? Ach ja, und dann hat sich vor meinen Augen ein Kellner in einen Wolf verwandelt – das hätte ich fast vergessen. Ich würde sagen, für den obligatorischen *Was-ich-in-meinen-Ferien-erlebt-habe*-Aufsatz habe ich mittlerweile genug Stoff zusammen.
Insofern könnte ich jetzt also nach Hause gehen und Dad erzählen, dass die Pfadfinder in Bayreuth mit Abstand das spannendste Ferienprogramm haben, das ich je erlebt habe. Aber das mache ich natürlich nicht. Stattdessen folge ich Wotan, der mittlerweile wieder aus seiner Körperstarre erwacht ist und mir mit einem Winken andeutet, ihm nachzugehen.

Er führt Hilda und mich wieder in den Gang gegenüber von den Toiletten, aber diesmal gehen wir nicht in den Raum, in dem sich Kellner Geri zum Wolf verwandelt hat, sondern laufen daran vorbei. Der Gang führt scharf rechts um die Ecke – und wir stehen vor einer ziemlich unspektakulär aussehenden weißen Fahrstuhltür. Eine Handbewegung von Wotan, sie öffnet sich, wir steigen ein und ein geschätztes Stockwerk tiefer wieder aus. Auch dort stehen wir wieder vor einer Tür, diesmal allerdings aus Stahl. Sie öffnet sich erst, als Hilda am Eingang ihren Finger auf eine Tafel legt. Scheint ein Abdruckscanner zu sein.

Ein leises Summen, dann fährt die Tür zurück und gibt den Blick auf einen Raum frei, der offensichtlich Wotans geheimes Hauptquartier ist. Wow! Dieses riesige Gewölbe würde dem britischen Geheimdienst MI 6 alle Ehre machen, jedenfalls sieht das im Fernsehen ziemlich genau so aus. Gigantische Bildschirme, riesige Computer und in der Mitte ein Tisch mit einem überdimensionalen Schaltpult – ich bin schwer beeindruckt. Fast erwarte ich, hier gleich James Bond zu begegnen, aber es ist Loge, der uns als Erstes begrüßt.

»Willkommen in *Xerton*, junger Freund. Ich höre, du willst dich uns anschließen. Sei mir also gegrüßt.«

»Xerton ist Germanisch und bedeutet Herz«, erklärt mir Hilda. »Du befindest dich hier in unserer Zentrale. Früher wurden hier Weinfässer gelagert, wir haben also ein bisschen modernisiert. Ganz cool geworden, oder?«

Sie grinst. Wotan hingegen wirkt irgendwie ... bedrückt. Seltsam! Jetzt seufzt er auch noch.

»*Cool.* Brunhild sagt es. Ich persönlich wäre ja lieber in Walhall geblieben. Als meine Späher mir jedoch von Alberichs schändlichem Plan berichteten, war klar, dass mein Ruhestand ab sofort beendet ist. Die Vorstellung, dieser grässliche Zwerg könnte tatsächlich Herrscher der Welt werden und alles und jeden ins Unglück stürzen – grauenhaft! Also habe ich schweren Herzens den Golfschläger aus der Hand gelegt und mich sofort drangemacht, eine schlagkräftige Gegenwehr zu organisieren.«

»*Fast* sofort«, wirft Loge ein. »Anfangs hatten wir noch ein kleines Personal- und Ausstattungsproblem.«

»Gut«, gibt Wotan ihm recht, »nach ein paar Hundert Jahren Arbeitslosigkeit präsentierten sich meine Helden von einst nicht gerade in Topform. Um im Wettrennen ums Gold mit dem Giftzwerg nicht völlig chancenlos zu sein, mussten wir sie also wieder in Form bringen.«

»Und technisch auf den neuesten Stand!«, ergänzt Loge. »Denn seien wir mal ehrlich – unser Siegfried zum Beispiel war zwar im Umgang mit dem Schwert mal Weltklasse, damit lockt man aber heute niemanden mehr hinter dem Ofen hervor. Wir brauchten also einen Innovationssprung – und wer hätte den besser verantworten können als ich?«

Hilda rollt mit den Augen. Wahrscheinlich hört sie die Geschichte nicht zum ersten Mal. Auch Wotan verzieht den Mund.

»Ja, ja, Loge, ist ja gut. Niemand hier bezweifelt, dass du der größte Erfinder aller Zeiten bist. Worauf ich eigentlich hinauswollte: Ein Agentenzentrum musste her, und zwar schnell. Mit Schulungsräumen, Werkstatt und Kommandozentrale.«
»Verstehe«, sage ich. »Und das alles in einer Pizzeria in der deutschen Pampa zu verstecken – das ist genial!«
Hilda lacht, Loge hustet, und Wotan schaut betreten zu Boden. Komisch – habe ich etwas Falsches gesagt? Das war doch nett gemeint! Oder dürfen Menschen Götter nicht loben? Ich beschließe, demnächst einfach meine Klappe zu halten.
»Komm, Henry, ich zeige dir mal alles«, wechselt Hilda schnell das Thema und zieht mich weiter in den Raum. Nach ein paar Metern stehen wir vor einer großen Glaswand, die einen kleineren Raum vom Gewölbe trennt.
»Hinter dieser Wand liegt gewissermaßen Loges Reich. Hier tüftelt er an all den Sachen, die unser Agentenleben erleichtern. Bisher hatte er wirklich für jedes Problem eine Lösung.«
Loge ist uns hinterhergekommen und öffnet mit einem bloßen Fingerschnipsen eine Tür in der Glaswand, die zuvor nicht zu sehen war.
»Komm ruhig hinein, mein Junge. Für dich habe ich etwas besonders Passendes. Quasi wie für dich gemacht!«
Ich folge ihm in den Raum, der bei genauerem Hinsehen ein großer Glaswürfel zu sein scheint. An der einen Seite steht eine Art Werkbank, daneben Schränke aus Metall.

Loge öffnet einen und beginnt, in den darin untergebrachten Schubladen zu wühlen.
»Ha, da ist es ja!«, ruft er schließlich triumphierend, dreht sich zu mir um und hält mir einen Knopf unter die Nase. Oder etwas, das auf den ersten Blick so aussieht.
»Bitte sehr: der einzigartige, der wunderbare, der unerreichte ...«, er macht eine Pause, fast erwarte ich, nun einen Trommelwirbel zu hören – der allerdings ausbleibt, stattdessen holt Loge noch einmal tief Luft –, »... LOGE 3000! Der erste Universaltranslator der Welt.«
»Aha.« Mehr fällt mir dazu nicht ein. Was in aller Welt ist ein Universaltranslator?
Als er meinen verständnislosen Gesichtsausdruck sieht, schaut Loge fast ein bisschen enttäuscht.
»So richtig schnell im Kopf bist du aber auch nicht, oder? Dieses technische Meisterwerk ist der perfekte Übersetzer. Und zwar in beide Richtungen.«
Als ich immer noch nicht schlauer aussehe, seufzt Loge, öffnet die Tür zum Hauptgewölbe und ruft etwas hinein. Sofort erscheint der Riese und starrt mich böse an.
»Ich werde es dir demonstrieren«, meint Loge dann, an mich gewandt. »Farbauti, meinen Vater, kennst du ja schon.« Er dreht sich zu ihm und fängt an, in dem schrecklichen Kauderwelsch zu sprechen, in dem sich hier alle zu verständigen scheinen. Farbauti antwortet ihm ebenso unverständlich und guckt weiter sehr böse.
In diesem Moment fasst mir Loge ans Ohr und drückt den Knopf hinein. Aua! Was soll das denn? Ich will den

Knopf gerade wieder herausfriemeln, da wird mir klar, dass ich Farbautis Wortschwall auf einmal eins a verstehen kann.

»Wirklich, Loge – wir wissen gar nichts über diesen Jungen. Was, wenn es doch einer von Alberichs Zwergen ist? Ich sage dir, er ist hinter dem Gold her. Wir hätten ihm vorgestern einfach den Hals umdrehen sollen.«

»Das stimmt doch gar nicht!«, rufe ich und glaube, meine Stimme dabei wie ein fernes Echo in dieser fremden Sprache zu hören.

»Perfekt!« Hilda klatscht in die Hände. »So kann Henry Germanisch verstehen und sprechen.«

Ich habe tatsächlich Germanisch verstanden und sogar gesprochen? Dann ist der Universaltranslator wirklich ein tolles Ding! Loge nickt zufrieden.

»Ich habe es doch gesagt, der LOGE 3000 ist einzigartig. Und für Agenten, die überall auf der Welt arbeiten, unverzichtbar. Wer weiß, wo wir das nächste Nibelungengold aufspüren?«

»Genau«, gibt ihm Hilda recht. »Zwei Einsätze hatten wir schon, einen in Italien und einen auf Island. Und jedes Mal wären wir ohne den LOGE 3000 ziemlich aufgeschmissen gewesen. So aber konnten wir uns vor Ort völlig unauffällig bewegen und hatten das Gold schon eingesammelt, bevor Alberichs Zwerge überhaupt ihre Schuhe zugebunden hatten.«

Sie grinst, Farbauti schüttelt seine wilden Rastalocken und schiebt ab. Mit dem Translator im Ohr meine ich noch

ein paar seiner Flüche und Verwünschungen zu hören. Wir werden wohl keine Freunde mehr. Ich hoffe nur, dass er mir nicht in einem unbeobachteten Moment doch noch den Hals umdreht.
»Die technischen Finessen von Loge sind nicht schlecht«, dröhnt auf einmal Wotans Stimme hinter mir, »aber es kann nicht schaden, wenn du etwas über Angriff und Verteidigung lernst. Schließlich sind die Zwerge nicht zimperlich in der Wahl ihrer Mittel. Siegfried geht mit dir in die Arena, um zu trainieren. Und nehmt Geri mit. Es soll schon möglichst realistisch sein.«

Der erste Schuss trifft mich sofort. Noch bevor ich hinter der nächsten Wand in Deckung gehen kann, zielt Siegfried ein zweites Mal. Ich versuche, mich zur Seite fallen zu lassen, aber zu spät! Auch dieser Schuss ist ein Treffer. Mein Gürtel fängt an, wild zu blinken und zu vibrieren, ich rette mich hinter eine Säule. Leider laufe ich dabei genau ins Zielfeuer von Geri, der mit mir kurzen Prozess macht – eine Salve aus seiner Waffe, und ich bin erledigt, weil dreimal getroffen. Ein schriller Heulton verkündet mein plötzliches Ableben. Mist! Das hatte ich mir einfacher vorgestellt.
Hilda lässt sich neben mich auf den Boden fallen. Jedenfalls glaube ich das. In der Arena ist es zwar stockdunkel, aber an ihrem Lachen erkenne ich sie sofort.
»Wir hätten wirklich eine Runde Lasertag spielen gehen sollen – dann wärst du hier nicht so abgeschmiert.«

Ich gebe nur ein Seufzen von mir. Was soll ich auch sagen? Hier schon nach zwei Minuten abgeballert zu werden, ist wirklich ziemlich peinlich.
»Nee, im Ernst«, redet Hilda weiter, »die Trainingsarena funktioniert genau wie Lasertag.« Als das Blinken von Siegfrieds Waffe näher kommt, beginnt sie zu flüstern. »Das kann man da auch ganz gut heimlich üben, mach dir keine Sorgen. Beim nächsten Mal wird Siegfried es nicht so leicht mit dir haben. Da werden deine Reflexe besser sein.«
Mit einem Flackern geht die Deckenbeleuchtung wieder an, aus der Arena wird wieder eine schmucklose Lagerhalle, in der Stellwände aus Sperrholz und Säulen aus Beton aufgebaut sind. Siegfried und Geri stehen mit ihren Waffen direkt vor uns. Siegfried grinst.
»So, und du bist jetzt also unsere großartige Verstärkung. Der neue Stern an Wotans Agentenhimmel. Nun denn.« Er steckt seine Waffe ins Holster und streicht sich durch seine blonden Haare. Geri schüttelt den Kopf und schnaubt verächtlich.
»Ein Bengelchen wie dieses hier, noch dazu ein ganz normaler Mensch – manchmal frage ich mich, was in dem Kopf des Alten so vor sich geht!«
Hilda springt vom Boden auf und baut sich direkt vor Geri auf.
»Vorsicht, Wolf! Überleg dir gut, was du über deinen Meister sagst. Vielleicht denkst du auch einfach an Freki und wie es ihm ergangen ist.«

Geri stößt einen jaulenden Laut aus und läuft aus der Halle. Siegfried hingegen lacht laut, aber nicht unfreundlich.

»Na gut, Wotan wird seine Gründe haben. Und mit einem echten Helden wie mir an deiner Seite kann sowieso nicht viel schiefgehen.« Dann reicht er mir seine Hand und zieht mich vom Boden hoch. »Willkommen im Club, Henry Smart!«

# 8. Kapitel

## Amerikanische Spezialitäten mit Nebenwirkungen

Diesmal ist es nicht nur in der Arena dunkel, sondern ganz Xerton liegt in absoluter Finsternis. Als ich mich zwischen zwei Schränke kauere, schlägt mein Herz so laut, dass ich schon fürchte, es könne mich verraten. Bumm, bumm, BUMM – unaufhörlich hämmert es in meinen Ohren, und langsam begreife ich, dass dies nicht nur mein Herzschlag ist, sondern dass ich Schritte höre, die immer näher kommen. Die Schritte eines Riesen. Und die eines Wolfes. Ich kann das nasse Fell riechen und seine Lust an der Jagd spüren. Mein Hals zieht sich vor lauter Panik langsam zu, ich versuche, ruhiger zu atmen, aber es gelingt mir nicht. Farbauti steht nun direkt neben dem Schrank, gleich wird er mich finden. Noch ein Schritt – dann legt sich seine riesige Pranke auf meine Schulter und schüttelt mich durch.

»Sterben sollst du, elender Zwerg!«, ruft er dabei, und dann höre ich eine Stimme schreien, laut und verzweifelt, und es dauert eine Zeit lang, bis ich begreife, dass es meine Schreie sind. Aber niemand wird meine Hilfe-

rufe hören, und niemand wird mich retten. Immer heftiger schüttelt er mich, gleich muss ich dran glauben.
»Henry, hör auf zu schreien!«, herrscht er mich an, aber ich schreie weiter.
»Henry, um Gottes willen, was ist denn los mit dir?«
Tatsächlich verstumme ich nun kurz – eigentlich seltsam, dass mich Farbauti fragt, was mit mir los ist. Man wird schließlich nicht alle Tage erwürgt. Das Mindeste, was mir da zusteht, sind doch wohl ein paar ordentliche Hilfeschreie!
Er streicht überraschend sanft mit seiner Hand über meine Stirn.
»Henry, Sweetie, nun beruhige dich doch. Alles ist gut!«
*Sweetie*? Hat Farbauti mich eben *Sweetie* genannt? Ich starre ihn an. Nein, das ist nicht Farbauti. Es ist mein Vater. Und ich kauere auch nicht zwischen den Schränken in Loges Glaskasten, sondern liege auf dem Sofa unseres Wohnzimmers.
»Dad?«, krächze ich mit heiserer Stimme.
»Natürlich! Wer dachtest du denn? Ich glaube, du hattest einen schlimmen Albtraum! Ich bin gerade nach Hause gekommen und habe dich schon im Treppenhaus schreien hören! Du hast mir einen gehörigen Schreck eingejagt.«
Er streicht mir durch die Haare, die ganz nass geschwitzt sind. Ich rapple mich vom Sofa hoch.
»Ja ... ich ... muss wohl wirklich etwas Schlimmes geträumt haben. Weiß aber gar nicht mehr, was. Nach den

Pfadfindern war ich so müde, eigentlich wollte ich mich auf dem Sofa nur ein bisschen ausruhen.«

Mein Vater guckt besorgt.

»Was habt ihr denn bloß gemacht bei den Pfadfindern, dass du danach am helllichten Tag einschläfst und dann Albträume bekommst?«

»Wir haben Lasertag gespielt«, antworte ich halbwegs wahrheitsgemäß.

»Lasertag? So früh am Morgen?«

»Äh, ja, das war so eine Sonderaktion. Nur für Pfadfinder.«

Dad schüttelt den Kopf.

»Ich weiß schon, warum ich etwas gegen dieses Kriegsspiel habe. Das ist einfach noch nichts für Kinder in deinem Alter.« Er mustert mich kritisch. »Geht es dir denn jetzt wieder gut?«

Ich nicke.

»Alles bestens. Mach dir keine Sorgen.«

»Gut, wir haben nämlich heute Abend Gäste.«

»*Wir* haben Gäste? Wen denn? Wir kennen hier doch niemanden? Sag bloß, du hast Kollegen eingeladen?«

Bitte, bitte nicht! Denn was ist schlimmer, als von kellnernden Wölfen und zotteligen Riesen verfolgt zu werden? Richtig: Wenn die Eltern Arbeitskollegen zum Essen einladen und der Abend nicht nur sterbenslangweilig wird, sondern man sich auch die ganze Zeit gut benehmen muss.

Dad lacht.

»Nein, keine Sorge. Ich habe lediglich eine Gegeneinladung an unsere reizenden Gastgeberinnen ausgesprochen. Sie haben neulich Abend so nett auf dich aufgepasst, da wollte ich mich revanchieren und für die Damen kochen.«

Oh nein, mein Vater will kochen! Das wird eine totale Katastrophe. Dad ist als Künstler nämlich auch in der Küche total chaotisch. Wenn er also für Gäste den Kochlöffel schwingt, kann man hinterher die komplette Küche renovieren. Ich weiß nicht, ob unsere Gastgeberinnen davon so begeistert sein werden. Wahrscheinlich verwandeln die sich auch in Wölfe oder etwas anderes Gefährliches, wenn sie sauer sind. Immerhin handelt es sich um Hildas Tanten, und ich nehme an, dass das Übernatürliche in der Familie liegt. Das würde auch erklären, warum ich nicht sagen kann, wie alt sie sind. Wahrscheinlich können sie ihr Alter ändern. Und wenn sie das können, können sie Dad bestimmt auch in einen Sack Kartoffeln oder eine Küchenwaage verwandeln, wenn er ihren Ofen mit seinem berühmt-berüchtigten Marshmallow-Kuchen versaut oder den Herd beim Abfackeln von Steaks ruiniert.

»Dad, das finde ich theoretisch eine super Idee von dir. Aber wollen wir nicht lieber etwas bestellen? Du musst doch momentan so viel arbeiten, da ist Kochen doch viel zu anstrengend für dich«, versuche ich, ihn von seinem Plan abzubringen. Mein Vater überlegt kurz, dann hellt sich sein Gesicht auf.

»Junior, what a good idea! Und hängt am Kühlschrank

nicht ein Flyer von einem italienischen Restaurant, das auch liefert? Moment, da rufe ich gleich mal an.«
Waaahhhhh! Was habe ich getan? Dad geht aus dem Wohnzimmer in den Flur zur Küche, ich springe vom Sofa auf und renne hinterher, überhole ihn kurz vor der Küchentür, bleibe dann aber mit meiner linken Schulter am Türrahmen hängen – und knalle Gesicht voraus voll auf den Boden.
»Junior!«, ruft Dad erstaunt. Ich ignoriere das, raffe mich schnell auf, stürze zum Kühlschrank und reiße den Flyer von der Tür. Auf gar keinen Fall wird Dad dort anrufen. Es reicht, wenn einer aus der Familie aus Versehen Mitglied in einem Agentenring wird!
»Was soll das denn?« Im Gesicht meines Vaters sehe ich völlige Verständnislosigkeit. Er steht nun direkt neben mir und legt seine Hand auf meine Schulter. »Gib mir den Zettel, ich gucke mal, was wir bestellen können.«
Ich schüttle wortlos den Kopf. Stattdessen beginne ich, den Flyer in kleine Stücke zu reißen. Sicher ist sicher.
»Sag mal, spinnst du jetzt komplett? Du wolltest doch, dass ich etwas bestelle, und jetzt führst du dich hier auf wie ein Irrer! Ich glaube ...«
Bevor ich noch erfahre, was Dad glaubt, kommt Frau Urdmann in die Küche. Und zwar als alte Frau.
»Kann ich helfen?«, fragt sie mit beinahe zittriger Stimme.
Sofort stecke ich den Zettel, oder besser: das, was von ihm übrig geblieben ist, in meine Hosentasche. Mein Va-

ter lässt meine Schulter los und hebt seine Hand zum Gruß.
»Oh, hallo, Frau Urdmann! Wir diskutieren nur gerade, womit wir Sie und Ihre Schwestern heute Abend verwöhnen könnten. Gibt es irgendetwas, was Sie besonders gern essen?«
Dazu sagt die alte Dame nichts mehr. Sie starrt mich nur an und murmelt etwas vor sich hin.
*»Wird wieder sein, wie ich es sehe. Das Kind weist uns den Schatz. Wer ihn besitzt, den sehre die Sorge, und wer ihn nicht hat, den nage der Neid. Heinrich, nimm dich in Acht! Vergiss die Monde nicht! Zeigt er sich voll, so bleibst zum Blauen du.«*
Dann dreht sie sich um und verschwindet genauso schnell, wie sie gekommen ist.
»Was war denn das für eine seltsame Sprache?«, erkundigt sich Dad, und erst da fällt mir auf, dass ich immer noch den LOGE 3000 im Ohr habe. Funktioniert also einwandfrei, das Teil. Übersetzt selbst germanisches Gemurmel. Wörtlich jedenfalls. Ich habe keinen blassen Schimmer, was Frau Urdmann inhaltlich damit gemeint hat. Sehre, Sorge, Mond, blau? Ich werde Hilda fragen, wenn ich sie nachher sehe.
Mein Vater schüttelt den Kopf.
»Okay, der Flyer ist futsch. Frau Urdmann war nicht besonders hilfreich – ich würde sagen, ich mache uns eine amerikanische Spezialität, die jeder mag!«
Lieber Gott, lass es keine Marshmallow-Torte sein!

Misstrauisch hebt Frau Skuldmöller ihren Teller hoch und schnuppert daran. Wir sitzen zu sechst am Küchentisch, den Dad mit einer Tischdecke, Kerzen und gefalteten Servietten auf edel getrimmt hat. Ich trage zur Feier des Tages ein sauberes, frisch gebügeltes Hemd. Hilda hat sich offenbar mal gekämmt und sieht sehr ordentlich aus, die Damen sind so alt wie eh und je und tragen Spitzenblusen und Strickjacken. Vielleicht habe ich mir das mit dem Alter doch nur eingebildet. Jetzt sehen die drei jedenfalls wie völlig harmlose Omis aus.

»Und das isst man einfach so mit den Händen?«, will Frau Urdmann wissen.

»Genau!«, bestätigt Dad. »Einfach reinbeißen, Frau Urdmann! Guten Appetit!«

Sie nimmt einen kleinen Bissen, kaut vorsichtig, überlegt kurz und beißt dann noch einmal ein großes Stück ab.

»Hm, wirklich nicht schlecht. Und das kommt aus Norddeutschland?«

»Wieso Norddeutschland?«, frage ich verblüfft nach.

»Sagte dein Vater nicht, das Rezept stamme aus Hamburg?«

Ich kann mir ein Lachen nicht verkneifen.

»Nein, nicht aus Hamburg. Es heißt nur Hamburger. Keine Ahnung, warum.«

Frau Urdmann schluckt noch einen Bissen herunter, dann lächelt sie.

»Ich könnte es herausfinden, junger Heinrich. Ich müsste nur gucken, wann ...«

»Nein«, ruft Hilda plötzlich so laut dazwischen, dass mein Vater zusammenzuckt, »das brauchst du nicht. So wichtig ist es auch nicht. Oder, Henry?« Sie knufft mich in die Seite.
»Äh, nein, ich ... äh ... will es eigentlich auch gar nicht wissen.«
»Hilda, wenn deine Tante recherchieren möchte, warum der Hamburger Hamburger heißt, dann lass sie doch. Ich finde das eigentlich ganz interessant. Ich habe mich das auch schon öfter gefragt«, gibt Dad seinen Senf dazu.
»Siehst du!«, sagt Frau Urdmann und klingt sehr zufrieden. Dann lehnt sie sich zurück und schließt die Augen. Kurz darauf scheint die Lampe über dem Küchentisch dunkler zu werden, so als hätte jemand einen Dimmer heruntergedreht. Allerdings hat diese Lampe gar keinen Dimmer, sondern nur einen normalen Schalter. Die alte Standuhr, die in der Ecke neben dem Küchenschrank mit den Gläsern steht, schlägt siebenmal, und irgendwie klingen die einzelnen Glockenschläge nun besonders gruselig. Dann fangen auch noch die Kerzen auf dem Tisch zu flackern an, ohne dass nur der leiseste Luftzug zu spüren wäre. Ich fühle mich nicht mehr besonders wohl in meiner Haut und wünschte, wir hätten doch einfach ein paar Pizzen bestellt. Gibt bestimmt auch einen anderen Pizzaservice in Bayreuth.
Frau Urdmann hat die Augen immer noch geschlossen und fängt nun leise an, vor sich hin zu brabbeln. Sehr leise. Zu leise. Jedenfalls für den LOGE 3000, ich kann

beim besten Willen nicht verstehen, was sie da erzählt. Die Kerzen flackern noch stärker, schließlich erlöschen die Flammen ganz. Dafür steigt ein heller Nebel von der Tischplatte auf, der sich wie eine Stola um Frau Urdmanns Schultern legt. Ich gebe zu: Mir läuft ein eiskalter Schauer den Rücken hinunter! Für heute ist mein Bedarf an Übersinnlichem echt gedeckt, und ich flehe die Götter an, dass sich Frau Urdmann jetzt nicht in einen Wolf verwandelt.

Hilda rollt mit den Augen, sie weiß wohl, was hier auf uns zukommt, und ist davon alles andere als begeistert.

»Hör auf!«, zischt sie ihre Tante an. Die allerdings murmelt weiter und fängt dann auch noch zu singen an. Der Nebel wird immer dichter.

*»Spinnen und singen, spinnen und singen, in langer Zeiten Lauf …«*

»Vera«, ruft Hilda und klingt dabei fast ein wenig verzweifelt, »halt sie auf! Wir haben schon genug Ärger mit den Menschen!«

Nun legt sich der Nebel auch um die Schultern von Frau Verdan-Dimitrowski. In der Küche ist es mittlerweile stockdunkel, nur der Tisch leuchtet auf wundersame Weise, und so kann ich das Gesicht meines Vaters sehen, seine Augen sind weit aufgerissen, der Mund steht offen … Ich schätze mal, der wird nun einige Fragen an unsere Vermieterinnen haben!

Frau Verdan-Dimitrowski legt ihre Hände an die Schläfen, so als ob sie starkes Kopfweh hätte oder als müsste sie sich besonders gut konzentrieren. Auch sie beginnt, etwas zu singen.

*»Verflochten nun des Seiles Fäden, und löse du sie nicht! Schweig still und geh!«* Die letzten Worte klingen nicht mehr wie die Zeile eines Liedes, sondern wie ein Befehl. Kaum hat sie diesen ausgesprochen, gibt es ein lautes Scheppern: Dad ist mit dem Kopf vornüber auf die Tischplatte gekippt. Links und rechts spritzt Ketchup aus dem Burger, der auf seinem Teller direkt vor ihm lag. Es trifft mein weißes Hemd genau in der Mitte, Hilda bekommt ein paar Spritzer im Gesicht ab. Dann ist es unheimlich still, und der Nebel verzieht sich. Ich starre fassungslos auf den Tisch. Dad rührt sich nicht mehr.

# 9. Kapitel

## Zeit ist relativ. Stimmt wirklich.

»Seid ihr völlig irre?«, schreie ich Hilda und ihre Tanten an. »Was habt ihr mit meinem Vater gemacht? Dad, wach wieder auf!« Ich rüttle an seiner Schulter, er regt sich nicht. »Bitte, Dad, was hast du?«
»Nun beruhig dich mal«, fährt mich Hilda an. »Deinem Vater ist nichts passiert. Er, äh ... macht nur ein kleines Nickerchen.«
»Nickerchen? Ihr habt ihn total ausgeknockt! Ihr seid doch total bescheuert! Weckt ihn sofort wieder auf!« Mann, bin ich sauer! Das können die doch nicht machen! Dads Kopf liegt immer noch auf dem Teller, genauer gesagt, auf dem Hamburger samt Brötchen, mitten in den Salatblättern und Tomatenscheiben, die Dad noch auf die Frikadelle legen wollte.
Frau Urdmann kichert.
»Wir brauchen ihn nicht wecken. Die liebe Vera wird die Zeit gleich zurückdrehen, und dann ist es, als wäre nichts geschehen.«
Ich fahre zu ihr herum, um ihr mal richtig die Meinung zu geigen – aber bei ihrem Anblick verschlägt es mir kurz

die Sprache. Da sitzt wieder eine junge Frau, fast noch ein Mädchen. Und auch Frau Verdan-Dimitrowski hat sich stark verjüngt – ich schätze, um ungefähr siebenhundert Jahre! Ich habe es mir also nicht eingebildet: Zwei der drei Damen können ihr Alter offenbar verändern. Alle drei scheinen die ganze Sache übrigens unglaublich komisch zu finden, denn nicht nur Frau Urdmann kichert immer noch, sondern ihre beiden Schwestern ebenso. Mir platzt endgültig der Kragen.

»Jetzt reicht es mir aber! Was heißt denn hier: *als wäre nichts geschehen*? Mein Vater hat echt Aufwand betrieben, damit Sie einen schönen Abend haben, und zum Dank liegt er jetzt mit dem Kopf im Salat? Ich will eine Erklärung, und zwar sofort!«

Betretenes Schweigen.

»Hilda, komm schon – das hat doch bestimmt wieder mit diesem ganzen Götter- und Agentenmist zu tun. Sag bloß, deine Tanten stecken da mit drin? Wieso sehen die eigentlich mal älter und mal jünger aus? Und was sollte der Mist mit dem Tischnebel?«

Hilda räuspert sich.

»Du hast recht, Henry. Meine Tanten sind nicht einfach drei nette ältere Damen, die eine Pension betreiben. Genau genommen, sind sie nicht einmal meine Tanten. Und sie heißen auch nicht Urdmann, Skuldmöller und Verdan-Dimitrowski. Sie sind Urd, Skuld und Verdandi, die drei Nornen.«

»Die drei sind Nonnen? Aber warum sind die dann nicht

im Kloster und beten ’ne Runde, anstatt meinen Vater umzuhauen?«
Augenrollen bei Hilda, Gelächter bei den Damen.
»Quatsch! Nornen, nicht Nonnen!«
»Nornen?«
»Ganz genau. Die Nornen sind unsere Schicksalsgöttinnen.«
»Wen meinst du denn mit *uns*?«
»Uns Germanen.« Sie hält kurz inne. »Ach so, du bist ja kein Germane, sondern Amerikaner. Egal, jedenfalls hast du auch germanische Vorfahren, die Nornen haben also an deinem Faden mitgesponnen.«
Welcher Faden? Ich weiß überhaupt nicht, wovon Hilda gerade redet. Meine Ahnungslosigkeit sieht man mir offenbar an, denn nun schiebt sie eine Erklärung hinterher.
»Sie spinnen den Schicksalsfaden der Menschheit. Sie wissen, was war, was ist und was sein wird. Urd ist die älteste Norne und steht für die Vergangenheit, Verdandi ist die Norne der Gegenwart, und Skuld steht für das, was kommen wird. Manchen Menschen zeigen sie ihr wahres Gesicht, ansonsten sehen sie wie drei alte Frauen aus.«
»Aha, und wenn sie nicht gerade das Schicksal der Menschen bestimmen, vermieten sie Zimmer an Touristen in Bayreuth, um ein bisschen Geld zu verdienen. Klingt total überzeugend.« Ich merke, dass ich immer wütender werde. Dad ist immer noch bewusstlos, und Hilda tut so, als sei hier Märchenstunde.

»Nein, die Pension ist natürlich reine Tarnung«, schlägt Hilda einen beschwichtigenden Ton an. »Wenn wir Agenten zwischen ihren Einsätzen unterbringen müssen, dann wohnen sie hier. Und damit die ganze Sache möglichst unauffällig ist, wohnen hier eben ab und zu auch normale Gäste. So wie du und dein Vater. Reiner Zufall, dass ihr hier gelandet seid.«

Skuld widerspricht.

»Nein, kein Zufall. Du wirst wichtig sein, Heinrich. Für uns alle. Ich habe es gesehen.«

»Echt? Ich? Wichtig? Wie das denn?«, will ich von ihr wissen. Skuld schaut mich mit großen Augen an, sagt aber nichts. Hilda lacht.

»Stelle einer Norne niemals eine konkrete Frage. Sie wird nicht darauf antworten. Aber ich habe ja auch schon von dir geträumt, bevor ich dich zum ersten Mal gesehen habe.«

Ich nicke.

»Ja, ich weiß. Das hast du deinem Vater erzählt. Was genau hast du denn geträumt?«

Hilda zuckt mit den Schultern.

»Eigentlich habe ich dich nur im Traum gesehen. Mehr nicht. Aber als ihr dann hier eingecheckt habt, wusste ich gleich, dass du nicht irgendein Gast bist. Dann noch die Sache mit der Pizza – da war mir klar, dass es besser wäre, aus dir einen Agenten zu machen, als dir einfach den Hals umzudrehen.«

»Ach, aber meinen Vater kann man hier einfach so kalt-

machen? Weil, den braucht ihr ja nicht?«, fahre ich Hilda an.
Verdandi räuspert sich.
»Heinrich, die Sache mit deinem Vater bringe ich gleich wieder in Ordnung. Er sollte nicht wissen, dass Urd in die Vergangenheit schauen kann.« Sie schüttelt den Kopf. »Ich weiß nicht, was sie sich dabei gedacht hat! Menschen werden leicht nervös, wenn sie dem Göttlichen begegnen. Aber keine Sorge – ich kann die Gegenwart ein wenig ändern. Du wirst es gleich sehen.«
»Gute Güte!«, ruft Urd. »Ich wollte dem Jungen lediglich zeigen, warum Hamburger Hamburger heißen. Ein kleiner Blick in die Vergangenheit hätte genügt. Nichts Schlimmes! Dass ihr daraus so ein Drama machen müsst!«
»Wir machen kein Drama daraus«, widerspricht ihr Hilda, »es wäre eines! Also, Vera, leg los!«
Frau Verdan-Dimitrowski, ach nee: Die Norne Verdandi legt die Hände an ihre Schläfen und beginnt, leise vor sich hin zu murmeln. Wieder steigt Nebel von der Tischplatte auf und breitet sich im ganzen Raum aus. Das Murmeln wird lauter, und dank des LOGE 3000 in meinem Ohr kann ich es auch gut verstehen.

**»So sei der Tag, so sei die Stund,**
**verbunden Rund' um Rund',**
**kehrn wieder nun,**
**auf Anfang sie,**
**erlangt der Mensch kein Kund.»**

Wow! Abgefahren! Ich sitze zwar mittlerweile auch mitten im Nebel, kann aber trotzdem sehen, dass wir uns wie rückwärts bewegen – wie im Trickfilm. Wirklich wahr: als wären wir in einem Film gefangen, der nun zurückgespult wird. Dad zuckt zurück, sein Kopf fliegt genauso schnell nach hinten, wie er eben nach vorn geflogen ist, dann sitzt er wieder gerade und unterhält sich im Eiltempo und rückwärts mit den Nornen. Kurzes Kerzenflackern, der Nebel löst sich langsam auf, und als er fast verschwunden ist, kann ich erkennen, dass Frau Urdmann, Frau Skuldmöller und Frau Verdan-Dimitrowski wieder genauso aussehen wie am Anfang des Abends. Spitzenblusen und Strickjacken, die grauen Haare zum Dutt hochgesteckt, alles wieder ganz normal.

Was als Nächstes passiert, jagt mir dann allerdings einen Schauer über den Rücken – Frau Skuldmöller hebt wieder ihren Teller hoch und schnuppert misstrauisch daran. Genau so, wie sie es vor einer halben Stunde getan hat.

»Und das isst man einfach so mit den Händen?«, fragt sie dann erneut.

»Genau!«, bestätigt Dad. »Einfach reinbeißen, Frau Skuldmöller! Guten Appetit!«

Sie nimmt einen kleinen Bissen, kaut vorsichtig, überlegt kurz – und beißt dann noch einmal ein großes Stück ab. Es ist wirklich exakt genauso wie vorhin.

»Hm, wirklich nicht schlecht.«

Ich halte die Luft an. Hoffentlich fragt sie jetzt nicht wie-

der, woher der Hamburger kommt? Sie überlegt kurz, dann lächelt sie.
»Die amerikanische Küche ist doch nicht so schlecht wie ihr Ruf, Herr Smart.«
Puh! Glück gehabt! Wie auch immer Frau Verdan-Dimitrowski das gemacht hat, es hat funktioniert. Wobei ich immer noch nicht weiß, ob das alles nicht nur ein verdammt guter Trick ist. Ich meine – sie kann doch nicht einfach die Zeit zurückdrehen, so als würde sie ihren Wecker einfach von Sommer- auf Winterzeit stellen.
In diesem Moment schlägt die Standuhr. Ich zähle unwillkürlich mit. Klong, klong, klong, klong, klong, klong, klong. Genau siebenmal. Wie eben schon. Es ist also tatsächlich wieder sieben Uhr. Und das schon zum zweiten Mal innerhalb von einer halben Stunde. Mannomann, wo bin ich hier bloß reingeraten?
»Frau Urdmann, hätten Sie vielleicht eine Kopfschmerztablette für mich?«, fragt Dad. »Ich habe auf einmal so ein unangenehmes Pochen hinter den Schläfen. Nichts Schlimmes, aber mit einer Aspirin geht es bestimmt besser.«
Frau Urdmann lächelt.
»Aber natürlich, Herr Smart. Warten Sie, ich hole Ihnen schnell eine. Das liegt bestimmt am Wetter, es ist heute ja sehr drückend.«
Nachdem Dad eine Tablette genommen und wir alle unsere Hamburger aufgegessen haben, erklärt Dad erst mal lang und breit, was genau seine Aufgaben im Team der

Maskenbildner sind und wie sie sich von seinem Job in San Francisco unterscheiden. Mir fallen beim Zuhören fast die Augen zu, so müde bin ich. Außerdem kenn ich die Geschichte ja schon. Ich kann mich kaum noch aufrecht halten – dieser Tag war einfach zu viel für mich. Mühsam unterdrücke ich ein Gähnen.

»Ich bin so müde, ich glaube, ich gehe ins Bett«, sage ich in die Runde.

»Nanu?«, wundert sich mein Vater, »sonst gehst du doch nie vor zehn Uhr ins Bett. Es ist nicht mal neun!«

Ich nicke.

»Stimmt, aber der Ausflug mit den Pfadfindern war echt anstrengend. Ich gehe dann mal, ja?«

»Dann schlaf gut, Junior!«, verabschiedet mich mein Vater, und ich mache mich auf den direkten Weg in mein Zimmer. Das Zähneputzen lasse ich heute mal ganz entspannt weg, wird sowieso überbewertet. Stattdessen ziehe ich meinen Schlafanzug an und falle dann sofort ins Bett. Keine zwei Minuten später schlafe ich tief und fest.

»Henry, wach auf!«

Wer? Wie? Was? Wo bin ich? Und warum ist es hier so dunkel?

»Komm schon, Henry, aufwachen!«

Etwas rüttelt an meiner Schulter. Benommen rapple ich mich aus dem Bett hoch und versuche, mich zurechtzufinden. Als sich meine Augen an die Dunkelheit gewöhnt haben, erkenne ich Hilda, die direkt neben mir steht.

»Was ... was machst du denn hier?«
»Na, dich wecken.«
»Aber warum?«
Soweit ich das im Dunkeln beurteilen kann, hat Hilda jetzt ein dickes, fettes Grinsen im Gesicht.
»Weil soeben dein erster Einsatz befohlen wurde.«
»Hä?«
»Befehl von Wotan: Dein! Erster! Einsatz!«
»Aber ich bin müde. Es ist mitten in der Nacht. Und ich bin eigentlich gar kein richtiger Agent. Ich ...«
»Pst!« Hilda legt ihren Zeigefinger auf meine Lippen. Dann sagt sie mit einer Stimme, die keinen Widerspruch duldet: »Zieh dich an, Henry Smart. Wir müssen sofort ins Xerton!«

# 10. Kapitel

## Es geht los: Der Auftrag!
## (Ich korrigiere: Es geht *fast* los.)

»Da seid ihr ja endlich!« Kaum sind wir durch die Glastür ins Xerton getreten, stürzt Loge auf uns zu. »Warum hat das denn so lange gedauert?«

»Ich musste Henry erst wecken«, erklärt Hilda. Loge wirft mir einen Blick zu, der irgendwo zwischen *Du Weichei* und *Wen haben wir uns da bloß ans Bein gebunden?* liegt.

»Hallo, es ist mitten in der Nacht. Normale Menschen liegen da im Bett und schlafen«, verteidige ich mich.

Loge macht ein Geräusch, das wie *Pfffff* klingt.

»Normale Menschen sind von Wotan auch nicht dazu auserwählt, die Welt zu retten.«

Ich spare mir den Hinweis, dass ich nicht auserwählt, sondern eher gekidnappt wurde. Auf mich hört hier sowieso keiner. Stattdessen belasse ich es bei einem schlichten »Worum geht es?«

»Einsatzort London. Tower. Anschlag auf die Raben, Alarmstufe Rot!«, schreit Loge und klingt dabei wie ein Maschinengewehr. »Ihr müsst sofort los. Siegfried packt schon, Urd ist ebenfalls Teil des Teams, sie wird die korrekte Identifizierung des Goldes vornehmen. Euer Flieger geht um 7:35 Uhr ab Nürnberg. Also Beeilung!«

»Halt, stopp!«, rufe ich. »Ich kann doch nicht einfach so verschwinden! Ich weiß nicht, wie mein Vater das findet, wenn ich mit diesem komischen Siegfried und der noch komischeren Frau Urdmann abhaue. Und was heißt hier überhaupt Alarmstufe Rot?«

Loge seufzt.

»Gut, dann für dich noch mal zum Mitschreiben: Wir haben eine Nachricht von unserem Verbindungsmann in London empfangen. Offenbar versucht Alberich, sich an die englischen Kronjuwelen ranzumachen, die vermutlich Rheingold enthalten. Kommt mit!« Er marschiert los, wir folgen ihm. Schließlich bleibt er vor einem der großen Bildschirme der Kommandozentrale stehen und schaltet ihn mit einer Fernbedienung ein. Das Bild eines Mannes mit kinnlangen grauen Haaren flackert auf.

»Hier, diese Videobotschaft ist vor einer Stunde eingetroffen.« Er drückt noch mal auf die Fernbedienung.

*Sei gegrüßt, Loge! Ich melde mich aus Londinium. Die Zeichen sind unübersehbar. Zwei Raben haben sie schon getötet. Es ist also allerhöchste Zeit, einzugreifen, bevor Königreich und Erdkreis untergehen. Er will das Gold der Königin, meine Späher haben seine Truppen gesehen. Auf den ersten Blick sehen sie aus wie unschuldige Kinder – aber unsere geschulten Augen haben sie sofort als Zwerge erkannt. Zögert nicht! Ihr müsst ihm zuvorkommen!*

Hilda holt tief Luft.
»Puh, so aufgeregt habe ich Lancelot ja noch nie gesehen. Scheint wirklich ernst zu sein. Also, Loge, wie ist der Plan?«
»Ich werde euch gleich mit ein paar Gadgets ausstatten, die ihr dort drüben bestimmt gut gebrauchen könnt. Ansonsten ist der Auftrag relativ einfach: Zwerge ausschalten, Gold finden, Gold sichern. Eure Tarnung ist perfekt: Schulkinder besuchen den Tower mit Vater und Großmutter. Niemand wird euch weiter Beachtung schenken. Auch die Zwerge nicht. Urd wird die richtigen Teile der Kronjuwelen identifizieren, und ehe Alberich sichs versieht, seid ihr mit dem Schatz im Gepäck schon wieder auf dem Rückweg. Ein Kinderspiel!«
»Vor allem, wenn ich dabei bin!«, dröhnt es in diesem Moment über meine rechte Schulter. Siegfried ist offenbar schon fertig mit Packen und kommt auf uns zu. »Ihr braucht keine Angst haben, Hilda. Normalerweise erledige ich so was im Alleingang. Ihr seid wirklich nur meine Tarnung.«
»Natürlich«, erwidert Hilda trocken. Sonst sagt sie nichts dazu, aber an ihrem verkniffenen Mund sehe ich, dass ihr dazu noch so einiges einfallen würde. Ich hingegen habe immer noch nicht verstanden, was genau hier gespielt wird. Und wer ist eigentlich dieser Lancelot? Ir-

gendwie kommt mir sein Name bekannt vor, mir fällt nur gerade nicht ein, wo ich ihn schon mal gehört habe. Aber woher wissen wir, dass der nicht dummes Zeug erzählt? Er könnte schließlich in einem Londoner Pub zwei Gläser Bier zu viel getrunken haben? Apropos London: Wieso sagt der Typ *Londinium* dazu? Diesen Namen für London habe ich schon mal gehört, oder besser gesagt: gelesen. Und zwar in *Asterix bei den Briten*. Ist aber schon 'ne Weile her, dass man die englische Hauptstadt so genannt hat. War schätzungsweise vor zweitausend Jahren noch eine römische Siedlung. Steht jedenfalls so bei *Asterix*.

Loge klatscht in die Hände. »So, ab in mein Labor. Es gibt noch ein paar Sachen zu erklären, dann fahrt ihr los.«

In seinem Glaskasten angekommen, breitet Loge einige unspektakulär aussehende schwarze Kästchen in verschiedenen Größen vor uns aus.

»Was ist das?«, will ich von ihm wissen. Loge lächelt.

»Das, junger Freund, sind meine neuesten Erfindungen. Schon bald werden sie aus dem Agentenalltag nicht mehr wegzudenken sein.«

Er nimmt das erste Kästchen in die Hand und klappt es auf. Zum Vorschein kommt ein Display mit sechs roten Ziffern. Loge berührt diese kurz, die Ziffern verschwinden.

»Das ist mein neuer Universaldecodierer, der LOGE 4000. Funktioniert nach dem gleichen Prinzip wie der LOGE 3000. Nur, dass er nicht erkennt, welche Sprache übersetzt, sondern welcher Code geknackt werden muss. Ob Zahlenschloss, Fingerabdruck, Iriserkennung – völlig egal! Ihr bringt den Decodierer neben das jeweilige Schloss an und fertig! Er entscheidet von allein, welche Informationen er braucht, um das Schloss zu öffnen. Ihr müsst euch um nichts mehr kümmern.«

Okay, das klingt wirklich ziemlich praktisch. Ich könnte mir vorstellen, dass die Engländer ihre Kronjuwelen ganz gut weggeschlossen haben. Da ist so ein Decodierer bestimmt hilfreich.

»Und was ist das?« Ich zeige auf das nächste Kästchen. Loge klappt es ebenfalls auf. Ich sehe: nichts. Es ist leer. Erstaunt schaue ich Loge an. Der grinst, greift in seine Hosentasche und zieht einen Geldschein hervor. Es ist eine Zehndollarnote. Loge legt sie in das Kästchen und klappt es zu. Er wartet einen kurzen Augenblick, dann klappt er das Kästchen wieder auf und hält es mir unter die Nase. Unglaublich! Aus der Zehndollarnote ist ein Zehneuroschein geworden!

»Unsere Agenten sind in der ganzen Welt unterwegs und standen häufiger vor dem Problem, nicht das passende Geld parat zu haben. Dafür habe ich mir diesen kleinen Freund ausgedacht: Du legst dein Geld rein, und er wechselt es dir automatisch in die Landeswährung. Und rundet sogar dabei auf!«

»Cool!«, lobe ich.

»Ganz okay«, brummt Siegfried betont lässig. »Und wie heißt das Ding?«

»LOGE 5000?«, rate ich.
»Richtig«, bestätigt Loge. Siegfried reißt die Augen auf und starrt mich verblüfft an.
»Woher weißt du das?«
Ich zucke mit den Schultern.
»Och, war nur so ein Gefühl.«
Hilda kichert, Loge seufzt. Dann zeigt er auf das Kästchen, das etwas größer ist als die anderen.
»Mit dem LOGE 6000 habt ihr immer das perfekte Navi dabei. Egal, welches Land oder welche Zeit, LOGE 6000 kennt den Weg und bringt euch sicher ans Ziel. Einfach aufklappen, dann seht ihr im Deckel ein Display, das die passende Umgebungskarte zeigt.«
»Sehr ausgefeilt!«, befindet Hilda. Siegfried gähnt.
»Müssen wir nicht mal langsam los?«, will er dann wissen. Loge nickt.
»Ja, Farbauti wird euch jetzt zum Flughafen fahren.«
»Nein«, widerspreche ich. »Ich muss auf alle Fälle noch mal nach Hause. Ich kann mich nicht so einfach in Luft auflösen, mein Vater würde sich tierische Sorgen machen.«
»Bin ich jetzt im Kindergarten gelandet? Hier muss noch jemand bei Papi fragen, ob er fahren darf?« Siegfried bricht in schallendes Gelächter aus, ich komme mir vor wie der letzte Depp. Ich würde ihm jetzt am liebsten richtig eins reinwürgen, nur leider fällt mir überhaupt nichts ein.
»Lass ihn in Ruhe, Siegfried!«, fährt ihn Hilda an. »Es ist

doch wohl klar, dass er nicht so einfach abhauen kann. Was meinst du, was dann in der Stadt los ist, wenn hier ein Junge verschwindet? Willst du uns unbedingt die Polizei auf den Hals hetzen?«

»War ja klar. Tante Brunhild weiß mal wieder alles besser«, höhnt Siegfried. »Schade nur, dass das hier niemanden interessiert. Es ist am besten, wenn ich allein nach London fahre, dann kannst du dich hier weiter mit deinem neuen Kindergartenfreund beschäftigen.«

»Schluss jetzt!« Wotans Stimme ertönt so unvermittelt, dass wir alle zusammenfahren. Ich habe ihn überhaupt nicht kommen sehen, und jetzt steht er so dicht neben mir, dass ich fast seinen Atem spüren kann. »Ich hatte meine Gründe, Henry in unsere Gemeinschaft aufzunehmen. Sein Alter verleiht ihm eine ideale Tarnung, wir werden sie in London gut brauchen können. Hildas Einwand ist durchaus berechtigt – vielleicht brauchen wir noch Zeit, um den Einsatz besser vorzubereiten. Ich werde mit Lancelot sprechen, operative Hektik bringt uns hier nicht weiter.«

Hilda lacht, Siegfried schäumt vor Wut.

»Wieso gibst du *der* immer recht?« Siegfried ist mittlerweile knallrot im Gesicht.

»Vielleicht, weil ich immer recht *habe*?«, kichert Hilda. Wotan wirft ihr einen sehr bösen Blick zu. Unwillkürlich versuche ich, mich so klein wie möglich zu machen. Es ist bestimmt nicht lustig, wenn der Götterchef auf einen sauer ist!

»Genug. Siegfried, kümmere dich um die Ausrüstung, Hilda, in mein Büro!«
Sie schnappt nach Luft und scheint etwas sagen zu wollen, lässt es dann aber und macht sich stattdessen auf den Weg in den Raum, in dem ich dem Götterchef zum ersten Mal begegnet bin. Ich trotte hinterher, Wotan stürmt voraus.
Er lässt die Tür krachend ins Schloss fallen.
»Brunhild!«, wettert Wotan los. »Du sollst mit Siegfried zusammenarbeiten und ihn unterstützen. Aber so, wie ich es sehe, gefällt es dir besser, ihn ständig auf die Palme zu bringen. Was soll das? Ihr seid ein Team!«
Hilda verdreht die Augen.
»Team, Vater? Für Siegfried bedeutet TEAM doch nur: ***T****oll,* ***E****in* ***A****nderer* ***M****achts!* Während er dafür Ruhm und Ehre abgreift. Das nervt gewaltig!«
Ein tiefer Seufzer entfährt Wotans Brust.
»Brunhild, nun ist es auch mal gut. Du musst mir nicht immer beweisen, dass du die Klügere bist. Das weiß ich. Aber Siegfried ist nun mal ein Held, und ein Held braucht eine Aufgabe. Nur dann hat er die Chance, Heldentaten zu vollbringen. Ein Held ohne Heldentaten ist nämlich so ungefähr die traurigste Sache der Welt. Also wird Siegfried als mein Agent das Rheingold jagen und vor Alberich in Sicherheit bringen. Und als meine treue Tochter und seine liebende Tante wirst du Siegfried helfen, diese Aufgabe zu erfüllen.« Die letzten Worte spricht Wotan in einem Ton aus, der keinen Widerspruch duldet.

Einen Moment lang sagt niemand von uns etwas. Schließlich holt Hilda Luft und wendet sich wieder an ihren Vater.

»Gut. Aber das löst immer noch nicht das Problem, wie wir Henrys Vater erklären, warum sein Sohn ganz plötzlich nach London muss.«

Wotan nickt. »Richtig. Lass mich kurz überlegen.« Er fährt sich durch seine langen grauen Locken, dann hellt sich seine Miene deutlich auf. »Ich hab's! Verdandi hält für die nächsten drei, vier Tage seine Zeit an. Davon bekommt Alexander Smart höchstens ein bisschen Kopfschmerzen, wenn er wieder im normalen Zeitgeschehen aufwacht.«

»Nein!«, rufe ich laut. »Das kommt gar nicht infrage!«

Wotan fährt erstaunt zu mir herum.

»Henry, willst du mir etwa widersprechen?«

»Allerdings!« Wobei von *wollen* gar keine Rede sein kann. Wer legt sich schon gern mit dem Götterchef an? Eher von widersprechen *müssen*, denn die Vorstellung, dass diese Norne Dad noch einmal so ausknockt, finde ich echt gruselig.

»Also, es ist so, Wotan«, fahre ich vorsichtig fort. »Ich habe das mit diesem Zeitanhaltedings gestern Abend gesehen. Danach ging es meinem Vater gar nicht gut. Und wenn ich hier nur mitmachen kann, wenn ständig meine Familie darunter leidet, dann will ich damit lieber doch nichts zu tun haben. Ich erzähle auch niemandem ein Sterbenswort, versprochen. Aber ich bin dann echt raus aus der Nummer.«

Wotan sieht ziemlich überrascht aus – dann fängt er auf einmal so laut zu lachen an, dass man es mit Sicherheit noch bis zum Festspielhaus hört.

»Raus aus der Nummer? Du bist ja niedlich, mein lieber Henry. Du solltest froh sein, dass du noch unter den Lebenden weilst. Die Absprache war doch wohl klar: Ich lasse dich am Leben, dafür hilfst du uns. Und in London kannst du uns wirklich von Nutzen sein. Du bist ein ganz normales Kind, das ein Museum besucht. Noch dazu riechst du komplett unmagisch. Alberichs Zwerge werden nie auf die Idee kommen, dass du für mich arbeitest. Nein, nein, mein Lieber – du fährst auf alle Fälle mit.«

»Aber Sie lassen die Finger von meinem Vater!«, entgegne ich wütend. »Er hat mit der ganzen Sache nichts zu tun!«

»Können wir unsere Abreise nicht noch einen Tag verschieben?«, fragt Hilda. »Dann könnten wir Herrn Smart eine Geschichte auftischen, warum Henry ein paar Tage nicht da ist. Ein Ausflug mit den Pfadfindern. Oder mit meiner Familie. Er hat bestimmt nichts dagegen, er hat doch im Festspielhaus ziemlich viel zu tun.«

Wotan wiegt den Kopf hin und her.

»Na gut. Aber morgen müsst ihr los. Lancelot soll noch einen Tag Verwirrung stiften. Vielleicht helfen ihm Hugin und Munin dabei. Ich habe die beiden nach London abkommandiert und hoffe, das reicht, um Alberichs Schergen erst mal zu bremsen.«

»Danke, Vater!« Hilda wirft ihm ein Lächeln zu, das zugegebenermaßen ziemlich süß aussieht. »Gleich nach dem Frühstück werde ich mit Herrn Smart sprechen, dann können wir morgen nach London aufbrechen. Ich habe auch schon eine Idee, was ich ihm erzähle. Und jetzt sollten wir schnell zurück in die *Esche*, damit er nicht merkt, dass Henry weg war.«

# 11. Kapitel

## Raben, Füchse, Marder und eine Dienstreise

Im Morgengrauen laufen wir zur Pension zurück. War es wirklich erst gestern, dass ich mich ungefähr zur gleichen Uhrzeit vor *Papas Pizza* auf die Lauer gelegt habe? Kaum zu glauben. Gefühlt sind seitdem mindestens drei Monate vergangen. Während Hilda ganz zufrieden aussieht, brummt mir geradezu der Kopf, so sehr schwirren meine Gedanken darin herum. Ich versuche, sie ein bisschen zu sortieren.

»Hilda, wer ist eigentlich dieser Lancelot?«

»Ein Verbindungsmann von Wotan.«

»Ja, das habe ich kapiert. Nein, ich meine, *wer* ist er? Sein Name, die Frisur und so wie der redet – findest du das nicht ein bisschen seltsam? Wer sagt denn *Londinium* zu London?«

Hilda lacht.

»Schätze mal, wenn du gute tausend Jahre *Londinium* gesagt hast, fällt London unter *neumodischer Krams*.«

Ich bleibe stehen und starre Hilda an.

»Heißt das, dass Lancelot schon so alt ist?«

»Klar. Die meisten Verbindungsleute, Späher oder wie auch immer du sie nennen willst, sind steinalt. Mein Vater ist schließlich schon 'ne ganze Weile im Geschäft.«
»Ist dann dieser Lancelot etwa ... DER Lancelot?«
Hilda zuckt mit den Schultern.
»Kommt darauf an, wen du mit DER Lancelot meinst.«
»Na, den Ritter von König Artus' Tafelrunde. Der mit der Suche nach dem Heiligen Gral.«
»Genau der ist es. Das mit dem Heiligen Gral hat ja nicht so geklappt, aber, davon abgesehen, ist mein Vater mit der Zusammenarbeit mit Lancelot ziemlich zufrieden.«
Mir bleibt der Mund offen stehen.
»Soll das heißen, den gibt es wirklich? Ich dachte, seine Geschichte sei nur eine Sage.«
Hilda grinst.
»Meine Geschichte ist auch nur eine Sage, und trotzdem stehe ich hier vor dir.«
»Oh Mann, ich soll also morgen mit einem Helden nach London fahren, in der Hoffnung, dass eine weitere Sagengestalt wiederum eine andere Sagengestalt davon abhält, uns mächtig Ärger zu machen? Krass! Das glaubt mir zu Hause keiner.«
»Nix da, du wirst es zu Hause niemandem erzählen!«, sagt Hilda streng und knufft mich in die Seite. »Es würde dir auch wirklich niemand glauben. Mir hingegen kannst du glauben, dass an den meisten Sagen und Legenden, die die Menschen kennen, ein Funken Wahrheit ist. Nimm zum Beispiel die Sache mit den Raben!«

»Welche Sache mit den Raben?«
»Na, du hast es doch gehört: Zwei Raben des Londoner Tower sind schon ermordet worden. Ein eindeutiges Zeichen! Denn die Raben bewachen nicht nur den Tower, sondern das gesamte Königreich. Wenn es keine Raben mehr gibt, ist der Untergang Englands besiegelt.«
»Aha. Aber vielleicht hat die Raben auch einfach ein Fuchs oder Marder geholt«, werfe ich ein. »Also, ich hatte ja mal zwei Kaninchen, und eines Morgens ...«
»Ach was! Das war kein Fuchs und auch kein Marder, das war Alberich! Es ist so gut wie sicher, dass ein Teil der englischen Kronjuwelen aus dem Nibelungengold gefertigt wurde. Die Kronjuwelen lagern in der Schatzkammer des Tower. Und wer bewacht den? Richtig! Die Raben! Lancelot hat also völlig recht – die Zwerge sind kurz davor, die Kronjuwelen zu stehlen, und wir müssen das verhindern. Urd kann einen Blick in die Vergangenheit werfen, dann wissen wir, welche Teile des Kronschatzes aus Nibelungengold sind, Siegfried haut ein paar Zwerge um, wir hauen mit dem Gold ab – et voilà! Mission erfüllt. Ganz easy, die Sache.«
Dazu sage ich erst mal nichts. Ich bin schließlich noch neu im Agentengeschäft, also laufe ich einfach weiter neben ihr her und halte meine Klappe. Ich hoffe nur, sie hat für Dad eine Geschichte parat, die ohne Zwerge, Weltuntergang und Raben auskommt. Ansonsten sehe ich für den Trip echt schwarz. Hilda hat es da viel leichter. Paar Tage London? Kein Problem! Schließlich ist sie ja schon ziem-

lich alt und kann machen, was sie will. Und dann ist Wotan auch noch ihr Vater. Mich würde allerdings trotzdem interessieren, was ihre Mutter eigentlich zu der ganzen Sache sagt. Und – wer ist das eigentlich? Wahrscheinlich diese Fricka, mit der Wotan in Walhall gewohnt hat. Ob die sich getrennt haben? Ist bei Menschen nichts Ungewöhnliches und kommt vielleicht auch bei Göttern vor.

»Du siehst so nachdenklich aus, Henry. Alles in Ordnung? Nervös vor dem ersten Einsatz?«

Ich schüttle den Kopf.

»Nein. Ich überlege nur, warum du bei deinen Tanten und nicht bei deinen Eltern wohnst. Oder was auch immer die Nornen für dich sind.«

Hilda bleibt stehen und guckt mich an.

»Warum willst du das denn wissen?«

»Na ja, wir sind jetzt ein Team und gehen demnächst zusammen auf eine ziemlich gefährliche Mission, und so richtig viel weiß ich nicht über dich.«

»Genau genommen, sind die Nornen meine älteren Schwestern. Ich lebe bei ihnen, weil auch eine Walküre im wahren Leben ein Dach über dem Kopf braucht. Außerdem kann Verdandi ziemlich gut kochen.«

»Und was ist mit deiner Mutter? Ist das Fricka?«

Hilda lacht laut auf.

»Fricka? Wie kommst du denn auf die Idee?«

»Na ja, du hast mir erzählt, dass sie Wotans Frau ist.«

»Das stimmt. Aber sie ist nicht meine Mutter. Und eigentlich ist sie auch nicht mehr so richtig Wotans Frau. Die beiden haben sich getrennt. Genau genommen, hat ihn Fricka zu Hause rausgeschmissen. Das ist auch der Grund, warum wir jetzt alle hier in Bayreuth sind und nicht mehr in Walhall. Wotan hatte ursprünglich den Plan, Xerton auf Walhall zu errichten. Aber spätestens, als er dafür Frickas Wohnzimmer komplett umbauen und ihren Rosengarten plattmachen wollte, war Schluss mit lustig.«

»Dumm gelaufen. Kein Wunder, dass Wotan meine Bemerkung zu der tollen Lage von *Papas Pizza* nicht so lustig fand. Da bin ich ja richtig ins Fettnäpfchen getreten. Tut mir leid!«, entschuldige ich mich.

Hilda macht eine wegwerfende Handbewegung.

»Ach was. Das muss dir nicht leidtun. Mein Vater kann das ab. Und er ist auch selbst schuld. Überhaupt war die Stimmung zwischen Fricka und Wotan schon vorher richtig mies. Der Umbau hat nur das Fass zum Überlaufen gebracht. Wotan war leider auch nicht der treueste Ehemann, ich habe einige Halbgeschwister. Ich schätze mal, Fricka hatte nun einfach mal die Nase voll. Na ja, Männer ...«

»Was heißt denn hier *Männer*? Frechheit! Wir sind doch nicht alle gleich. Mein Dad ist zum Beispiel ganz anders. Er ist schon ziemlich lange Witwer, trotzdem hat er sich seit Moms Tod nie wieder in eine andere Frau verliebt. Er ist ihr immer noch treu«, verteidige ich die Männer.

»Schön für dich. Dein Vater ist aber auch kein Gott. Wenn du allmächtig bist und noch dazu ziemlich viel Zeit hast, kommst du möglicherweise schneller auf dumme Gedanken«, beharrt Hilda und klingt dabei ziemlich gereizt. Kann ich verstehen. Stress in der Familie ist ziemlich ätzend. Mittlerweile sind wir bei der *Esche* angekommen. Ich schleiche mich in mein Zimmer, lege mich wieder in mein Bett und hoffe, dass Dad nichts von meinem nächtlichen Ausflug bemerkt hat.

Nein. Dad hat überhaupt nichts bemerkt. Beim Frühstück sitzt er mir gut gelaunt gegenüber, seine Kopfschmerzen von gestern Abend sind verflogen, und als Hilda auftaucht, um ihn von unserem geplanten *Ausflug* zu überzeugen, hört er interessiert zu.
»Ihr ladet Henry zu einem Ausflug nach London ein? Und deine Tante spendiert ihm auch das Flugticket?« Mein Vater ist erwartungsgemäß überrascht von dieser Nachricht. Hilda strahlt ihn an und erzählt munter weiter.
»Genau! Meine Tante muss in London eine wichtige Familienangelegenheit klären, kann aber kein Englisch und ich auch noch nicht so gut. Henry wäre uns also eine große Hilfe. Und könnte dabei noch mehr von Europa sehen.«
»Ja, Dad, das wäre eine super Gelegenheit!«, stimme ich pflichtbewusst zu. Mein Vater beginnt, auf seiner Unterlippe herumzukauen. Das macht er immer, wenn er angestrengt nachdenkt.
»Tja, also eigentlich würde mir das sogar ganz gut passen. Ich habe in den nächsten Tagen sehr viel zu tun und komme immer erst spät nach Hause. Und London

ist schon eine geniale Stadt. Warum also nicht? Ich bin einverstanden!«

»Jipiiee!« Hilda macht tatsächlich einen kleinen Luftsprung. Offenbar freut sie sich. Kein Wunder. Eine Reise mit Siegfried, den sie nicht ausstehen kann, und Urd, die oft und gern in Rätseln spricht, ist natürlich nicht so lustig. Ich dagegen bin eine ziemlich gute Gesellschaft. Ich hoffe nur, dass ich wirklich dabei helfen kann, Alberichs Zwerge zu bekämpfen. Daran habe ich leider noch ein paar klitzekleine Zweifel. Gegen Farbauti und seine Schläger hatte ich keine Chance, und in der Laserarena hat Siegfried mich auch ziemlich alt aussehen lassen. Hildas Begeisterung tut das aber keinen Abbruch. Sie klopft mir auf die Schulter und strahlt meinen Vater dabei an.

»Vielen Dank, Herr Smart! Das wird garantiert ein Weltklassetrip mit Henry. Wir schreiben Ihnen auch eine Postkarte.«

»Das will ich schwer hoffen.« Mein Vater lächelt. »Aber das Flugticket bezahle ich natürlich für Henry, keine Widerrede!«

»Auf gar keinen Fall!«, widerspricht ihm Hilda sofort. »Das ist ja gewissermaßen eine Dienstreise. Die Kosten übernehmen wir!«

»Oh, eine Dienstreise! Wenn das so ist, nehme ich euer Angebot natürlich gern an«, lacht Dad. Wenn er wüsste, dass das überhaupt kein Witz war …

# 12. Kapitel

## Sightseeing – Gänsehaut inklusive!

»Und dann habe ich dem Drachen fest in die Augen geschaut. Ich habe ihn gewissermaßen hypnotisiert, mit meinen Blicken gelähmt. Er war fünfzig Mal so groß wie ich – aber er hatte keine Chance! Ich nahm mein Schwert, und dann ...«

*»On the left hand side, you can see that we're just approaching Buckingham Palace ... auf der linken Seite können Sie sehen, dass wir uns Buckingham Palace nähern ...«*

Die Stimme des Fremdenführers scheppert aus den Lautsprechern schräg über unseren Köpfen, leider kann ich mich vor lauter Gerede über Drachen nicht auf sie konzentrieren. Es ist zum Ausrasten!

Damit unsere Tarnung als Touristen nicht auffliegt, haben wir uns einer Stadtrundfahrt angeschlossen, kaum dass wir in London angekommen sind. Alberichs Agenten können schließlich überall lauern, und so ist es ganz gut, dass wir in den vielen London-Besuchern aus aller Welt untergehen. Zuerst habe ich mich gefreut, die britische Hauptstadt von der obersten Etage eines der berühmten roten Doppeldeckerbusse präsentiert zu bekommen. Aber dann hat Siegfried sich neben mich gesetzt, und jetzt höre ich mir schon verdammt lange seine Heldengeschichten an.

»Wusstest du, dass Drachenblut unsterblich macht?«

*»The flag at the roof of the palace indicates the presence of her Majesty the Queen ... die Flagge auf dem Dach zeigt die Anwesenheit Ihrer Majestät der Königin an ...«*

»Wusstest du das, Henry?«

Ich nicke.

»Ja, das hatten wir im Geschichtsunterricht.«

Siegfried reißt die Augen auf.

»Na, da lernen die Kinder in der Neuen Welt ja wirklich mal etwas Sinnvolles! Ich bin beeindruckt.«

»Entschuldigung? Natürlich lernen wir auch einiges über die englische Monarchie, immerhin waren wir mal eine englische Kronkolonie.«

Siegfried starrt mich an.

»Hä? Monarchie?«

»Na, die Königin von England. Buckingham Palace. Das mit der Fahne habe ich in der Schule gelernt.«

»Welche Fahne? Ich rede vom Drachenblut.«

»Drachenblut?«

»Ja, Drachenblut. Wovon redest du denn? Hörst du mir etwa nicht zu?«

»Nein, ich versuche, mich auf den Tour Guide zu konzentrieren.«

»Frechheit!« Siegfried schnaubt empört. »Ich versorge

dich hier mit einem germanischen Heldenepos aus erster Hand, und du willst dir diesen langweiligen Kram über irgendeine Stadt reinziehen? Henry Smart, aus dir wird nie ein guter Agent! Und ein Held erst recht nicht!«
Er steht auf und setzt sich neben Frau Urdmann. Endlich Ruhe! Hilda, die auf dem Sitz hinter mir sitzt, bekommt einen Lachkrampf.
»Henry, du bist Weltklasse!«
Ich drehe mich zu ihr um.
»Oh, danke!«
»Bitte schön. Was habe ich nur die letzten dreitausend Jahre ohne dich gemacht?«
Okay, spätestens jetzt ist mir klar, dass dieses Kompliment nicht ganz ernst gemeint war. Schade, es würde mir echt gut gefallen, wenn Hilda mich ein bisschen bewundern würde.
Wir lassen den Buckingham Palace hinter uns und fahren weiter. Auf der Straße wimmelt es nur so von Autos, typischen, schwarzen Londoner Taxen, Motorrädern und Anzugträgern auf Fahrrädern, die mit wehenden Krawatten an uns vorbeiradeln, wenn sie eine Lücke finden. Am ungewohntesten ist jedoch die Tatsache, dass alle auf der linken Straßenseite fahren. Natürlich wusste ich schon vorher, dass man in England links fährt, aber gerade merke ich, dass zwischen *Wissen* und *Sehen* ein gewaltiger Unterschied besteht. Als unser Bus in den großen Kreisverkehr vor dem Bahnhof Charing Cross einbiegt, bleibt mir vor Schreck fast das Herz stehen – so fest

rechne ich damit, dass es gleich kracht, weil wir gefühlt falsch herum fahren.
Aber natürlich kracht es nicht, und so fahren wir weiter, an der Themse mit ihren vielen Brücken entlang, bis schließlich nach einer Kurve die Umrisse einer mittelalterlichen Burg vor uns auftauchen: der Tower of London! Ein riesiges, viereckiges Gebäude mit vier hohen Türmen, das Ganze umgeben von einer Festungsmauer – man kann sich sofort vorstellen, wie englische Könige sich hier während der vielen Kriege versteckt haben.
Der Bus hält auf einem großen Parkplatz neben einem Grasstreifen, von dem aus ein Weg zu den Kassenhäuschen führt. Hilda und ich greifen unsere Rucksäcke und laufen zum unteren Ausgang des Busses, Siegfried und Urd folgen uns. Viel Gepäck haben wir nicht, neben den Gadgets von Loge war sowieso kaum noch Platz für persönliche Sachen. Wenn die Aktion also länger als drei Tage dauert, muss ich mir auf alle Fälle ein paar neue Unterhosen kaufen.
Siegfried steuert mit entschlossenen Schritten auf eines der Kassenhäuschen zu. Ob man als Held und Halbgott auch eine Eintrittskarte kaufen muss? Man muss. Jedenfalls bleibt Siegfried am Fenster der Ticketverkäuferin stehen und lehnt sich so weit über ihren Verkaufstresen, dass sie ganz verschreckt zurückweicht.
»Hallo, schöne Frau! Ich brauche vier Eintrittskarten für mich und meine ...«, er wirft uns einen kurzen, unfreundlichen Blick zu, »Familie. Ich zahle bar.«

Eines steht mal fest: Der LOGE 3000 funktioniert einwandfrei. Die Verkäuferin versteht Siegfried problemlos, denn obwohl der eigentlich gerade Deutsch gespochen hat, tippt sie etwas auf ihrem Kassencomputer ein und schiebt kurz darauf vier Tickets über den Tresen. Siegfried legt einen Geldschein auf die Ablage – nicht, ohne dabei an ihrer Hand entlangzustreifen und ihr ein sehr breites Lächeln zu schenken. Hilda, die direkt neben mir steht, schüttelt sich.

»Mann, ist Siegfried wieder peinlich. Ich weiß echt nicht, warum, aber er hält sich einfach für unwiderstehlich. Gottes Geschenk an die Frauen. Ekelhaft!«, flüstert sie mir zu.

Hinter den Tower-Mauern angekommen, staune ich nicht schlecht: Von innen sieht die Burg noch größer aus als von außen. Noch dazu ist der Tower gar keine richtige Burg, sondern besteht aus vielen einzelnen Gebäuden. Das größte davon ist die Festung mit den vier Türmen, die ziemlich genau in der Mitte des Geländes steht und von einem weiteren Festungsring umgeben ist.

»Das ist der White Tower«, sagt Hilda, die meinem Blick gefolgt ist. »Der steht schon fast tausend Jahre hier. Die Kronjuwelen sind in dem Gebäude dahinter untergebracht, in den Waterloo-Kasernen. Da müssen wir hin.«

Auch Frau Urdmann, die unter all den Touristen mit Bermudashorts und bunten T-Shirts noch mehr wie eine Schildkröte wirkt, sieht sich um. Sie wirkt sehr zufrieden. Fast scheint es, als würde sie nicken und sich die Hände reiben. Falsch: Sie nickt tatsächlich und reibt sich die Hände. Als sie meinen Blick bemerkt, kommt sie näher an mich heran.

»Wir waren schon hier«, flüstert sie mir in mein Ohr. »Von Anbeginn. William hatte die Idee, denn das Volk war ihm nicht gewogen. Er brauchte Schutz. Und alle nach ihm auch.«

»William?«, flüstere ich zurück. »Der Eroberer?« Natürlich habe ich in dem Flyer, den wir an der Kasse zusammen mit den Tickets bekommen haben, schon gelesen, dass der Tower ursprünglich von William dem Eroberer errichtet wurde. Aber die Vorstellung, dass Frau Urdmann – oder besser Urd – vor fast tausend Jahren den Besitzer kannte, ist einfach krass. Bei dem Gedanken daran meldet sich meine Gänsehaut wieder. Die ist allerdings schon den ganzen Tag in Alarmbereitschaft. Scheint so, als könnte sie sich einfach nicht daran gewöhnen, dass ich, Henry Smart, jetzt einer von Wotans Geheimagenten bin und in Zukunft sehr viel aufregendere Dinge als einen Überraschungstest in Mathe oder Physik erleben werde.

»Kommt jetzt!«, reißt mich Hilda aus meinen Gedanken, »wir haben nicht so viel Zeit. Also schnell zu den Kronjuwelen! Urd soll schon mal einen Blick drauf werfen, danach sind wir bestimmt schlauer.«

Siegfried und Hilda laufen vor, Urd und ich hinterher. Als wir durch den Torborgen des inneren Festungsrings kommen, stehen wir direkt vor: dem Rabengehege! In einer

großen Voliere mit grauem Maschendraht und Trennwänden aus hellbraunen Brettern hocken drei ziemlich große Raben auf Ästen und starren uns an.
»Und die bewachen den Tower und ganz England?«, frage ich Hilda ungläubig. »Wie wollen die das denn machen, wenn sie eingesperrt sind? Das sind ja dann wohl die nutzlosesten Wächter überhaupt.«
Einer der Raben beginnt, mit den Flügeln zu schlagen, und hüpft vom Ast direkt auf mich zu. Dabei wirft er mir einen sehr bösen Blick zu. Mir wird ganz komisch. Hat der etwa meine Frage verstanden?
»Kräkrrrr, wir sind nicht eingesperrt!«, mosert er mich an. »Das ist nur Tarnung. Und Schutz vor dummen Menschen wie dir.« Ja, er hat meine Frage verstanden. Aber kein Grund, unhöflich zu werden!
»Beruhig dich mal«, rufe ich ihm zu. »Ich dachte, zwei deiner Kollegen wären schon gekillt worden. So toll habt ihr dann ja wohl nicht auf die aufgepasst.«
»Psst, Henry!«, faucht mich Hilda an und reißt mich an der Schulter von dem Käfig weg. »Bist du verrückt? Du kannst dich doch hier nicht mit den Raben unterhalten! Das ist total auffällig! Niemand außer uns kann sie verstehen. Und dass wir sie verstehen können, soll möglichst niemand hier mitkriegen. Sonst kannst du dir gleich ein Schild um den Hals hängen: *Achtung, handle im Auftrag des Götterchefs!*«
»Ja, aber ich dachte, die Raben werden von den Zwergen bedroht und wir müssten ...«

»Kein Wort mehr über die Raben«, zischt Hilda, bevor ich meinen Gedanken noch zu Ende gebracht habe. »Um die kümmert sich Lancelot. Wir müssen jetzt zu den Kronjuwelen!«
Ich schließe meinen Mund wieder. Hilda hat recht, wir sollten uns beeilen!
Vor dem Gebäude, in dem die Kronjuwelen ausgestellt werden, hat sich eine Schlange gebildet, in die wir uns einreihen. Direkt hinter uns stellt sich eine Schulklasse an. Die Kinder sind vielleicht etwas jünger als ich, auf alle Fälle sind sie kleiner. Und sie unterhalten sich in einer Sprache, die ich nicht verstehe. Seltsam! Ich drücke den LOGE 3000 fester in mein Ohr, aber er scheint nicht mehr zu übersetzen. Mist. Wahrscheinlich sind die Batterien leer. Gut, dass Englisch meine Muttersprache ist.
Langsam rücken wir zum Gebäudeeingang vor. Hilda und Siegfried sind mittlerweile ein ganzes Stück vor mir in der Schlange und unterhalten sich. Worüber, kann ich aus der Entfernung nicht verstehen. Ich bin nur froh, dass sie sich nicht zu streiten scheinen. Frau Urdmann sagt gar nichts mehr und lächelt nur still vor sich hin. Mir wird langweilig, und ich beobachte die anderen Touristen, die mit uns auf den Einlass in die Schatzkammer warten.
Ganz schön behaarte Hände hat das Schulmädchen, das nun neben mir steht. Und das Mädchen neben ihr auch. Genau wie der kleinere Junge, der hinter mir immer noch in dieser unverständlichen Sprache quasselt. Und der Junge neben ihm. Ziemlich große Hände für ein vielleicht

neunjähriges Kind. Ziemlich große Hände mit ziemlich vielen Haaren.
In diesem Moment meldet sich meine Gänsehaut wieder. Nicht so zaghaft wie in den letzten Stunden. Sondern energisch und nicht zu ignorieren. Nein – es ist nicht einfach eine Gänsehaut, ich zittere am ganzen Körper! Denn ich stehe nicht inmitten einer Schulklasse. Ich bin von Zwergen umzingelt!

# 13. Kapitel

## Je kleiner die Zwerge, desto größer die Probleme

Ich werde nicht schreien. Ich bleibe cool. Völlig cool. Denn ich bin Geheimagent. Wie James Bond. Nur in etwas kleiner und ohne Smoking. Ich werde die Situation also kühl analysieren und dann entscheiden, was zu tun ist.

Neunzehn, zwanzig, einundzwanzig. Ich zähle noch mal durch und komme zu dem gleichen Ergebnis: Wir stehen in einer Gruppe von einundzwanzig Zwergen und Zwerginnen, sie umzingeln uns geradezu. Nein – eigentlich umzingeln sie mittlerweile nur noch Hilda und Siegfried. Mich und Urd lassen sie seltsamerweise links liegen. Was hatte Wotan noch gesagt? Ich *rieche* gar nicht magisch? Ich dachte, das war ein Witz, aber vielleicht hatte er das ernst gemeint? Unauffällig schnüffle ich an meinem Ärmel. Riecht ganz normal. Welchen Geruch Magie wohl hat?

Hinter meinem Rücken wird das Gemurmel lauter. Ich drehe mich um. Oh nein! Eine weitere Gruppe Zwerge stellt sich an der Schlange vor den Waterloo-Kasernen an. Begleitet von einer Lehrerin, die bestimmt gar keine

ist, schlängeln sie sich sofort durch die wartenden Touristen und stellen sich dann zu der anderen Zwergengruppe. Jetzt sind es schon mehr als vierzig Zwerge. Die falsche Lehrerin starrt über ihre Köpfe hinweg zu Hilda und Siegfried hinüber und gibt ihren »Schülern« dann ein Zeichen. Daraufhin rücken die immer näher an Hilda heran und brabbeln weiter unverständliches Zeug. Vielleicht ist die Batterie von meinem LOGE 3000 gar nicht leer, vielleicht ist Zwergensprache ein Geheimcode, der nicht übersetzt werden kann? Ich werfe Hilda einen Blick zu. Sie wirkt gänzlich unbeeindruckt von der Zwergeninvasion, fast, als würde sie diese gar nicht sehen. Jetzt schiebt sie sich sogar durch zwei Kinder, um Siegfried etwas ins Ohr zu flüstern. Ob sie noch gar nicht gemerkt hat, dass wir hier langsam Probleme kriegen? Wahrscheinlich ist sie in Gedanken schon so mit den Kronjuwelen beschäftigt, dass sie nichts anderes mehr wahrnimmt.
Am liebsten würde ich ihr zurufen, dass die Kinder keine Kinder sind. Aber dann würden die Zwerge natürlich sofort merken, dass ich sie erkannt habe. Und dann würden sie auch merken, dass ich zu Hilda und Siegfried gehöre. Mein Gefühl sagt mir, dass es besser wäre, unerkannt zu bleiben. Nur, wie kann ich die zwei trotzdem warnen?
Ich hab's! Mein Handy! Ich werde Hilda eine Nachricht schicken! Die kann sie lesen, und die Zwerge werden gar nicht mitbekommen, dass ich ihr eine Warnung geschickt habe. Geniale Idee! Sofort fische ich mein Handy aus der Seitentasche meines Rucksacks und tippe los.

*Hier überall Zwerge! Müssen hier weg! Henry*

Kurz darauf piept es in Hildas Jackentasche. Hilda zieht ihr Handy heraus, wirft einen kurzen Blick darauf und dann mir einen sehr erstaunten zu. Sie macht einen Schritt auf mich zu, und ich fürchte schon, dass sie mich gleich ansprechen und die Zwerge auch auf mich aufmerksam machen wird, als sie es sich zum Glück anders überlegt und ebenfalls anfängt zu tippen.

*Hier sind keine Zwerge, nur Kinder. Beruhig dich mal!*

Mist! Sie glaubt mir nicht!

*Achte auf die Hände und ihre Sprache!*

Sie sieht sich um, dann tippt sie wieder.

*Was meinst du damit? Die sehen völlig normal aus. Sprache auch normal.*

Kurze Pause, dann wieder tippen,

*Und warum alles per Handy?*

Na, die Frage kann ich beantworten!

*Die beobachten uns. Sollen nicht wissen, dass wir zusammengehören.*

Hilda dreht sich langsam einmal im Kreis und starrt die Zwerge an. Dann zupft sie Siegfried am Ärmel, der sich daraufhin auch umschaut und mit den Schultern zuckt. Ich fürchte, sie glauben mir immer noch nicht! Ich überlege kurz. Ein Test. Wir müssen einen Test machen. Vielleicht bilde ich es mir einfach nur ein, dass wir von Grundschülern mit behaarten Händen verfolgt werden. Möglicherweise ist mir der Tomatensaft auf dem Flug nicht bekommen, oder ich leide noch unter der Zeitverschiebung von einer Stunde zwischen London und Bayreuth. Aber wie könnten wir das herausfinden? Ich müsste ... nein, anders: Hilda und Siegfried müssten! Genau, das ist es: Hilda und Siegfried müssten ihren Standort verlagern! Weg aus der Warteschlange für die Kronjuwelen! Wenn ihnen die Kinder dann folgen, sind es wirklich Zwerge. Wenn nicht, war's der Tomatensaft.
Ich tippe wieder in mein Handy:

*Geh mit Siegfried zurück zu Raben. Wette, die folgen euch!*

Hilda wirft mir einen bösen Blick zu. Kurz darauf piept mein Handy.

*Wir haben keine Zeit für solche Spielchen! Wir müssen einen Job erledigen!*

Mann, Hilda, jetzt sei doch nicht so stur! Glaub mir doch auch mal was!

*Bitte!! Lass es uns testen!!!! Ich weiß, dass ich recht habe!!!!*

Hilda liest meine Nachricht, dreht sich wieder zu Siegfried um und flüstert ihm etwas zu. Der will offenbar einen Schritt auf mich zumachen – wahrscheinlich, um mir zu erzählen, dass er mich für einen Vollpfosten hält –, aber Hilda hält ihn am Ärmel fest und zeigt mit der anderen Hand auf das Rabenhaus. Siegfried zuckt mit den Schultern, schließlich tritt er aus der Warteschlange heraus. Hilda folgt ihm, dann machen sich beide auf und gehen in Richtung Rabenhaus zurück. Und jetzt geschieht es tatsächlich: Unter den falschen Schulkindern entsteht eine unglaubliche Unruhe, sie tuscheln in ihrer unverständlichen Sprache, geben sich Zeichen, rufen ihrer »Lehrerin« etwas zu. Die antwortet – und plötzlich setzt sich der ganze Tross in Bewegung und folgt Hilda und Siegfried. Wobei »folgen« zu geordnet klingt – in Wirklichkeit rennen auf einmal vierzig Zwerge hinter Hilda und Siegfried her. Urd und ich stehen auf einen Schlag fast allein am Eingang der Waterloo-Kasernen.
Urd kichert und klingt fast wie eine meckernde Ziege.

»Mein lieber Heinrich, wie geschickt du das gelöst hast! Diese Zwerge sind flink wie die Wiesel, aber mit besonderen Geistesgaben sind sie nicht gesegnet. Wotan sein Dank!«

»Sie haben auch gesehen, dass die Kinder in Wirklichkeit Zwerge waren?«, frage ich erstaunt nach.

»Natürlich. Auf den ersten Blick.«

»Aber ... aber wieso haben Sie das gemerkt und Hilda nicht? Und noch viel wichtiger: Wieso haben die Zwerge Sie nicht erkannt?«

Urd wiegt ihren Kopf bedächtig hin und her.

»Komm, junger Heinrich. Lass uns nach dem Schatz suchen. Tu zuerst das Wichtige, vollende es, dann rede.«

»Schon verstanden: Klappe halten und einfach mal machen. Aber sollten wir nicht gucken, ob Hilda und Siegfried unsere Hilfe brauchen?«

Sie schüttelt den Kopf.

»Die Gunst der Stunde nutzen«, murmelt sie dann. Vermutlich hat sie recht, und das ist eine einmalige Gelegenheit, ohne eine Horde Zwerge in die Nähe der Kronjuwelen zu gelangen.

»Komm, Heinrich!«

»Okay. Eine letzte Frage: Warum nennen Sie mich eigentlich immer Heinrich? Ich heiße Henry!«

Dazu sagt Frau Urdmann gar nichts mehr, sondern nimmt meine Hand und zieht mich hinter sich her in den Eingang zur Ausstellung. Die kann ganz schön fest zupacken für ihr Alter!

Im Innern der Kasernen ist es ziemlich dunkel, und meine Augen brauchen einen Moment, um sich daran zu gewöhnen. Dann erkenne ich, dass wir in einem Vorraum zur Ausstellung sein müssen. An den Wänden hängen Plakate, die offensichtlich Informationen zu den Kronjuwelen und ihrer Geschichte geben. So genau kann ich es allerdings nicht sagen, denn Urd zieht mich weiter zum nächsten Raum. Schon am Eingang sehe ich, dass hier Wertvolles ausgestellt wird. Der Raum ist ein überdimensionaler Safe, gesichert mit Türen, die den Panzerknackern richtig Spaß gemacht hätten: gebürsteter Stahl, bestimmt einen halben Meter dick. Auch die Zargen und Angeln sind aus Stahl. An der Innenseite der Türen sind sieben Kreise zu sehen, auf der Tür selbst sitzt ein Drehkreuz. Wahrscheinlich sind die Kreise die Enden von Stahlstreben, die mit dem Rad herausgefahren werden und dann ineinandergreifen, um den Raum bombensicher zu verschließen.
In seinem Inneren stehen große Vitrinen, vermutlich aus Panzerglas. Und nun sehe ich sie endlich, die Kostbarkeiten der englischen Krone: Schwerter, Reichsäpfel, Zepter und, natürlich, auch Kronen. Dazu bestickte Krönungsmäntel, Schalen und Krüge und noch alles mögliche Zeug, das offenbar auf eine ordentliche königliche Tafel gehört. Kurz: In dieser Schatzkammer steht einfach ein riesiger Haufen Gold rum. Wie sollen wir da bloß unser Nibelungengold finden? Noch dazu, wo man nicht einfach so lange man will vor den Vitrinen stehen bleiben kann, sondern auf einem Laufband daran vorbeigefahren wird?

Frau Urdmann scheint sich darüber keine Sorgen zu machen. Sie murmelt und brummelt weiter vor sich hin und stellt sich auf eines der Laufbänder, ich folge ihr. Langsam fahren wir am Kronschatz vorbei, und ich versuche dabei, die Infotafeln zu den verschiedenen Ausstellungsstücken zu lesen. Vielleicht hilft uns das irgendwie dabei, das richtige Schmuckstück zu finden. Gerade im Moment gleite ich an einer Krone mit einem gigantischen Diamanten vorbei. Koh-i-Noor heißt der und hat eine wirklich beeindruckende Geschichte hinter sich. Wurde ständig geraubt, gestohlen, eingetauscht und landete schließlich in der Krone von Königin Victoria. Das wäre doch ein würdiger Platz, um von Nibelungengold umgeben zu sein! Immerhin hat das Gold auch eine krasse Vergangenheit. Vielleicht ist diese Krone also genau das, was wir suchen? Allerdings liest sich die Geschichte der nächsten Kronjuwelen auch nicht viel friedlicher. Scheint ganz so, als ob Gold und Juwelen Streit und Ärger geradezu magisch anziehen. Aber das ist ja bekannt.

Immer noch murmelnd, steigt Frau Urdmann am Ende der Fahrt von dem Laufband, macht einen Schritt zur Seite und schaut sich um. Sie scheint unschlüssig, was sie sich als Nächstes anschauen soll, geht ein wenig auf und ab und bleibt schließlich vor einer der Vitrinen stehen, die man sich ohne Laufband angucken kann. Vor dieser geht sie wieder auf und ab, schließlich gleitet ein Lächeln über ihr Gesicht.

»Heinrich, hier ist er!«

Sie deutet auf die Vitrine, mein Blick folgt ihrem Zeigefinger und entdeckt: den Löffel eines Salatbestecks! Ganz nett und auch aus Gold, aber von Form und Größe eindeutig ein Salatlöffel. Ausgerechnet *der* soll aus dem Gold der Nibelungen sein?
»Ähm, sind Sie sicher?«
»Ganz sicher. Ich habe gesehen, wie das Gold über das Meer kam. Von der Drachenhöhle über das Meer und durch den Nebel. Heinrichs Kunstschmied gab ihm die Form, das Öl zu empfangen. Dieser Löffel muss es sein.«
Aha! Öl! Wusste ich es doch! Es ist Salatbesteck! Aber welcher Kunstschmied? Und was hab ich damit zu tun? Hier gibt es tatsächlich viel Nebel, aber er liegt nicht über dem Meer, sondern über meinem Hirn.
»Also, Frau Urdmann, von einem Kunstschmied weiß ich gar nichts. Überhaupt habe ich mit dem Löffel nichts zu tun.«
Die Alte starrt mich erstaunt an.
»Wieso du?«
»Na, haben Sie doch gerade gesagt; Heinrichs Kunstschmied. Aber ich kenne keinen Kunstschmied.«
Frau Urdmann lächelt.
»Nicht du, Heinrich. Heinrich, Henry oder Henri ist seit langer Zeit ein beliebter Herrschername. Ich habe schon viele kommen und gehen sehen. Deswegen nenne ich dich auch gern so, es kommt mir so vertraut vor. Jetzt aber reden wir von Heinrich II. Sein Haupt wurde gesalbt mit Öl aus diesem Löffel.«

Ach so. Kein Salatöl also. Na gut, das wäre natürlich auch zu einfach gewesen für einen König. Wobei ich mich frage, wie sich Frau Urdmann da so sicher sein kann. Also, dass der Löffel aus Nibelungengold ist. Aber sie das zu fragen bringt wahrscheinlich nichts. Mit ihrer Antwort könnte ich wahrscheinlich sowieso wieder nichts anfangen. Diese Frau ist mir einfach ein Rätsel.
Ich lese mir durch, was die Infotafel an der Vitrine über den Löffel verrät. *Der Krönungslöffel ist das älteste erhaltene Stück der Kronjuwelen und stammt aus dem späten 12. Jahrhundert. Er wird während der Krönungszeremonie zur Salbung des Herrschers benutzt, wobei geweihtes Öl, aus einer goldenen Ampulle in Adlerform geträufelt, verwendet wird.*
*Geweihtes Öl* klingt gewaltig. Es ist offenbar ziemlich aufwendig, in England König zu werden. Und aufwendig wird es auch sein, an diesen Löffel heranzukommen. Die Vitrine ist mit Sicherheit aus Panzerglas, und selbst wenn der Löffel hier einfach so in einem offenen Regal rumliegen würde, stellt sich immer noch die Frage, wie man ihn an den Wächtern, die überall in der Ausstellung aufpassen, vorbeischmuggeln könnte.
Aber was mache ich mir Gedanken – bestimmt hat Loge auch daran gedacht und uns das passende Werkzeug mitgegeben. Hilda muss wahrscheinlich nur einmal tief in ihren Rucksack greifen, schon hat sie das richtige Gimmick in der Hand, und wir spazieren hier völlig entspannt mit dem Krönungslöffel in der Tasche wieder raus. Wo-

bei wir dann immer noch das Problem mit den Zwergen hätten.
Als ob sie es gehört hätte, taucht in diesem Moment Hilda in der Ausstellung auf. Als ich sie angucke, erschrecke ich: Sie sieht aus, als hätte sie sich gerade mit jemandem geprügelt. Der Zopf, der heute Morgen noch ordentlich zusammengebunden war, hat sich mittlerweile fast aufgelöst, Hildas rotblonde Haare strubbeln in Strähnen um ihren Kopf herum. Außerdem hat sie einen langen, blutigen Ratscher über ihrer rechten Wange: Irgendetwas oder irgendjemand muss sie dort heftig gekratzt haben. Ich fürchte, die Zwerge sind echt brutal!

# 14. Kapitel

## Ganz schön neblig in London

»Wie siehst du denn aus?«, frage ich Hilda erschrocken.
»Du, ich war gerade auf einer wilden Party und habe viel getanzt«, antwortet sie mir und guckt mich dabei sehr böse an.
»'schuldige, ist mir bei deinem Anblick so rausgerutscht!«
»Ja, was denkst du denn, was da draußen gerade los war? Diese Zwerge haben wir aber mal so richtig vermöbelt, die sind jetzt erst mal eine Weile still.«
Ha! Ich wusste es! Es waren tatsächlich Zwerge!
»Ich will nicht angeben – aber kann es sein, dass ich derjenige war, der erkannt hat, dass es sich bei den Schulkindern um Zwerge handelt?«
»Na und?« Hilda zuckt mit den Schultern. »Wir sind ein Team. Wenn hier jeder erst mal groß erzählt, was er gerade wieder Tolles geleistet hat, kriegen wir den Job nie erledigt. Also: Schön, dass du es erkannt hast – ja! Gibt's jetzt Extrapunkte? Nein!«
Hilda ist und bleibt einfach eine Zicke! Am liebsten würde ich sie jetzt hier stehen lassen. Soll sie doch sehen, wie

weit sie mit dem blöden Siegfried kommt! Apropos – wo steckt der eigentlich?

»Wo hast du Ken gelassen?«, will ich von Hilda wissen.

»Der ist draußen im Café am Rabenhaus und leckt seine Wunden. Tatsächlich ging es dort ziemlich zur Sache. Die falschen Schulkinder sind uns so richtig auf die Pelle gerückt. Zum Glück kamen Hugin und Munin vorbei und konnten einen Eins-a-Angriff mit ihren Kollegen fliegen.«

Die Namen habe ich doch schon mal gehört, ohne zu wissen, um wen es sich dabei handelt. Diesmal frage ich nach.

»Wer kam vorbei?«

»Hugin und Munin. Das sind Wotans Raben. Also göttliche Tiere.«

»Ach, das sind Raben! Klar, die sollten ja nach London kommen, hat dein Vater ja gesagt. Wollte sich wohl nicht allein auf Walkürenpower verlassen«, grinse ich.

Wenn Blicke töten könnten – läge ich schon längst vor einer der Vitrinen im Staub. So aber bleibt mir noch Zeit, um Hilda mal ein bisschen auszulachen. Die ist jetzt richtig beleidigt.

»Also willst du jetzt hören, was eben draußen passiert ist? Oder lieber weiter den Klugscheißer spielen?«, faucht sie mich an.

»Kinder, vertragt euch!«, ruft Frau Urdmann und klingt dabei wie meine alte Grundschullehrerin Mrs. Simpson. »Henry und ich haben hier eben eine schöne Entdeckung gemacht, ihr habt draußen die Zwerge abgewehrt, es ist also alles in bester Ordnung, und es gibt keinen Grund für Streit. Lasst uns lieber zu Siegfried gehen und alles Weitere besprechen, bevor die Zwerge wieder hinter uns her sind.«

Seltsam. Nicht nur, dass Frau Urdmann nun klingt wie Mrs. Simpson. Sie ist offenbar auch in der Lage, sich klar auszudrücken und nicht ständig in Rätseln zu sprechen. Wenn sie denn will. Bei Nornen scheint es also sehr darauf anzukommen, von welcher Seite sie sich gerade zeigen wollen.

Ohne mich eines weiteren Blickes zu würdigen, verlässt Hilda den Ausstellungsraum und marschiert Richtung Ausgang. Frau Urdmann und ich folgen ihr. Draußen angekommen, laufen wir wieder zum Rabenhaus hinüber. Hier sieht gerade alles friedlich aus. Von einem Kampf ist jedenfalls nichts zu sehen – na gut, vielleicht liegen tatsächlich ein paar Rabenfedern auf der Wiese vor dem Gehege herum, die dort sonst nicht liegen würden.

»Bist du sicher, dass ihr euch hier mit den Zwergen gezofft habt?«, will ich von Hilda wissen.

»Was soll denn das nun wieder heißen? Natürlich haben wir das. Die Zwerge haben uns hier draußen umringt, wir haben versucht, sie vom Tower-Gelände zu drängen, dann kamen Hugin und Munin, haben die anderen Raben aus den Käfigen gelassen und sind Angriffe auf die Zwerge geflogen. Gemeinsam konnten wir sie dann erst mal in die Flucht schlagen.«

»Aha.«
»Glaubst du mir etwa nicht?«
»Doch, doch. Dauert manchmal nur ein bisschen länger. Wie konnten denn zwei Raben andere Raben aus Käfigen befreien? Und hat sich hier niemand von den Wächtern und Touristen gewundert, dass ihr Schulkinder verhaut? Und dass die Raben hier frei herumfliegen?«
»Erstens: Ich sagte doch schon, dass Hugin und Munin göttliche Tiere sind. Du würdest dich wundern, was die noch alles können. Und zweitens: Es war gerade sehr nebelig hier. Typisch London. Du konntest die Hand vor Augen nicht sehen. Würde mich nicht wundern, wenn die anderen Tower-Besucher von dem Kampf gar nichts mitbekommen haben.« Hilda grinst, ich schüttle den Kopf. Um uns herum strahlender Sonnenschein und ein knallblauer Himmel. Die doofe Walküre will mich verarschen.
Frau Urdmann klatscht in die Hände.
»Wunderbar. Dann wäre das ja geklärt! Wo steckt denn nun Siegfried?«
»Im Raben-Café«, antwortet Hilda, »gleich hinter dem Torbogen. Er war ein bisschen mitgenommen von unserer Schlacht. Kommt mit.«
Als wir um die Ecke biegen, sehe ich ihn an einem der kleinen Bistrotische des Cafés sitzen. Mitgenommen sieht er allerdings keineswegs aus. Eher fröhlich und entspannt. Und das liegt, wie könnte es anders sein, an seiner Begleitung. Siegfried sitzt nämlich nicht allein an seinem

Tisch, ihm gegenüber hat eine ziemlich hübsche und junge blonde Frau Platz genommen. Schon von Weitem kann man erkennen, dass Siegfried schwer damit beschäftigt ist, die Dame zu beeindrucken – er redet mit großen Gesten auf sie ein, wahrscheinlich erzählt er wieder irgendwelche alten Heldengeschichten. Erstaunlicherweise wirkt die Frau aber nicht gequält, sondern scheint interessiert zuzuhören.

»Komm, lass uns auch etwas zu trinken holen und dann Siegfried bei seinem Date stören«, flüstert mir Hilda ins Ohr.

»Gute Idee«, flüstere ich zurück, und dann stellen wir uns an der Theke des Cafés an. Vor uns warten zwei Frauen, die sich ganz aufgeregt über das Wetterphänomen unterhalten.

»Unglaublich, so etwas habe ich noch nie erlebt!«, ruft die eine. »Der Nebel kam wie aus dem Nichts! Eben noch schönstes Sommerwetter, und plötzlich konnte ich die Hand vor Augen nicht mehr sehen!«

Ihre Nachbarin nickt.

»Ja, fast wie im Horrorfilm! Nebel des Grauens! Aber genauso schnell hat sich der Nebel auch wieder verzogen. Ein echtes Wetterphänomen.«

Hilda kichert, ich starre sie an.

»Das stimmte wirklich mit dem Nebel?«

»Ja. Hab ich doch gesagt.«

»Aber wie …«, stammle ich.

»Och, Henry! Wenn die Götter nicht wollen, dass die

Sterblichen etwas sehen, wissen sie sich schon zu helfen. So ein bisschen Nebel ist da noch harmlos. Aber immer wieder gern genommen. Denk mal an das Abendessen bei euch.«

Stimmt. Auch über dem Küchentisch war es ganz schön neblig, als Frau Verdan-Dimitrowski beschloss, mal eben die Zeit zurückzudrehen.

Die Frauen vor uns stellen ihren Kaffee aufs Tablett und unterhalten sich weiter.

»Gut, dass wir doch noch geblieben sind.«

»Ja, wäre schade gewesen, wenn wir unseren Besuch deswegen abgebrochen hätten. Der Eintritt war schließlich teuer genug. Die armen Schulkinder! Die mussten ja anscheinend gleich gehen, als der Nebel aufkam.«

»Na ja, als Lehrer wäre es mir aber bei so schlechten Sichtverhältnissen auch zu gefährlich mit so vielen Kindern. Zumal mit so wilden! Die sind vorher ganz schön rumgesprungen, ich wollte mich schon beschweren.«

»Du hast recht. Die waren sehr ungezogen. Genießen wir also, dass die nun alle weg sind.«

Ich gestehe – ich bin tief beeindruckt! Hilda und Siegfried ist es tatsächlich gelungen, gemeinsam mit ein paar Vögeln vierzig Zwerge in die Flucht zu schlagen. Und niemand der anwesenden Menschen hat davon etwas mitbekommen? Irre!

Hilda bestellt für uns beide eine Cola, Frau Urdmann nimmt einen Tee. Dann steuern wir Siegfried und seine neue Bekanntschaft an.

»Hallo, Siegfried!«, rufe ich ihm fröhlich zu.
»Oh, hallo.« Er scheint nicht besonders begeistert, uns zu sehen. Hilda stellt das Tablett mit unseren Getränken auf dem Tisch vor ihm ab.
»Du hast jemanden kennengelernt, wie schön!«, strahlt sie die beiden an. »Willst du uns die Dame nicht vorstellen?«
»Äh, natürlich«, nuschelt Siegfried unwillig. »Also, das ist meine Nichte Hilda und ein Freund, äh, Henry. Und meine Tante, Frau Urdmann.«
Die junge Frau nickt uns freundlich zu.
»Angenehm! Ich bin Faye Morgan. Ich leite den museumspädagogischen Dienst hier im Tower«, stellt sie sich dann selbst vor. »Das ist die Abteilung, die Kindern die Geschichte des Towers möglichst spannend und interessant vermitteln soll. Wir arbeiten sogar mit Schauspielern, um der ganzen Sache möglichst viel Leben einzuhauchen. Unsere Büroräume sind gleich da drüben, deswegen mache ich meine Pausen immer hier im Café.«
»Museumspädagogischer Dienst! Wie schön!«, ruft Frau Urdmann. »Das ist aber bestimmt ein interessanter Beruf!«
»Ja, ich mag ihn auch sehr gern«, gibt Faye Morgan ihr recht. »Aber ich habe gehört, dass Sie auch eine spannende Mission hier in London verfolgen?«
Mir wird heiß und kalt. Siegfried, dieser Idiot, hat doch hoffentlich nicht verraten, wer wir sind und was wir hier wollen? Auch Hilda guckt erschrocken, dann zieht sie

einen Stuhl zu sich heran und setzt sich zu den beiden an den Tisch.
»Äh, ja, was hat mein Onkel denn schon erzählt?«
»Von seiner abenteuerlichen Suche nach dem Germanengold. Und wie gefährlich diese Mission ist. Ich muss zugeben, ich bin ziemlich beeindruckt.«
Hilda schnappt nach Luft.
»*Was* hat er erzählt?«
Bevor Faye Morgan dazu etwas sagen kann, redet Siegfried drauflos.
»Ich habe Miss Morgan erzählt, dass ich ein Wissenschaftler bin, der den Beweis dafür sucht, dass Teile des englischen Kronschatzes aus dem berühmten Nibelungengold geschmiedet wurden. Eine Information, die auch für die Geheimdienste auf aller Welt interessant ist, da dem Nibelungengold Eigenschaften nachgesagt werden, die dem von Uran nicht unähnlich sind. Ihr wisst schon – das Uran, aus dem man die Atombombe baut. Und auch aus diesem Gold könnte man gewissermaßen eine Waffe schmieden, die die gesamte Welt in den Abgrund reißen würde.«
Er macht eine kunstvolle Pause und schaut Faye Morgan direkt in die Augen.
»Seien wir ehrlich: Die Welt, so, wie wir sie kennen, ist in höchster Gefahr!«
Noch eine Pause.
»Und ich werde sie retten!«

# 15. Kapitel

## Hilfe in letzter Minute

»Sag mal, bist du jetzt völlig irre geworden?«
Hilda ist stinksauer. Faye Morgan hat sich eben verabschiedet, weil ihre Pausenzeit um ist und sie wieder arbeiten muss. Kaum ist sie verschwunden, stürzt sich Hilda wütend auf Siegfried.
»Ich fasse es nicht! Du erzählst einer wildfremden Frau, wer wir sind und was wir hier wollen?«
»Nun beruhig dich mal, Hildchen«, mault Siegfried zurück. »Faye hing an meinen Lippen. Du musst dir überhaupt keine Sorgen machen, die ist Wachs in meinen Händen.«
Siegfried ist echt total eingebildet. Wenn es nicht so nervig wäre, müsste ich lachen. Aber selbst wenn wir jetzt gerade keine Probleme mehr mit den Zwergen haben, haben wir dafür demnächst bestimmt Probleme mit der Londoner Kriminalpolizei. Wie heißt die noch mal? Richtig. Scotland Yard. Oder aber Siegfrieds wirres Gequatsche bringt uns direkt in die Klapse. Welcher normale Mensch glaubt denn schon eine Geschichte, in der die Wörter »Geheimdienst«, »Nibelungengold« und

»Weltuntergang« vorkommen? Faye Morgan hält uns mit Sicherheit für durchgeknallte Verbrecher oder für verbrecherische Durchgeknallte und hat wahrscheinlich schon den Sicherheitsdienst informiert. So wird unsere Mission scheitern, bevor wir ein zweites Mal in die Nähe des Krönungslöffels gekommen sind, geschweige denn das Teil aus der Vitrine geklaut haben. Schade eigentlich. Gerade hatte ich Gefallen an dem Agentenleben gefunden.

»Siegfried, mein Junge«, entgegnet ihm nun Frau Urdmann, »du wirst deine Gründe gehabt haben. Und wer sind wir, einem echten Helden Vorschriften zu machen? Nun aber zu dem Grund unserer Reise – dem Gold. Aus dem Gold formten sie einen Löffel, zu salben den König. Ich habe es gesehen.«

Hilda sieht immer noch stinksauer aus, versucht aber, ihren Ärger runterzuschlucken. Ein echter Profi eben.

»Gut, ihr glaubt also, dieser Krönungslöffel ist unser Zielobjekt.«

Frau Urdmann nickt.

»Ich fragte die Zeit, und die Zeit sprach zu mir. Das Gold, das über das Meer ging, empfing das heilige Öl.«

Och nö! Nicht schon wieder! Wenn Frau Urdmann in Rätseln spricht, gefällt mir das überhaupt nicht. Als Mrs. Simpson ist sie mir deutlich lieber. Siegfried und Hilda scheint das nicht zu stören, Siegfried sieht für seine Verhältnisse sogar geradezu nachdenklich und aufmerksam aus. Wahrscheinlich haben sich die beiden in den letzten dreitau-

send Jahren auch einfach an die rätselhafte Art von Frau Urdmann gewöhnt.
»Du bist dir ganz sicher mit dem Löffel?«, will Hilda von ihr wissen. Frau Urdmann wiegt den Kopf hin und her.
»Die Geschichte des Goldes kenne ich jetzt. Ein Krönungslöffel wurde daraus geformt, kein anderes Teil der Kronjuwelen kommt infrage.«
»Da hörst du es, Hilda. Sie ist sich sicher!«, ruft Siegfried. »Also dann mal nichts wie rüber zu den Kronjuwelen und den Löffel eingepackt. Mission erfüllt, ab nach Hause!«
»Äh, ich weiß ja mittlerweile, dass du ein Superheld bist«, werfe ich ein, »aber stellst du dir das trotzdem nicht etwas zu einfach vor? Die Kronjuwelen werden in einem Tresorraum ausgestellt, alle zwei Meter steht ein Wachmann und passt auf. Da so einfach hereinzuspazieren und sich den Löffel zu schnappen wird kaum funktionieren.«
Siegfried lacht.
»Henry, Henry, du bist einfach ein kleiner Angsthase. Ich habe es hier eben mit vierzig Zwergen aufgenommen. Meinst du wirklich, da interessieren mich ein paar verschlafene Wachmänner? Lächerlich. Meinetwegen bestell dir hier noch eine heiße Schokolade oder besser einen Baldriantee für deine schwachen Nerven. Ich hole mir jetzt den Löffel.«
Er schiebt seinen Stuhl zurück, steht auf und geht an mir vorbei. Mir bleibt der Mund offen stehen. Das kann doch wohl nicht sein Ernst sein!

»Hilda, Frau Urdmann, wir müssen etwas unternehmen!«, rufe ich, als ich meine Sprache wiederfinde. »Die werden den doch sofort verhaften! Der geht in den Knast, aber hundertprozentig!«
Hilda reagiert nicht, sondern schaut Siegfried nur stumm über meine Schulter hinterher.
»Hallo, wir müssen den unbedingt aufhalten!« Jetzt schreie ich fast. »Der bringt doch unsere gesamte Mission in Gefahr!«
»Keine Sorge. Das mit dem Aufhalten erledigen gerade andere für uns«, ruft Hilda und klingt dabei alles andere als froh.
»Wie meinst du das?«, frage ich verständnislos.
»Also, ich habe eine gute und eine schlechte Nachricht. Welche willst du zuerst hören?«
»Hör auf, mir ist jetzt nicht nach Spielchen!«, blaffe ich Hilda wütend an.
»Leider kein Spielchen! Dreh dich mal um. Die gute Nachricht ist: Siegfried kommt gar nicht bis zu den Waterloo-Kasernen. Die schlechte: Die Zwerge sind wieder da.«
Sofort fahre ich auf meinem Stuhl herum und starre in die Richtung, in die Siegfried eben gelaufen ist. Tatsächlich. Die Zwerge sind wieder da. Und diesmal sind es mindestens vier Mal so viele. Sie sind einfach überall.
»Oh nein! Was machen wir jetzt? Allein mit ein bisschen Nebel und sieben Raben werden wir die bestimmt nicht wieder los, dafür sind es zu viele!«, rufe ich ver-

zweifelt. »Hoffentlich habt ihr noch andere Tricks auf Lager!«
In diesem Moment kommt Siegfried wieder an unseren Tisch gesprintet.
»So eine Scheiße! Diese kleinen Biester bilden eine lebendige Mauer. Ohne Gewalt komme ich da nicht durch, und wenn ich jetzt zehn oder zwölf von denen umlege, ist hier garantiert die Hölle los.«
Mein Herz fängt wie wild zu rasen an, während ich fieberhaft nach einer Lösung für dieses Problem suche. Leider fällt mir keine ein!
»Die Büroräume!« Hilda springt von ihrem Stuhl auf.
»Was?«
»Sie hat doch gesagt, da drüben seien ihre Büroräume! Dort werden uns die Zwerge garantiert nicht finden!«
Ich verstehe kein Wort.
»Wer?«
»Mann, Henry, Faye Morgan. Also renn rüber zu ihr und bitte sie um Hilfe. Wenn sie uns bis jetzt noch nicht die Wachmänner auf den Hals gehetzt hat, scheint sie in Ordnung zu sein.«
»Aber ... aber warum ich? Das kann doch unser Frauenheld machen, schließlich hat der sie eben zugetextet!«
Hilda rollt mit den Augen.
»Weil die Zwerge dich ja offenbar noch nicht auf dem Zettel haben. Hast du doch vorhin selbst bemerkt. Du kannst rüberlaufen, ohne dass die Zwerge auf dich achten.

Siegfried und ich bleiben hier und lenken sie ein bisschen ab. Wenn uns die Zwerge zu sehr in die Mangel nehmen, sorgen wir hier mit einer weiteren Nebelshow dafür, dass wir es alle rüber ins Versteck schaffen.«
»Dann macht doch lieber jetzt schon Nebel«, widerspreche ich, »dann kann Siegfried selbst mit Faye Morgan ...«
»Henry!«, schreit mich Hilda an. »Mach, was ich sage! Siegfried wird es nicht schnell genug hinkriegen, der hört sich doch am liebsten selbst reden, und das dauert ewig. Renn los, das ist ein Befehl!«

»Nur damit ich es richtig verstehe: Eure Mission wird von zweihundert Schulkindern bedroht? Die euch mobben? Und ich soll euch verstecken?« Faye Morgan hebt die Augenbrauen und sieht extrem misstrauisch aus.
Okay, vielleicht war es keine gute Idee, Mrs. Morgan um Hilfe zu bitten. Aber nachdem die Zwerge schneller auf uns zukamen, als ich einmal »museumspädagogischer Dienst« buchstabieren konnte, bin ich schließlich doch rübergerannt. Tatsächlich habe ich ihr Büro auch sofort gefunden – ihr Name stand an der Tür, und als ich diese öffnete, sah ich sie schon hinter ihrem Schreibtisch sitzen. Der schwierigere Part, nämlich sie zu überreden, uns zu helfen, kommt aber erst.
»Ähm, also das wäre schon sehr nett«, unternehme ich einen lahmen Versuch, sie doch noch zu überzeugen, uns aufzunehmen.
»Aber ich kann mir gar nicht vorstellen, dass euer On-

kel sich ernsthaft von Schulkindern ins Bockshorn jagen lässt. Ich meine, klar, einige Kinder sind schon sehr ungezogen – die Erfahrung machen meine Mitarbeiter und ich auch immer wieder. Aber eine echte Bedrohung sieht irgendwie anders aus. Und wenn es wirklich schlimm wird, wendet euch doch an das Wachpersonal. Ich kann Besucher nicht so einfach in unsere Büroräume lassen.«

Ich werfe einen kurzen Blick über meine Schulter. Durch das Fenster von Mrs. Morgans Büro kann ich sehen, wie sich draußen tatsächlich schon dichter Nebel bildet. Ein klares Zeichen, dass sich die Lage zuspitzt. Ich muss mir etwas einfallen lassen. Was hatte Hilda gesagt? *Wenn Faye Morgan bisher noch nicht die Wachleute gerufen hat* ... ja, wenn sie nach der wilden Geschichte von Siegfried noch nicht die Wachleute gerufen hat, wird sie es vielleicht auch nicht tun, wenn ich ihr nun mit der wildesten Geschichte von allen komme: der Wahrheit!

»Mrs. Morgan, es sind gar keine Schulkinder. Es sind Zwerge.«

»Zwerge?« Faye Morgan reißt die Augen auf.

»Ja. Böse Zwerge, die sehr unangenehm werden können. Genau genommen, ist es mittlerweile eine ganze Zwergenarmee, die nur ein Ziel hat: mich und meine Freunde zu überwältigen und das Nibelungengold zu stehlen! Ich weiß, es klingt schräg, aber bitte helfen Sie uns!«, flehe ich sie an und komme mir dabei so bescheuert wie noch nie in meinem Leben vor.

In diesem Moment sind von draußen ganz deutlich Schreie und Kampfgeräusche zu hören. Und dann … dringt dichter Nebel durch den Türschlitz in Faye Morgans Büro und breitet sich dort langsam aus!

# 16. Kapitel

## Die Entdeckung

Puh! Das war knapp! In dem Moment, in dem Faye Morgan ein sehr nettes Lächeln aufsetzt und »Ich helfe euch!« sagt, fliegt auch schon die Tür zu ihrem Büro auf. Hinein stolpern Hilda und Siegfried, beide sehen noch zerzauster aus als nach ihrem letzten Kampf mit den Zwergen. Nur Frau Urdmann, die direkt hinter ihnen durch die Tür kommt, sieht so aus wie immer – und scheint im Übrigen von den ganzen Ereignissen völlig unbeeindruckt.

»Sorry, wir konnten nicht länger warten«, stöhnt Hilda und lässt sich im Schneidersitz auf den Boden vor Faye Morgans Schreibtisch sinken. »Es waren einfach zu viele.« Sie wirft Faye einen Blick zu. »Entschuldigen Sie. Ich hoffe, Henry hatte schon mit Ihnen gesprochen und unser Problem erklärt.«

Siegfried streicht sich lässig die Haare aus dem Gesicht, dann stützt er sich auf der Schreibtischplatte auf, sodass er mit seinem Gesicht ziemlich nah an Faye Morgan herankommt.

»Na ja, was heißt schon Problem – die paar Schulkinder! Wir wären natürlich auch allein mit ihnen fertiggeworden,

aber wenn man heutzutage als Erwachsener mit fremden Kindern schimpft, gibt's doch gleich richtig Ärger. Verzogene kleine Blagen!«
Mrs. Morgan grinst.
»Ihr seid mir herzlich willkommen. Henry hat mir alles erzählt. Und damit meine ich alles.«
Hilda runzelt die Stirn.
»*Alles* alles?«
»Ja, alles. Ich weiß jetzt, dass ihr Ärger mit Zwergen habt.«
»Oh nein«, seufzt Hilda. »Warum hast du das gemacht?«
Bevor ich antworten kann, antwortet Mrs. Morgan.
»Weil ich ihm die Geschichte mit den Schulkindern nicht geglaubt habe. Ich meine, ihr liefert euch ein Kopf-an-Kopf-Rennen mit Geheimdiensten, dein Onkel ist ein stattlicher Mann – und da müsst ihr euch angeblich vor Schulkindern verstecken? Das erschien mir nicht besonders glaubwürdig.«
»Und die Geschichte mit den Zwergen erschien Ihnen glaubwürdiger?« Hilda schüttelt fassungslos den Kopf. Faye Morgan zuckt mit den Schultern.
»Ja, irgendwie schon. Dein Onkel Siegfried ist schon ein faszinierender Typ, von dem irgendwie etwas Übersinnliches ausgeht. Dass er mit magischen Wesen Kontakt hat – vorstellen kann ich mir das.«
Siegfried stellt sich wieder gerade hin und wächst dabei um ungefähr zwei Meter. Dann strahlt er Faye an.

»Hört, hört, die Lady hat einen scharfen Blick!«
Die lächelt schüchtern zurück und wirft dann mit einer schnellen Handbewegung ihr langes blondes Haar zurück. Himmel – die scheint tatsächlich auf ihn zu stehen! Ich glaub's einfach nicht! Wahrscheinlich hat sie uns auch nur deswegen noch nicht von den Wachleuten verhaften lassen. Wenn wir jemals wieder nach Bayreuth kommen, werde ich bei Siegfried einen Kurs buchen. Aber nicht *Lasertag für Anfänger*, sondern *Flirten für Fortgeschrittene*. Da scheint er ein wahrer Meister zu sein.

»Folgender Vorschlag: Ihr macht es euch im hinteren Aufenthaltsraum gemütlich. Der hat nur ein Fenster zum Innenhof, die Zwerge können euch also nicht sehen. Ein Fernseher und eine Kaffeemaschine stehen dort auch rum, ein paar Stunden kann man es da also aushalten. Irgendwann werden die Zwerge doch abziehen, oder?«

»Bestimmt werden sie das«, gibt ihr Hilda recht. »Aber wenn Sie uns wirklich glauben, habe ich noch eine riesige Bitte.«

»Ja?«

»Könnten wir bleiben, bis keine Besucher mehr im Tower sind?«

»Warum? Reicht es nicht, das ich euch Bescheid sage, wenn die Zwerge verschwunden sind?«

Hilda schüttelt den Kopf.

»Wir haben einen bestimmten Verdacht, welches Stück aus dem Kronschatz aus Nibelungengold sein könnte.

Aber um ganz sicher zu sein, muss meine Tante es einmal in Händen halten. Und das geht nur, wenn wir heute Nacht den Löffel aus der Vitrine nehmen können.«

Mrs. Morgan schnappt nach Luft.

»Ich soll euch helfen, den Tower auszurauben?«

Siegfried lacht.

»Nein, du sollst uns helfen, die Welt zu retten. Bitte, Faye! Es ist wirklich so, wie ich es dir vorhin erzählt habe – das Gold ist eine echte Gefahr. Wir müssen es sicherstellen, um die Welt zu retten. Sonst werden es sich schon bald die Zwerge unter die gierigen Nägel reißen! Und dann hat die Welt ein echtes Problem.«

»Ich weiß nicht. Wenn das rauskommt, werde ich meinen Job verlieren. Im Gefängnis lande ich dann mit Sicherheit auch.«

»Vertrau mir.« Siegfried lehnt sich wieder zu Faye herüber, seine Stimme wird ganz weich. »Niemand wird erfahren, wie wir nachts in die Ausstellungsräume gekommen sind. Ich würde doch nichts tun, was eine so schöne Frau in Gefahr bringt!«

Gut, das ist wirklich sehr dick aufgetragen. Zu dick für meinen Geschmack. Aber bei Faye scheint er damit zu punkten. Jedenfalls seufzt sie theatralisch und deutet mit einer Hand auf die Tür an der Rückwand ihres Büros.

»Na gut. Da entlang geht es in den Aufenthaltsraum. Verhaltet euch bitte still, ich besorge euch etwas zu essen und zu trinken.« Ein weiterer tiefer Seufzer. »Ich hoffe, ich werde das nicht bitter bereuen.«

»Es ist einfach unglaublich: Wir dürfen hier die Drecksarbeit machen, und der Herr flirtet eine Runde!«
Hilda schimpft wie ein Rohrspatz, während sie auf meinen Schultern balanciert und versucht, den LOGE 4000 an die Alarmanlage der Waterloo-Kasernen anzudocken.
»Ich meine, das muss man sich mal vorstellen. Angeblich beruhigen muss er die Dame, damit sie nicht zu nervös wird, während wir den Löffel holen. Das ist doch die dümmste Ausrede überhaupt!«
Jetzt stampft sie sogar mit dem Fuß auf, aua!
»Hey, ich kann dich nicht mehr lange tragen, vor allem, wenn du so zappelst!«, rufe ich und versuche, dabei ruhig stehen zu bleiben, damit Hilda nicht hinunterfällt.
»Tja, wäre deutlich besser gewesen, Siegfried hätte sich um die Alarmanlage gekümmert. Zu irgendetwas muss seine Größe ja gut sein«, schimpft sie ungerührt weiter. »Wer so hohl in der Birne ist, kann wenigstens körperlichen Einsatz zeigen!«
»Kind, beruhige dich! Falls die Zwerge noch einmal wiederkommen, wird Siegfried sie abwehren«, versucht Frau Urdmann, Hilda zu besänftigen. Die alte Dame steht direkt hinter mir und beobachtet interessiert, wie Hilda mit dem Universaldecodierer herumhantiert. Ich hätte gedacht, dass sie nach unserem extrem aufregenden Tag doch besser im Sessel des Aufenthaltsraumes aufgehoben wäre, aber offenbar sorgen dreitausend Jahre Schicksalsfadenspinnen für eine gute Kondition. Während ich ganz schön fertig bin, wirkt Frau Urdmann immer noch fit wie

ein Turnschuh. Sie wollte unbedingt mitkommen, um den Löffel gleich vor Ort endgültig als Nibelungengold identifizieren zu können.

»So!«, ruft Hilda, und dann macht es tatsächlich *klick*! Das Drehkreuz bewegt sich wie von Geisterhand, und ein schleifendes Geräusch ist deutlich im Inneren der Türen zu hören. Die schweren Stahlstreben scheinen also auseinanderzufahren. Als Hilda mit einem kräftigen Ruck an der Tür zieht, geht diese auf und gibt den Blick in die Schatzkammer mit den Vitrinen frei. Bingo! Der LOGE 4000 funktioniert einwandfrei!

Ich will gerade einen ersten Schritt in den Raum machen, da hält mich Hilda an der Schulter fest.

»Stopp! Du kannst doch da nicht einfach so reinspazieren!«

»Kann ich nicht? Ich dachte, der LOGE 4000 hat die Alarmanlage ausgeschaltet«, wundere ich mich.

»Die erste schon. Aber vielleicht ist der Raum doppelt gesichert. Wahrscheinlich ist er das. Warte mal.«

Hilda winkt in den Raum hinein, und wieder breitet sich Nebel aus. Als er in dichten Schwaden auf die Vitrinen zukriecht, wird auf einmal ein Gitternetz aus roten Lichtstrahlen zwischen den einzelnen Vitrinen sichtbar.

»Na, da schau her!«, ruft Hilda fröhlich. »Eine Lasersicherung. Wusste ich's doch!«

»Ich sehe es. Aber was ist das Gute daran?«, frage ich.

»Gut? Gar nichts. Wieso?«

»Weil du so klingst, als würdest du dich darüber freuen.«

»Nee, ich freue mich, dass ich recht hatte«, lacht Hilda. »Recht behalten macht immer Spaß!«

»Kann schon sein. Aber auf Dauer macht man sich damit keine Freunde«, grummle ich. Sie zuckt mit den Schultern.

»Freunde hat man als Walküre sowieso keine«, fügt sie dann ungerührt hinzu und macht sich an dem Durchgang zum Ausstellungsraum zu schaffen. Frau Urdmann hat inzwischen auf einem der Stühle Platz genommen, auf denen sonst die Wachleute sitzen.

Auch ich betrachte den Durchgang. Zuerst bemerke ich nichts, was auch nur ansatzweise wie ein Sicherungssystem aussieht. Die Wände sind glatt, ohne Verzierungen oder Vorsprünge, in denen man ein Sicherungssystem verstecken könnte.

»Mist«, schimpft Hilda, »der LOGE 4000 nutzt nur etwas, wenn wir den Schaltkasten für das Lasernetz auch finden. Wo haben die den bloß versteckt?«

Wände nicht, Decke nicht, vielleicht im Boden? Tatsächlich werden Durchgang und Ausstellungsraum durch eine Schwelle verbunden. Da kommt mir eine Idee: Ob darin vielleicht das Lasersystem untergebracht und die Schwelle in Wirklichkeit eine Lichtschranke ist?

»Hilda, gib mir mal den LOGE«, bitte ich sie. Sie zieht zwar skeptisch die Augenbrauen hoch, was mit Sicherheit nicht sagen soll, dass sie vollstes Vertrauen in meine Fähigkeiten als Spürnase hat, aber immerhin drückt sie mir den Kasten in die Hand. Ich knie mich vor die Schwelle und drücke den LOGE fest auf sie drauf. Eine Weile passiert nichts – aber dann reagiert der LOGE. Die Ziffern ändern sich und fangen an, sich zu verstellen, bis sie schließlich mit einem *Klick* stehen bleiben. Das Gitternetz zwischen den Vitrinen erlischt!

»Nicht schlecht«, gibt Hilda zu. »Zufall oder nachgedacht?«

»Ist doch wohl logisch, wo hätte es sonst sein sollen?«, erwidere ich betont lässig. »Außerdem kenne ich mich mit dieser Art Sicherungssystem aus. Mein Vater hat eine ganze Zeit lang in einem Geschäft für Künstlerbedarf gejobbt. Da gab es auch eine Signalschranke in der Schwelle zum Ausgang.«

»Ich dachte, dein Vater ist Maskenbildner? Wieso jobbt der dann als Verkäufer?«, sagt Hilda dazu nur. Blöde Kuh!

»Es hat eben nicht jeder einen Götterchef zum Vater und kann es sich leisten, einfach so durch die Weltgeschichte zu gondeln. Mein Dad muss richtig viel arbeiten, damit wir in einer Stadt wie San Francisco gut leben können. Egal, was er macht – ich bin stolz auf ihn!«

Hilda grinst.

»Ist ja gut, ist ja gut! Ich wollte dich nicht beleidigen. Ich wollte es wirklich nur wissen.«

»Ach ja? Für mich klang das eher so, als ob …«

»Schluss!«, ruft Frau Urdmann streng dazwischen. »Der Streit nutzt nur dem Streit. Unser Ziel ist noch weit. Ich spüre es. Wohlan zu löblichem Tun!«

Unser Ziel ist noch weit? Ich würde sagen, es ist ungefähr drei Meter von uns entfernt. Aber ansonsten hat sie recht. Wir sollten uns schleunigst den Löffel greifen und die Biege machen. Nicht, dass wir wieder ungebetenen Besuch bekommen oder doch noch Wachen vorbeikommen. Ich verkneife mir also den Kommentar, dass Hilda eben genauso arrogant klang wie die doofe Melissa Edgewood. Die kennt hier sowieso niemand.

Hilda scheint zu dem gleichen Schluss gekommen zu sein, jedenfalls geht sie auf die Vitrine mit dem Löffel zu und betrachtet sie.

»Gibst du mir noch mal den LOGE, Henry?«, fragt sie dann für ihre Verhältnisse ungewöhnlich freundlich. Ich komme zu ihr und gebe ihr den Decodierer. Sie drückt ihn an die Seite des Glaskastens und wartet einen Moment. Es passiert nichts.

»Okay, scheint nicht noch einmal besonders gesichert zu sein. Da ist nur ein Schloss an der hinteren Seite.«

Hilda berührt das Schloss kurz mit dem LOGE, schon schnappt es auf, und Hilda kann die hintere Vitrinenwand aufschieben. Da liegt er, der Krönungslöffel! Aus der Nähe betrachtet sieht er noch viel schöner und prächtiger aus. Golden glänzend, mit einem gewundenen Stiel und mit Perlen besetzt, die Innenseite des Löffels selbst ist mit Ornamenten verziert. Ich habe mich geirrt, ist doch viel schöner als Salatbesteck.

Als ich den Löffel herausnehme, zittern meine Hände ein wenig. Immerhin ist es nicht weniger als das Schicksal der Menschheit, das ich nun zu Frau Urdmann trage und in ihre Hände lege. Sie nickt mir zu, dann schließt sie die Augen und beginnt, vor sich hin zu murmeln und zu summen.

Nach einer halben Ewigkeit schlägt sie die Augen wieder auf und guckt Hilda und mich ernst an.

»Kein Nibelungengold.« Sie schüttelt bedauernd den Kopf. »Es ist der falsche Löffel.«

# 17. Kapitel

## Eine kleine Geschichte über Könige und Kriege – und Löffel

»Der falsche Löffel?«
Siegfried ist fassungslos. Wir sitzen wieder im Aufenthaltsraum von Mrs. Morgans Abteilung und haben ihm gerade erzählt, was Frau Urdmann herausgefunden hat. Siegfried kann es nicht glauben. Und mir fällt es, ehrlich gesagt, auch schwer. Wie kann das sein? Frau Urdmann war sich doch eigentlich ganz sicher mit dem Löffel. Und Alberich war es anscheinend auch, warum sollte er sonst seine Zwergenarmee losgeschickt haben?
»Und du bist dir ganz sicher, dass der Löffel eine Fälschung ist?«, will Hilda von Frau Urdmann wissen. Die schüttelt den Kopf.
»Nein, eine Fälschung ist der Löffel nicht. Ich habe gesehen, dass die englischen Könige tatsächlich aus ihm gesalbt wurden. Aber er ist eben nicht aus Nibelungengold. Ein wackerer Schmied schuf ihn aus dem Gold der französischen Alpen, umhüllte damit feinstes Silber aus Norwegen.«
Ich bin verwirrt.

»Aber Sie haben doch gesehen, dass Alberichs Gold nach England gebracht wurde und man den Krönungslöffel daraus hergestellt hat. Aus purem Nibelungengold. Und das stimmt jetzt nicht mehr?«

»Doch. Das stimmt noch. Ich konnte es ganz deutlich in der Vergangenheit sehen.«

»Puh!«, stöhne ich, »ich glaube, ich verstehe kein Wort!«

Frau Urdmann lächelt und schlägt dann einen Ton an, den ich mal als Kindergärtnerinnen-Sound bezeichnen würde. Sehr milde, sehr geduldig. Sprich: Sie redet mit mir, als ob ich ein Kleinkind wäre.

»Der Nebel lichtete sich, ich schritt hindurch. Mehr kann ich nicht sagen. Auch mir zeigt die Zeit nicht alles. Was passiert ist, ist passiert.«

Na, großartig! Genauer geht es wohl kaum. Fakt ist: Ich sitze in London fest, zusammen mit einem Helden, einer Walküre und einer Norne, und die Mission, für die wir gekommen sind, hat sich anscheinend soeben in Luft aufgelöst. Wenn man mich fragt, sollten wir uns wieder in den Bus zum Flughafen setzen und die Heimreise antreten. Mein Bedarf an Zwergen, Alarmanlagen und Walkürennebel ist nämlich eindeutig gedeckt. Aber mich fragt ja keiner. Stattdessen setzt Hilda einen sehr entschlossenen Gesichtsausdruck auf.

»Henry, das ist ja wohl nicht so schwer zu kapieren. Es muss zwei Löffel geben. Einen aus Nibelungengold, einen aus französischem Gold – beziehungsweise aus vergoldetem Silber. Ersterer ist offenbar verschwunden und durch den zweiten ersetzt worden. Wir müssen also weiter nach dem richtigen Löffel suchen. Und zwar schleunigst, bevor uns die Zwerge den Löffel wegschnappen!«

»Darf ich auch etwas sagen?«, meldet sich jetzt Faye Morgan zu Wort. »Vielleicht hilft es euch, wenn wir die Geschichte des Löffels recherchieren. Zu irgendeinem Zeitpunkt muss er ja ausgetauscht worden sein. Ich bin Historikerin, ich kann euch dabei helfen.«

Siegfried streicht sich durch die Haare.

»Recherchieren? Ich weiß nicht. Ich würde mir lieber einen dieser widerlichen Zwerge schnappen und die Wahrheit aus ihm rausprügeln!«

Ich muss lachen. Siegfried fährt herum und starrt mich böse an.

»Was ist daran so witzig, Jüngelchen?«

»Na ja, einen Zwerg zu verprügeln ist an sich schon keine Heldentat. Aber in unserem Fall ist sie auch komplett sinnlos, schließlich wissen die Zwerge anscheinend auch nicht, wo der echte Löffel ist. Sonst würden sie doch nicht hier im Tower einmarschieren.«

»Henry hat recht«, meint Hilda. »Die Zwerge waren auch auf der falschen Fährte. Aus denen wirst du nichts rauskriegen. Vielleicht sollten wir das Angebot von Faye annehmen und die Spur des Löffels nachverfolgen.«

»Ich helfe euch wirklich gern.« Mit einem Lächeln, das vor allem Siegfried zu gelten scheint, steht Faye Morgan von ihrem Stuhl auf. »Kommt mit in mein Büro. Ich kann an meinem Computer in unseren Ausstellungskatalog gehen. Dort erhalte ich Informationen zu jedem Ausstellungsstück. Vielleicht finden wir da einen Hinweis, irgendetwas, das uns weiterbringt.«

Wieder strahlt sie Siegfried an, und ich mache mir langsam Sorgen, ob Faye Morgan irgendeinen Knick in der Optik oder ein sonstiges Leiden hat. Sonst müsste sie doch langsam merken, dass Siegfried nun wirklich nicht der strahlende Held ist, für den er sich selbst hält.

»Ah, hier habe ich den Löffel schon!«, ruft Faye, als Hilda, Frau Urdmann und ich wenig später mit ihr hinter ihrem Computer stehen. »Mrs. Urdmann, Sie hatten recht: Der Löffel in unserer Ausstellung ist tatsächlich vergoldetes Silber. Weiter steht hier: *Der Löffel für die Salbung ist das älteste Teil des Kronschatzes. Er stammt wahrscheinlich aus dem 12. Jahrhundert. Möglicherweise wurde er für die Krönung von Heinrich II. im Jahr 1154 geschaffen.*«

Frau Urdmann nickt huldvoll, sagt aber nichts.

»Wow, das ist ganz schön lange her!«, rufe ich.

Hilda überlegt laut.

»Ja, das ist schon ein Weilchen. Irgendwann zwischen 1154 und heute muss der erste Löffel verschwunden sein. Wir sollten uns also so ungefähr neunhundert Jahre mal genauer ansehen.«

»Nicht ganz«, widerspreche ich. »Wenn ich Frau Urdmann richtig verstanden habe, ist auch mit dem zweiten Löffel schon mal ein König gesalbt worden. Es ist höchstens die Zeit zwischen 1154 und der letzten Krönung interessant.«

»Die letzte Krönung war 1954. Queen Elizabeth II.!«, meldet sich wieder Faye Morgan zu Wort, die als englische Historikerin solche Daten natürlich sofort parat hat. »Es sind also nur achthundert Jahre, die infrage kommen.«

»Nur achthundert Jahre? Na, dann ist das ja überhaupt kein Problem«, stelle ich trocken fest, und darüber muss sogar Hilda lachen.

»Genau. Was sind schon achthundert Jährchen?«, bringt sie prustend hervor, und auch Faye Morgan fängt an zu kichern. Als wir uns alle wieder beruhigt haben, macht sie einen Vorschlag.

»Vielleicht müssen wir uns nicht die ganzen achthundert Jahre ansehen, sondern nur die wenigen Ereignisse, bei denen die Kronjuwelen verloren gegangen sind. Die Wahrscheinlichkeit, dass der Löffel danach ersetzt werden musste, ist doch einigermaßen hoch.«

»Die Kronjuwelen sind auch mal verloren gegangen?«, frage ich erstaunt. Faye nickt.

»Natürlich. Die letzten tausend Jahre waren in England bei Weitem nicht immer friedlich. Und das ein oder andere Mal wurde auch der Kronschatz in Mitleidenschaft gezogen. Zweimal ist er sogar fast völlig zerstört worden. Also, bis auf den Krönungslöffel. Aber wahrscheinlich hat ihn in dem Chaos jemand ausgetauscht.«

»Klingt irgendwie logisch«, gebe ich ihr recht. »Wann ist denn der Kronschatz zerstört worden?«

»Zum ersten Mal im 13. Jahrhundert, ein weiteres Mal im 17. Jahrhundert. Allerdings sind wir uns hier im Tower sehr sicher, dass der Löffel, der hier ausgestellt wird, das älteste Teil der Kronjuwelen und tatsächlich achthundert Jahre alt ist. Wenn er also getauscht wurde, dann ist das nicht erst im 17. Jahrhundert passiert, sondern schon wesentlich früher, und somit kommt vor allem der Verlust der Kronjuwelen im 13. Jahrhundert infrage.«

Hilda runzelt die Stirn.

»Wie können Sie sich denn da so sicher sein? Das 17. Jahrhundert ist schließlich auch schon ganz schön lange her. Jedenfalls für menschliche Verhältnisse.« Bei den letzten Worten grinst sie so, als ob wir Menschen echte Loser wären, nur weil wir keine dreitausend Jahre durchhalten. Faye Morgan ignoriert das allerdings. Stattdessen lächelt sie freundlich.

»Der Löffel wurde einmal einem sogenannten Radiokarbontest unterzogen. Genauer gesagt, die Perlen an seinem Stiel. Man wollte herausfinden, ob der Löffel wirklich schon so alt ist, wie immer angenommen wurde.«

»Radio*was*?«, will ich wissen.

»Der Radiokarbontest. Der beruht vereinfacht darauf, dass sehr viele Dinge auf der Erde auch aus Kohlenstoff bestehen«, erklärt Mrs. Morgan. »Pflanzen, Tiere, Menschen – wir alle sind chemisch gesehen Verbindungen aus Kohlenstoff. Ein verschwindend geringer Teil des Kohlenstoffs ist dabei sogenannter Radiokohlenstoff. In abgestorbenen Organismen nimmt dieser ganz gleichmäßig immer mehr ab. Und eben weil das so gleichmäßig passiert, kann man einigermaßen sicher feststellen, wie alt eine Sache schon ist. Man zählt gewissermaßen, wie viel Radiokohlenstoff sie noch enthält.«

»Und das funktioniert so genau?«, frage ich nach. Faye Morgan nickt.

»Tut es. Wir können das Alter eines untersuchten Gegenstandes bis auf dreißig Jahre genau einschätzen.«

Okay, das ist angesichts von achthundert Jahren echt ziemlich genau!

»Na gut, ich sehe es ein. Dann sollten wir uns wirklich mal angucken, was im 13. Jahrhundert mit den Kronjuwelen passiert ist. Wissen Sie da Näheres?«

»Natürlich. Das ist ja mein Job. 1216 ist König Johann Ohneland, euch wahrscheinlich besser bekannt als King John, mit seinem Tross samt Kronjuwelen im Schlamm vor der englischen Küste versunken. Damals musste fast der gesamte Schatz neu angefertigt werden.«

»King John? *Der* King John, der immer Ärger mit Robin Hood hatte?«, frage ich aufgeregt nach. Faye nickt.

»Genau. *Der* King John. Der glücklose Bruder von Richard Löwenherz.«

»Mann, Mann, Mann!«, rufe ich. »Jetzt wird die Geschichte ja langsam richtig spannend! Aber wieso ist denn King John überhaupt mit den Kronjuwelen durch die Gegend geritten? Wären die nicht im Tower viel besser aufgehoben gewesen?«

»Theoretisch ja. Normalerweise wurden die Kronjuwelen

zu der Zeit nicht im Tower, sondern in einem Kloster aufbewahrt. Aber King John befand sich auf einem Feldzug gegen aufständische Barone im Osten von England und führte seine Kriegskasse und die Kronjuwelen mit sich. Er hatte nämlich Angst, dass die Barone diese aus dem Kloster rauben könnten.«

»Und stattdessen ist er mit seinem Kronschatz im Schlamm versunken? Na, die Aktion ist dann aber wirklich nach hinten losgegangen«, lacht Hilda.

»Das kann man wohl sagen. John machte Rast in King's Lynn im Osten Englands. Von dort wollte er zu einer der belagerten Burgen, nach Lincoln Castle. Der Weg dorthin führte an einer Flussmündung vorbei, genauer gesagt, an einem Wattgebiet, das sich durch die Mündung mehrerer Flüsse in die Nordsee gebildet hatte, die sogenannte *Wash*«, erklärt Faye Morgan und klingt dabei ein bisschen so, als wäre sie selbst dabei gewesen. »Am Abend erhielt er Nachricht von einem seiner Späher – die Lage in Lincoln Castle hatte sich zugespitzt, er musste sich beeilen, wenn er die Burg gegen die Aufständischen noch verteidigen wollte. Also entschied er sich für ein sehr riskantes Manöver: Als die Ebbe einsetzte und die Mündung sich in ein Watt verwandelte, befahl er seinem Tross, eine Abkürzung zu nehmen und durch die Wash zu reiten. Aber die Wagen mit den Juwelen und den Waffen waren zu schwer und fuhren sich fest. Dann setzte die Flut ein! Verzweifelt versuchten die Männer, die Wagen aus dem Schlamm herauszuziehen – aussichtslos! Das Wasser floss immer schneller, die Pferde wurden panisch, stiegen hoch und traten um sich, sodass die Soldaten nicht mehr alle Tiere abspannen konnten. Es war fürchterlich! Binnen kurzer Zeit war ein Großteil der Wagen mit dem Kronschatz, allen Vorräten, der Kriegskasse und einigen Tieren versunken. Eine absolute Katastrophe war das! King John überlebte das Unglück zwar, aber er starb wenige Tage später völlig entkräftet in Newark Castle.«

Nein, es klingt nicht *ein bisschen so*, als wäre Faye dabei gewesen. Es klingt definitiv so. Ich merke, dass ich eine Gänsehaut bekommen habe. Hilda hingegen wirkt ziemlich ungerührt.

»So ein Chaos ist natürlich perfekt, um etwas verschwinden zu lassen oder auszutauschen«, merkt Hilda trocken an. »Wenn der erste Löffel aus purem Nibelungengold war, hat es sich auf alle Fälle gelohnt, ihn durch einen zweiten zu ersetzen, der nur vergoldet war.«

»Aber der Löffel kann doch genauso gut versunken sein, und Ersatz musste her«, gebe ich zu bedenken. »Dann ist er einfach für alle Zeiten verschollen, und auch Alberich käme nicht mehr an ihn ran.«

»Wer genau ist jetzt Alberich?«, will Faye Morgan wissen.

Mist! Verquatscht! Siegfried hat ihr doch etwas von irgendwelchen dubiosen Geheimdiensten erzählt. Jetzt mit Alberich anzukommen, ist bestimmt keine gute Idee!

»Äh, Alberich ist der Kopf eines der Geheimdienste, die hinter dem Gold her sind«, stammle ich.

Faye Morgan lacht.
»*Alberich*, wie der böse Zwergenkönig?«
»Äh, ja.«
»Gehe ich recht in der Annahme, dass es sich bei Alberich tatsächlich um den echten Alberich handelt?«, hakt sie dann nach.
»Wie ... wie kommen Sie denn darauf?«
»Henry, das ist doch wohl klar. Ihr seid eben vor einer Zwergenarmee geflüchtet. Alberich ist der Zwergenkönig. Da zähle ich einfach mal eins und eins zusammen und komme auf zwei: Der echte Alberich ist hinter dem echten Nibelungengold her. Und Siegfried heißt nicht nur so, sondern ist es auch: Siegfried, der germanische Held.«
Alter Falter! Mrs. Morgan hat ja richtig was in der Birne! Sie sieht meinen überraschten Gesichtsausdruck und grinst.
»So schwer war das aber nicht zu kombinieren, Henry. Fragt sich eigentlich nur, welche Rolle ihr in der ganzen Geschichte spielt? Denn dass ihr nicht einfach zwei harmlose deutsche Schulkinder seid, die sich mit ihrer Tante London angucken wollen, das sieht sogar ein völlig Blinder mit Krückstock.«
Hilda seufzt, sagt aber nichts. Faye Morgan steht von ihrem Stuhl auf und streicht ihr über den Oberarm.
»Ich würde euch wirklich gern helfen. Aber dazu muss ich die ganze Geschichte hören. Wer seid ihr? Und was genau wollt ihr?«

Hilda wirft Frau Urdmann einen unsicheren Blick zu, aber diese nickt aufmunternd. Hilda holt tief Luft.
»Also gut, dann erzähle ich Ihnen jetzt die Wahrheit. Und zwar von Anfang an. Es beginnt zu einer Zeit, als Wotan, mein Vater und der Chef unserer Götterwelt, einen kühnen Plan fasste und sich von den Riesen Fafner und Fasolt einen Palast bauen ließ …«

# 18. Kapitel

## Nebel des Grauens – oder so ähnlich

Die gute Nachricht: Wir sind nicht in der Klapse gelandet. Und auch nicht im Knast. Die schlechte: Es sieht ganz so aus, als würde sich mein kleiner Ausflug nach London noch wesentlich verlängern. Mittlerweile sitzen wir nämlich alle in einem klapprigen Ford Fiesta, in den uns Faye Morgan kurz entschlossen geladen hat, um an die englische Ostküste zu fahren. Dort, in King's Lynn, am Originalschauplatz des Dramas um die Kronjuwelen, ist Frau Urdmann vielleicht so inspiriert, dass sie ein bisschen klarer sieht, was mit dem Löffel wirklich passiert ist.

Auf diese Idee sind Hilda und Faye gemeinsam gekommen, und ich hoffe sehr, dass sie damit recht haben und sich die Anstrengung lohnt. Ich sitze nämlich seit fast zwei Stunden eingeklemmt wie eine Ölsardine zwischen Siegfried und Hilda auf der Rückbank, während Frau Urdmann mit halb geschlossenen Augen auf dem Beifahrersitz murmelnd vor sich hin meditiert. Vielleicht schläft sie aber auch einfach nur und spricht im Schlaf. Was mich nicht wundern würde, denn ich bin selbst todmüde. Schließlich ist es mitten in der Nacht, und ich habe seit ungefähr zwanzig Stunden kein Auge mehr zu gemacht. Da hat nämlich mein Wecker in Bayreuth geklingelt. Aber möglicherweise brauchen Götter auch einfach keinen Schlaf.

Ein lautes Schnarchen rechts von mir macht deutlich, dass zumindest Helden Schlaf brauchen. Siegfrieds Kopf sackt schwer auf meine Schulter.

»Wenn wir in King's Lynn sind, sollten wir uns wirklich mal nach einem Hotel umsehen«, schlage ich vor. »Ich glaube, wir brauchen alle mal eine Pause.«

»Pause?« Hilda zieht die Augenbrauen hoch. »Willst du etwa riskieren, dass wir irgendwann wieder die Zwerge an den Hacken haben, weil die zu dem gleichen Ergebnis kommen wie wir? Nein, sobald wir vor Ort sind, wird Urd durch einen gezielten Blick in die Vergangenheit hoffentlich herausfinden, wo genau die Kronjuwelen versunken sind.«

Verstehe. Nur die Harten kommen in den Garten. Dabei will ich doch nur ein bisschen schlafen!

»Ich habe schon im Stadtplan nachgeguckt«, ruft Faye Morgan sehr fröhlich und sehr wach vom Fahrersitz, »direkt an der Wash gibt es einen großen Parkplatz. Der liegt zwar nicht direkt in King's Lynn, sondern in Hunstanton, aber ich würde trotzdem sagen, wir fahren gleich dorthin und schauen mal, was Mrs. Urdmann herausfindet.«

Nach einiger Zeit passieren wir tatsächlich das Ortsschild

von Hunstanton. Es ist zwar mitten in der Nacht, aber im Schein der Straßenlaternen kann ich sehen, dass dieser kleine Ort offenbar ein Seebad zu sein scheint. Überall preisen Schilder Attraktionen für Touristen an: Strandvolleyball, einen Surfklub, Bars, Restaurants und sogar ein Wash-Monster – was aussieht wie eine Kreuzung aus einem Fischkutter und einem überdimensionalen Geländewagen. Was will man mit so was?

Der Fiesta rumpelt über die Zufahrt zu einem großen Parkplatz, dann hält er an.

»So, da wären wir!«, stellt Mrs. Morgan fest. »Von hier aus sind es ungefähr zwanzig Meter zum Ufer der Wash. Mrs. Urdmann, wollen wir uns das mal angucken?«

Frau Urdmann antwortet nicht. Sie murmelt weiter vor sich hin, und ich bin mir nicht sicher, ob sie überhaupt gehört hat, was Faye Morgan eben gesagt hat. Ich stupse sie von hinten leicht an der Schulter an.

»Frau Urdmann? Sind Sie wach? Wir sind angekommen. Wollen wir mal zur Mündung gehen?«

Sie schreckt aus ihrem Sitz hoch und sitzt auf einmal kerzengerade.

»Die Helden sind vergangen nicht. Die helfend Hand zum Schlage sich gar wendet. Was tief verborgen schien, es leuchtet hell! Wenn Nebel an die Küste wogt, der Raben Schwingen wicht'ge Kunde bringt und Rettung naht.«

Bitte was? Ich verstehe kein Wort. Finden wir den Löffel nun hier oder nicht? Faye Morgan lacht hysterisch.

»Also wirklich, Mrs. Urdmann – was reden Sie denn da?

Das klingt aber sehr düster. Und klarer sehen wir nun auch nicht. Ich schlage vor, Sie steigen mal aus, und wir gucken uns das vor Ort an.«
Sie steigt aus, geht um das Auto herum und öffnet die Beifahrertür. Frau Urdmann zögert kurz, steigt dann ebenfalls aus und schaut sich auf dem Parkplatz um. Zielstrebig marschiert sie los – ganz so, als wüsste sie genau, wo sie hinwill. Hilda und ich verlassen schnell das Auto, um Frau Urdmann hinterherzulaufen.
»Sollten wir Siegfried nicht aufwecken?«, frage ich Hilda.
»Auf gar keinen Fall! Unser Held vom Dienst macht meistens mehr Probleme, als er wirklich löst. Wenn er uns die nächsten Stunden nicht stört – umso besser!«

Kurz darauf stehen wir an der Strandpromenade von Hunstanton und schauen auf das pechschwarze Meer, in dem sich der Mond spiegelt. Es ist fast Vollmond, also einigermaßen hell, und in diesem fahlen Licht sieht Frau Urdmann auf einmal sehr unheimlich aus. Sie steht auf dem Strand, die Füße fast im Wasser, und singt ein Lied, das mir der LOGE 3000 nicht übersetzt. Das ist allerdings kein Wunder, denn die Töne, die aus ihrem Mund kommen, klingen nicht gerade menschlich. Es erinnert mich eher an den Gesang der Wale oder an das Jaulen eines wilden Tieres – mir läuft es kalt den Rücken hinunter!
Das Meer vor Frau Urdmanns Füßen fängt an, sich zu kräuseln. Aber es sind keine Wellen, die von hinten nach

vorn laufen und dann schäumend an den Strand schlagen. Nein, es sieht so aus, als ob das Wasser rings um Frau Urdmann herum langsam zu kochen beginnt. Es bilden sich kleinere und größere Blasen, nun zischt das Wasser auch. Frau Urdmann scheint das aber überhaupt nicht zu bemerken, sie stößt weiter diese unmenschlichen Laute aus und tanzt in Kreisen durch das Wasser.

»Was macht sie denn da?«, flüstere ich Hilda zu.

»Schätze mal, sie befragt das Gewesene.«

»Das Gewesene? Jetzt redest du auch schon so komisch. Könnt ihr euch nicht mal alle etwas normaler ausdrücken?«

Hilda knurrt unwillig.

»Mann, das Gewesene ist doch klar: die *Vergangenheit*! Ich glaube, sie unterhält sich mit den Geistern der Vergangenheit. Du und ich, wir können sie nicht sehen, aber für Urd sind sie genauso real wie zum Beispiel der rostige Fiesta von Mrs. Morgan. Ich bin mir sicher, wir werden gleich mehr über das Unglück in der Wash erfahren und was dabei mit dem Löffel wirklich passiert ist.«

Jetzt bleibt Frau Urdmann stehen und singt auch nicht mehr. Tatsächlich scheint sie sich stattdessen mit jemandem zu unterhalten: Immer wieder macht sie Pausen, als ob sie eine Antwort abwartet.

»Vielleicht spricht sie gerade mit King John und fragt ihn, was er mit dem Löffel angestellt hat?«, witzle ich.

»Woher kennst du eigentlich King John?«, will Hilda von mir wissen.

»Das ist der Typ aus der *Robin-Hood*-Story. Den kennt doch jedes Kind. Du etwa nicht?«
Hilda zuckt mit den Schultern.
»Den Namen hab ich bestimmt schon mal gehört. Fand ihn dann aber wohl uninteressant.«
»Also gut, dann erzähl ich dir mal kurz, wovon die Geschichte handelt. Dann wirst du auch sofort verstehen, warum King John so ungefähr der unbeliebteste König *ever* sein dürfte.«
»Ich bin ganz Ohr!«
»King John – damals noch Prinz John – war der kleine Bruder von König Richard I., genannt Richard Löwenherz. Löwenherz war ein unglaublich beliebter König in England, denn er war gütig, gerecht und fromm. Und mutig und tapfer – sein Volk verehrte ihn. Richard Löwenherz war mit seinen Rittern zu einem Kreuzzug ins Heilige Land aufgebrochen. In dieser Zeit sollte Prinz John sein Stellvertreter in England sein. Auf dem Rückweg von Jerusalem wurde Richard Löwenherz gefangen genommen, man wollte Lösegeld für ihn haben. Während Königin Eleonore, seine Mutter, alles versuchte, um das Geld zusammenzubekommen, nutzte John die Gelegenheit, die Macht an sich zu reißen. Er erhöhte die Steuern und presste das Volk aus, angeblich, um das Lösegeld für Richard zu sammeln. In Wirklichkeit wollte er sich aber nur selbst bereichern und dachte gar nicht daran, das Lösegeld ... äh ...« Ich stocke und sehe mich um. Dort, wo eben noch Frau Urdmann stand, ist jetzt nur noch eine

dichte Nebelwand zu sehen. Und sie zieht direkt auf uns zu.

»Henry? Warum erzählst du nicht weiter?«

»Wo ... wo ist denn Frau Urdmann? Guck mal, wie neblig es dort wird!«

Hilda guckt sich um und zuckt mit den Schultern.

»Das ist nichts Besonderes. Hast du doch schon in London und eurer Küche gesehen – wenn wir Götter etwas regeln wollen, wird es meistens nebelig.«

Wo sie recht hat, hat sie recht. Ich beschließe also, den Nebel zu ignorieren, und erzähle weiter.

»Wo war ich? Ach, richtig, das Lösegeld. Also, Prinz John quetschte das Volk aus, aber er hat das Geld nicht benutzt, um seinen Bruder freizukaufen, sondern steckte es sich in die eigene Tasche. Und während er sich ein schönes Leben machte, mussten die einfachen Leute hungern, weil sie sich nichts mehr zu essen kaufen konnten, wenn sie die Steuern bezahlt hatten.«

Ich stocke wieder, denn mittlerweile hat der Nebel fast meine Fußspitzen erreicht, und ich finde, er fühlt sich seltsam warm an. Hilda verdreht die Augen, was wahrscheinlich soviel wie *Nun mach schon, du Angsthase!* bedeuten soll. Tapfer rede ich deshalb weiter und versuche, mir nicht anmerken zu lassen, dass ich gerade ein ziemlich schlechtes Gefühl habe. Ein SEHR schlechtes Gefühl!

»In dieser dunklen Zeit gab es nur noch einen, der den Menschen helfen konnte: ein wahrer Held, der den gierigen Reichen das Geld geklaut hat und es den Armen gab.

Sein Name war Robin von Locksley, aber die Menschen nannten ihn Robin Hood!«

Ich habe die letzten Worte noch nicht ganz ausgesprochen, da schwappt der Nebel endgültig über Hildas und meinen Kopf, und ich fühle mich wie in einem Dampfbad. Gleichzeitig bricht ein Donnern und Tosen los, und mir rutscht das Herz regelrecht in die Hose. Vielleicht war es doch keine so gute Idee, Siegfried im Auto zu lassen – jetzt hätten wir ihn doch ganz gut gebrauchen können.

Das Donnern scheint auf uns zuzurollen, jedenfalls wird es immer lauter und lauter, und schließlich meine ich, in dem Dröhnen eine Stimme zu erkennen. Tatsächlich, da schreit jemand!

»ROBIN HOOD! ROOOOBIN HOOOOD! ICH HASSE ROBIN HOOD! ICH HASSE IHN VON GANZEM HERZEN!«

# 19. Kapitel

## König werden ist nicht schwer, König sein dagegen sehr!

Der Nebel reißt plötzlich auf. Direkt vor uns steht ein schlanker Mann, kaum größer als ich. Wobei *steht* nicht ganz stimmt – ich würde sagen, er schwebt ein kleines Stückchen über dem Boden. Er trägt ein Kleid aus grobem Stoff, einen ziemlich kurz geschnittenen Vollbart und dunkle, halblange wellige Haare.
Vor Schreck springe ich ein Stück nach hinten und lande dabei genau auf den Zehenspitzen von Frau Urdmann, die aus unerfindlichen Gründen nicht mehr vor mir im Wasser, sondern direkt hinter meinem Rücken steht. Wie ist sie da bloß so plötzlich hingekommen?
»Was ... wer ... ist das?«, stammle ich.
»King John«, raunt mir Frau Urdmann ins Ohr.
»WER?!«
»Schätze mal, King John«, flüstert nun auch Hilda.
»D... d... das kann nicht sein! King John ist seit achthundert Jahren tot!«
»Dann sehen wir hier wohl seinen Geist«, stellt Faye Morgan trocken fest. Dafür, dass wir hier gerade einem

Gespenst gegenüberstehen, wirkt sie erstaunlich gelassen. Aber wahrscheinlich kann sie nach der Geschichte mit Alberich nichts mehr schocken.

Immerhin scheint der Geist unbewaffnet zu sein. Jedenfalls sieht er so aus, als würde er wirklich nur im Nachthemd vor uns stehen. Eine gute Gelegenheit also, hier wenigstens ansatzweise mal meinen Job als Agent zu machen! Ich räuspere mich.

»Äh, hallo, Sir! Haben Sie gerade so laut gerufen?«

Der Geist schwebt auf mich zu.

»Du! DU! Du hast diese Lügen über mich verbreitet! Wie kannst du es nur wagen, so über einen König zu sprechen?! Über mich: King John, König von England, begnadeter Stratege, brillanter Feldherr und liebevoller Hirte seines Volkes!« Aufgeregt fuchtelt er mit seiner Hand vor meiner Nase herum. Nein: Er fuchtelt mit der Hand IN meiner Nase herum, denn tatsächlich spüre ich, dass seine Hand wie ein Windstoß durch mich hindurchfährt, als er in meine Richtung schlägt. Sein Körper scheint gar keine festen Umrisse zu haben. Unheimlich!

»Sir, ich habe keine Lügen verbreitet, sondern die Legende von Robin Hood erzählt. Die kennt wirklich jedes Kind.«

Vielleicht hätte ich das anders sagen sollen, irgendwie netter. Denn nun fliegt der Geist einen Meter höher und stößt dabei einen markerschütternden Schrei aus.

»ERWÄHNE NIE WIEDER DIESEN NAMEN! Dieser gesetzlose Verbrecher, dieser niederträchtige, goldgierige, gemeine ...«

»Lügner?«, ergänzt Hilda mit einem fragenden Blick.
»Ja, genau!«, schreit der Geist. »Kennst du ihn etwa auch, holde Maid?«
»Äh, nicht so direkt. Aber ich kann mir ungefähr vorstellen, was Ihr meint. Es scheint ganz so, als hätte dieser Verbrecher Robin Hood Euren edlen Namen beschmutzt, Majestät!«
Moment mal! Bis eben hatte Hilda keine Ahnung, wer Robin Hood überhaupt ist, und nun nennt sie ihn schon einen Verbrecher? Einen meiner absoluten Lieblingshelden? Tickt die noch sauber?
»Hey, wie redest du denn über Robin Hood?«, fauche ich Hilda an, aber die ignoriert mich komplett. Stattdessen wendet sie sich wieder an den Geist von King John.
»Majestät, so wie mein junger Freund hier die Legende erzählt, wird sie leider bis heute an die Kinder von England weitergegeben.«
»Was heißt denn hier *mein junger Freund*?«, beschwere ich mich. »Tu doch nicht so, als wäre ich ein Kleinkind! Ich bin dein Kollege!«
Hilda bedenkt mich mit einem mitleidigen Blick.
»Henry, im Vergleich zu mir bist du tatsächlich ein Kleinkind. Also halt dich jetzt einfach mal raus. Ich weiß schon, was ich tue.«
Argh, was für eine blöde Zicke! Schleift mich einmal quer durch Europa, nur um mich dann total lächerlich zu machen? Vor einem Geist!
»Weißt du was? Ihr könnt euch alle mal gehackt legen.

Sucht euer Gold oder eure Zwerge oder was auch immer, rettet die Welt oder lasst es bleiben. Ist mir egal. Ich bin raus!«

Dann drehe ich mich um und stapfe aus dem Watt an die Strandpromenade zurück. Ich weiß zwar noch nicht genau, wie, aber ich werde auch ohne diese Möchtegernagenten wieder nach Hause kommen. Und wenn ich zur Polizei gehe! Kinder in Not werden von denen bestimmt umgehend zu ihren Eltern gebracht.

»Henry, warte doch mal!«, ruft mir Hilda hinterher, aber ich laufe weiter in die Richtung, in der ich den Ortskern vermute.

»Henry!« Hilda läuft mir hinterher, holt mich ein und hält mich am Arm fest. »Mann, was soll denn das? Wo willst du denn hin?«

Ich reiße mich los.

»Egal. Hauptsache weg von euch. Ihr geht mir mittlerweile so auf die Nerven! Du behandelst mich wie den letzten Idioten, ich frage mich wirklich, wozu ich überhaupt mitkommen sollte.«

Hilda seufzt.

»Das tut mir leid, wenn es dir so vorkommt. Denn es stimmt überhaupt nicht. Im Tower warst du schon total wichtig. Die Zwerge haben dich überhaupt nicht bemerkt. Und hier sind wir doch gerade ein Weltklasse-Team!«

*»Weltklasse-Team?«*, echoe ich. Der Fall ist klar – Hilda will mich verarschen. Aber so was von!

»Natürlich, ein super Team!«, bekräftigt sie noch einmal.

»Es läuft doch gerade perfekt. Du lockst King John mit deiner Robin-Hood-Nummer aus der Reserve, und ich mime die Verständnisvolle. Dann wird er uns schon erzählen, was wirklich vor achthundert Jahren passiert ist. Glaub mir, ich habe wirklich viel Erfahrung mit toten Helden – das, was sie mit Abstand am meisten stört, ist das Gefühl, von der Nachwelt vergessen zu werden.«
Ich überlege kurz. Vielleicht hat Hilda recht. Immerhin war King John von meiner Robin-Hood-Geschichte echt getroffen.
»Du hast das also nicht gesagt, um mich zu ärgern?«, hake ich nach. Hilda schüttelt den Kopf.
»Natürlich nicht. Warum sollte ich? Du bist doch mein Partner.«
»Na gut. Dann komme ich wieder mit. Ich bin sehr gespannt, ob deine Taktik hinhaut.«
King John schwebt nach wie vor über dem Watt, jetzt unterhält er sich gerade mit Frau Urdmann. Besser gesagt: Er belehrt sie. Schon aus zehn Metern Entfernung kann ich hören, dass er ihr einen kleinen Vortrag über Staatskunst und Regierungsgeschick hält. Frau Urdmann hält den Kopf schief und lächelt sanft. Wahrscheinlich lacht sie sich innerlich schlapp, weil sie King John beim Regieren live beobachten konnte und er in Wirklichkeit alles andere als ein super König war.
»Eure Majestät!«, unterbricht Hilda seinen Monolog.
»Ja?«
»Mein junger Freund hier gibt zu, dass er Eure Geschichte

nur vom Hörensagen und aus bösen Gerüchten kennt. Wahrscheinlich hat dieser verachtenswerte Robin Hood sie gestreut. Würdet Ihr uns erzählen, wie es wirklich war?«

King John beäugt uns misstrauisch.

»Warum sollte ich das tun?«

»Damit Ihr endlich den Ruhm erlangt, den Ihr verdient. Bedenkt, Majestät: Heute weiß niemand mehr, dass Ihr zum Wohle Englands regiert habt. Ihr geltet als selbstsüchtiger Halsabschneider, der das Volk ausgepresst hat. Und glücklos noch dazu – hier, in der Wash, soll der gesamte Kronschatz versunken sein, weil Ihr es zu eilig hattet. Das Leben Eurer Männer brachtet Ihr dabei in Gefahr, rücksichtslos und starrköpfig.«

»Selbstsüchtiger HALSABSCHNEIDER?! Rücksichtslos und starrköpfig?« King John, oder besser: der Geist von King John, zischt einen Meter nach oben. »Das ist Majestätsbeleidigung! Ach was, Hochverrat! Ich werde ihn hängen lassen, diesen Robin Hood! Teeren und Federn! Vierteilen! Aufs Rad spannen lassen, diesen ... diesen ...«

»Ruhe bewahren, Majestät, Ruhe bewahren«, ruft Hilda. »Darf ich Euch daran erinnern, dass Ihr schon lange tot seid? Und Robin Hood ist es ebenso.«

Der Geist sackt langsam wieder zu uns hinunter und seufzt.

»Leider hast du recht, holde Maid. Sosehr ich es auch bedaure. Aber wie du vielleicht bemerkst, findet mein Geist einfach keine Ruhe. Ich scheine verdammt dazu, über der Wash zu schweben. Und als ich eben deine … äh … Amme … erblickte und diese mich auch direkt ansprach UND dann noch der Name Robin Hood fiel, da konnte ich nicht anders, als Gestalt anzunehmen.«

»Okay, Majestät«, mische ich mich jetzt auch mal in das Gespräch ein, »für mich ist und bleibt Robin Hood ein Held. Um mich vom Gegenteil zu überzeugen, muss schon ein bisschen mehr passieren, als dass der Geist eines Typen, der vor achthundert Jahren den Löffel abgegeben hat, übers Wattenmeer schwebt.«

»Dreist bist du, Bursche!«, faucht mich King John an. »Als ich König wurde, übernahm ich ein ausgeblutetes, zerrissenes Reich! Noch dazu dieser Robin Hood, der angeblich den Armen helfen wollte. Dabei war das auch nur ein Maulheld, ein Wichtigtuer! Ich hatte eine Verabredung mit ihm – aber ganz offensichtlich hat er sein Wort gebrochen, der Schuft! Ich hätte den Armen, Kranken und Alten sehr gern geholfen. Aber die Staatskasse war leer, die teuren Kreuzzüge meines Bruders hatten England völlig ruiniert – leider wollte das keiner wissen! Stattdessen durfte ich mir ständig Heldengesänge auf Richard anhören. Es war einfach ungerecht! Dann drohten mir auch noch meine Barone damit, mir nicht mehr zu folgen. England wäre dem Untergang geweiht gewesen. Die Franzosen und Schotten wetzten schon die Messer. Also stellte ich wieder eine Armee zusammen. Aber ich konnte meine Soldaten kaum bezahlen. Da kam mir diese Idee mit den Kronjuwelen …«

# 20. Kapitel

## Ein Unglück, das gar keins ist, und eine gefährliche Idee

»Also gab es gar kein Unglück?«
Ich bemühe mich, verständnisvoll zu klingen. Allerdings fällt mir das angesichts der Tatsache, dass wir hier offensichtlich die ganze Zeit einer Lüge hinterhergehechelt sind, ziemlich schwer. Einer sehr, sehr alten Lüge zwar, aber einer Lüge.
Der Geist schüttelt den Kopf.
»Nein. In Wirklichkeit habe ich mit dem Gold meine Soldaten bezahlt. Sie hatten seit Wochen keinen Sold mehr gesehen, eine Meuterei stand kurz bevor. Ich ließ also das Gerücht streuen, mein Tross sei in der Wash versunken. Der Tross war getrennt von mir unterwegs, weil er natürlich sehr viel langsamer und unbeweglicher als ich war. Als meine Soldaten die Furt durchs Watt erreichten, ritt ich heimlich zum Tross und befahl meinen Männern, den Kronschatz an Land zu bringen und unter sich zu verteilen. Die größeren Stücke wurden dort einem Händler verkauft. Meine Männer sollten mir einen Tag später einen Boten schicken, der von dem angeblichen Unglück

berichten würde. Ich ritt wieder zurück und tat so, als wäre nichts geschehen.«

Faye Morgan, die bisher noch nichts gesagt hat, zieht die Augenbrauen hoch.

»Also ist es völlig sinnlos, hier im Watt nach dem Gold zu suchen?«

»Ja, schöne Maid, das ist es. Ich nehme an, der Kronschatz ist damals auf mein gesamtes Königreich verteilt worden. Nach Ende seiner Dienstzeit stand es jedem meiner Soldaten frei zu gehen, wohin auch immer es ihm beliebte.«

»Das darf doch nicht wahr sein!« Hilda klingt schwer genervt. »Wie finden wir denn jetzt dieses verfluchte Gold?«

King John schwebt um sie herum.

»Darf ich fragen, warum diese Frage für euch eine so große Rolle spielt? Ist es wirklich so wichtig, was aus den Kronjuwelen geworden ist?«

»Allerdings, Majestät! Nicht weniger als die Rettung der Welt hängt davon ab!«, rufe ich.

»Die Rettung der Welt? Vor wem? Den Franzosen?«

»Nein, Sir, es geht um ...«

»Ah, ich wusste es! Dann sind es diese hinterhältigen Schotten!« Der Geist klatscht in die Hände, was sehr lustig aussieht, weil sich diese dabei zu einer Art Wolke vermischen. »Ich habe es immer gesagt: Die Schotten sind Gottes Strafe an die Menschheit! Und wie wollt ihr sie bezwingen? Was haben meine Juwelen damit zu tun?

Sprich, Bursche! Wollt ihr sie aus ihren karierten Röcken hauen? Ich bin dabei!«

Vor lauter Begeisterung macht King John eine Rolle rückwärts.

»Äh, nein, die Schotten sind es nicht, Majestät. Es geht um Alberich, den bösen Zwergenkönig. Um es kurz zu fassen: Wir suchen ein bestimmtes Teil aus Eurem Schatz. Kriegt Alberich es zuerst in die Finger, wird er daraus einen Ring schmieden und die Weltherrschaft an sich reißen«, erkläre ich.

Der Geist starrt mich an, dann beginnt er, laut zu lachen.

»Junger Freund, ihr seid einem Ammenmärchen aufgesessen. Es gibt keine Zwerge.«

»Ach, wirklich? Es gibt eigentlich auch keine Geister, und doch unterhalte ich mich gerade mit einem. Glaubt mir, Majestät, die Welt steht am Abgrund, und Ihr könnt uns helfen, sie zu retten.«

»Hm. Ich weiß nicht.«

»Majestät, Ihr könntet endlich als Held in die Geschichte eingehen!«, setze ich noch einen drauf. »Der Retter der Menschheit – wäre das nichts? Dagegen kann ein Robin Hood doch nicht ankommen, garantiert nicht!«

King John zuckt zusammen.

»Nicht wieder dieser Name!« Er seufzt. »Was wollt ihr wissen? Welches Teil sucht ihr? Ich werde versuchen, mich zu erinnern. Aber ich warne euch: Viele Stücke des Schatzes wurden vom Händler eingeschmolzen. Was hätte auch ein einzelner Soldat mit einer Krone anfangen können?«

*Eingeschmolzen* klingt gar nicht gut!

»Sir, könnt Ihr Euch noch an den Krönungslöffel erinnern? Er ist ziemlich groß, in etwa so lang wie mein Unterarm und mit Perlen verziert, und er ...«

Ein lautes Stöhnen unterbricht meine Beschreibung. King John verzieht das Gesicht, als hätte er schlimme Schmerzen. Ob ein Geist wohl Zahnweh bekommen kann?

»Du willst mich also quälen, Bursche!«

»Was? Ich?« Überrascht schüttle ich den Kopf. »Überhaupt nicht. Ich wollte doch nur wissen, ob Ihr Euch an den Löffel erinnern könnt.«

Wieder ein lautes Stöhnen.

»Wie könnte ich den vergessen? Ich gab ihn deinem angeblichen Helden. Wir hatten eine Vereinbarung, er hat es mir geschworen: der Löffel und andere Juwelen gegen sein Wort als Gentleman. Sein Wort, dass er und seine Männer künftig meinen Namen loben und preisen würden.«

Angeblicher Held? Ich ahne Schlimmes.

»Wem habt Ihr denn den Löffel gegeben? Etwa Robin Hood?«

»Natürlich. Diesem Betrüger. Wenn ich gewusst hätte, dass er weiter durch die Lande ziehen und Lügen über mich verbreiten würde, dann hätte ich den Löffel lieber braven Wirtsleuten geschenkt, auf dass sie eine schmackhafte Suppe damit essen könnten, ha!«

Hilda runzelt die Stirn.

»Ihr habt Robin Hood den Löffel gegeben, damit er gut über Euch redet?«
»Ja. Mir waren doch auch schon die Legenden und Gesänge zu Ohren gekommen. Erfreut haben sie mich nicht. Schließlich liebte ich mein Volk und wollte ebenso geliebt werden. Also habe ich ein besonders wertvolles Stück der Kronjuwelen mitgenommen und diesem Verbrecher gegeben, damit er fortan in den höchsten Tönen über mich rede.«
Faye Morgan lacht.
»Das nennt man dann wohl eine frühe Form von Presse- und Öffentlichkeitsarbeit. Heldenlieder gegen Gold. Hat aber nicht funktioniert, würde ich sagen.«
Der Geist heult auf.
»Ja, aber nur, weil ich gestorben bin. Sonst hätte ich diesem ... diesem ... – sonst hätte ich schon dafür gesorgt, dass er sich an sein Versprechen hält!«
Ich seufze.
»Gut, das lässt sich jetzt nicht mehr ändern. Habt Ihr irgendeine Ahnung, was Robin Hood mit dem Löffel gemacht haben könnte?«
Kopfschütteln.
»Natürlich nicht. Ungefähr drei Tage nach unserem Treffen bin ich gestorben. Es war mir nicht mehr vergönnt, den feinen Herrn an seinen Taten zu messen!«
Das ist schlecht. Sehr schlecht. Ich werfe Frau Urdmann einen fragenden Blick zu. Hat sie vielleicht irgendetwas gesehen, als sie in die Vergangenheit geschaut hat?

Sie erwidert meinen Blick. »Die Nebel kommen, die Nebel gehen. Du siehst nur, was du sehen kannst, gehst du hindurch.«
Aha. Wenn das ihre Antwort auf meine nicht gestellte Frage ist, würde ich sagen: Mission Kronjuwelen ist soeben gescheitert. Aber so was von! Ob mir Wotan den Hals umdreht, wenn ich ihm von dem Ergebnis unserer Reise berichte?
Hilda wendet sich zum Gehen.
»Kommt, hier finden wir wohl nichts mehr raus. Wenn sich Urd erst mal darauf festgelegt hat, dass sie einen bestimmten Gegenstand nicht sehen kann, ändert sich das auch nicht mehr. Leider. Ich bin müde. Lasst uns nach London zurückfahren.«
»Und was wird mit mir? Ihr wolltet doch meinen Nachruhm mehren, wenn ich euch helfe!«
Ich zucke mit den Schultern.
»Na ja, ich werde schon ein paar Kumpels zu Hause erzählen, dass Ihr doch kein so schlechter Typ wart.«
»WAAAAS?«
Offenbar war das nicht die Antwort, die der Geist von King John hören wollte. Aber bevor er sich weiter darüber aufregen kann, sind wir schon unterwegs zum Parkplatz.

»Uahhh!« Siegfried gähnt herzhaft und reckt und streckt sich auf dem Autositz, nachdem wir ihn geweckt und auf den neuesten Stand gebracht haben. »Also außer Spesen nichts gewesen? Tja, war eigentlich klar, dass nichts klappt, wenn die Damen ohne mich losziehen.«

»Hey, ich war immerhin auch dabei, und ich bin keine Frau!«, beschwere ich mich. Siegfried lacht.

»Da bin ich mir nicht so sicher, mein Kleiner! Meistens kommst du mir vor wie ein kleines Mädchen.«

»Wie immer sehr lustig von dir, Siegfried«, stellt Hilda trocken fest. »Allerdings kann Henry das wohl nur als Kompliment auffassen. Du kennst doch bestimmt den alten Spruch: Wenn du willst, dass etwas gesagt wird, frag einen Mann. Wenn etwas gemacht werden soll, frag eine Frau.«

»Hey, was meinst du denn damit?«, regt sich Siegfried auf. Hilda grinst, und bevor sie die nächste Spitze auf Siegfried abfeuern kann, schalte ich mich wieder ein.

»Nun hört doch mal auf, euch zu streiten! Das ist ja wie im Kindergarten. So kommen wir diesem Alberich garantiert nicht zuvor. Also, hat hier vielleicht irgendjemand eine Idee, was wir als Nächstes machen könnten?«

Schweigen im Auto, dann seufzt Faye Morgan.

»Man müsste in die Vergangenheit reisen können. Dann könnten wir Robin Hood selbst befragen.«

»Das ist es!« Siegfried klatscht in die Hände. »Warum sind wir da nicht gleich drauf gekommen? Urd, das kannst du doch!«, ruft er dann aufgeregt. »In die Vergangenheit reisen, meine ich. Das hast du doch schon mal gemacht – damals, die Geschichte mit diesem Cäsar.«

Frau Urdmann schnaubt.

»Natürlich erinnere ich mich. Aber erinnerst du dich noch an den ganzen Ärger, den es deswegen gab? Wenn ich allein an diese hysterische Kleopatra denke ... Nein, danke, eine Reise in die Vergangenheit ist keine gute Idee.«

»Aber bedenken Sie doch – wir hätten wirklich eine gute Chance, den Löffel zu finden, bevor dieser Alberich es tut«, drängelt Faye. »Wir müssten doch nur nach King's Lynn ins Jahr 1216 reisen und die Löffelübergabe noch einmal beobachten. Dann folgen wir Robin und wissen, was mit dem Löffel passiert ist. Oder noch besser: Wir nehmen ihn einfach mit in die Zukunft.«

»Nein!« Frau Urdmann schreit so laut, dass ich zusammenzucke. »Das Rad der Zeit drehst du zurück, doch wende es nicht! Bringst du den Schatz aus alter Zeit, es sei dein Untergang!«

Mann, Mann, Mann – kann die sich nicht mal klarer ausdrücken?

»Also, können Sie jetzt in die Vergangenheit reisen – oder nicht?«, will ich von ihr wissen. Statt Frau Urdmann antwortet Hilda.

»Ja, kann sie. Aber wie du eben gehört hast, darf man in der Vergangenheit nichts ändern. Denn das ändert den Lauf der Zeit und somit auch die Gegenwart. Im Klartext: Wenn zum Beispiel Siegfried in der Vergangenheit irgendetwas anstellt, könnte das sehr unangenehme Folgen für alle Beteiligten haben, und leider ist die Wahrscheinlichkeit, *dass* er etwas anstellt, nicht gerade gering.«

»Pah!«, grummelt Siegfried.
»Andererseits«, wende ich ein, »wenn wir *nicht* in die Vergangenheit reisen, könnte das *auch* sehr unangenehme Folgen für die Zukunft haben. Nämlich in Form von Alberich, der den Löffel findet und die Weltherrschaft an sich reißt. Da hat Mrs. Morgan schon recht, finde ich.«
»Eben!«, ruft diese. »Und genau deshalb müssen wir schnellstens handeln.«
Frau Urdmann sieht immer noch nicht besonders überzeugt aus, aber Hilda scheint ernsthaft darüber nachzudenken.
»Wenn man wüsste, dass Siegfried keinen Mist baut, ja dann ...«
»Jetzt reicht es mir aber«, faucht er sie an. »Du kannst mir ja einen Aufpasser zur Seite stellen, wenn du solche Angst hast, dass ich die Welt in den Abgrund stürze.«
Er stößt die Autotür auf und springt aus dem Wagen, draußen flucht er laut und sehr germanisch und haut auf das Autodach. Mit Kritik kann Siegfried offenbar nicht besonders gut umgehen.
Faye Morgan guckt sehr erstaunt, dann räuspert sie sich.
»Na ja, wenn ihr Angst habt, dass Siegfried in der Vergangenheit irgendwelchen Unsinn anstellt, dann ... also, vielleicht könnte ich dann mitkommen? Ich glaube, er mag mich, und wenn ich bei ihm bin, kann ich ja auf ihn aufpassen, ohne dass er sich gleich aufregt. Er wird es gar nicht merken, sondern vermutlich denken, dass ich mich

nicht von ihm trennen kann, weil ich ihn so toll finde.« Sie kichert.

Seltsam. Ich hätte auch gedacht, dass Faye Siegfried toll findet. Tut sie das etwa gar nicht?

»Henry? Hörst du noch zu?« Hildas Stimme hat einen sehr vorwurfsvollen Unterton.

»Wie bitte?«

»Sag mal, träumst du? Ich sagte gerade, dass ich den Vorschlag von Mrs. Morgan nicht schlecht finde.«

»Welchen Vorschlag?«

»Na, dass sie unauffällig auf Siegfried aufpasst. Oder, Urd?«

Frau Urdmann wiegt den Kopf bedächtig hin und her.

»Die Reise ist ein Wagnis. Ein großes Wagnis!«

Dann sagt sie nichts mehr, und ich merke, wie ich eine Gänsehaut bekomme.

# 21. Kapitel

## Eine Reise durch die Zeit! Aber wie? Und vor allem: womit?

Im Gegensatz zu mir ist Siegfried begeistert. Wir stehen mittlerweile alle draußen vor dem Auto und reden über die Zeitreise.

»Jetzt kommt endlich mal Schwung in die Sache!«, ruft Siegfried fröhlich. »Und dass du mitkommst, Faye. Super! Ich verspreche auch, gut auf dich aufzupassen. Dir wird garantiert nichts passieren, wenn ich an deiner Seite bin. Du hast mein Ehrenwort – das Ehrenwort eines Helden!«

Hilda grinst, sagt jedoch nichts. Dafür aber Frau Urdmann.

»Held hin, Held her – gefährlich ist es trotzdem. Und nicht ganz einfach. Erstens: Ich muss vorher genau wissen, wo wir hinwollen. Zweitens: Ich kann nur in Bewegung reisen. Und drittens: Wir müssen zu einer bestimmten Zeit wieder zurückkommen, sonst bleiben wir sehr viel länger in der Vergangenheit, als euch lieb sein dürfte.«

»Kein Problem«, erwidert Siegfried ultralässig.

»Ach, wirklich?« Frau Urdmann zieht ihre linke Augenbraue hoch. »Dann kannst du mir also sagen, an wel-

chem Tag genau King John Robin Hood den Löffel gab und wo?«
Siegfried zuckt mit den Schultern.
»So ungefähr. Irgendwann vor achthundert Jahren, irgendwo hier in der Gegend.«
Urd schüttelt den Kopf.
»Nein, das reicht mir leider nicht. Denn wenn wir nur einen Tag zu spät kommen, nützt unsere Reise gar nichts. Wir können dann nicht einfach einen weiteren Tag zurückgehen. Einmal in der Vergangenheit angekommen, bewegen wir uns dort ganz normal.«
»Moment mal«, werfe ich ein, »King John hat gesagt, er hat seine Männer im Watt besucht. Der Tross ist dort angeblich am 12. Oktober 1216 untergegangen. Einen Tag vorher hat er sich mit seinen Männern getroffen. Also sollten wir zum 11. Oktober reisen und warten, bis wir King John sehen, der sich heimlich mit den Soldaten trifft. Dann folgen wir King John, finden so Robin Hood und sehen, was er mit dem Löffel macht.«
*Und dann holen wir uns den Löffel und verstecken ihn einfach an einem sicheren Ort in der Vergangenheit*, füge ich in Gedanken hinzu. Zurück in der Gegenwart, könnten wir ihn wieder aus seinem Versteck holen, ohne die Vergangenheit durcheinandergebracht zu haben. Spitzenplan, finde ich. Frau Urdmann sage ich aber lieber nichts davon, ich habe so ein Gefühl, dass sie damit nicht einverstanden wäre. Aber irgendwie müssen wir mit dem Nibelungengold ja mal zu Potte kommen.

»Nun gut, Heinrich, so mag es wohl sein«, räumt Frau Urdmann ein. »Bleiben aber immer noch zweitens und drittens. Die Bewegung und die Rückkehr.«

»Was meinen Sie denn mit Bewegung? Müssen Sie im Kreis rumrennen und wieder irgendein seltsames Lied singen?«

»Heinrich! Ich renne nicht, ich schreite! Und ich singe auch keine seltsamen Lieder, sondern spreche mit den Wesen der Vergangenheit!«, schimpft Frau Urdmann. »Und um in die Vergangenheit zu reisen, muss ich wirklich *reisen*. Also mit einem Gefährt. Nur in der Bewegung kann ich durch die Zeiten gleiten.«

»Dann ist doch alles gut«, sage ich und zeige auf das Auto. »Wir steigen alle wieder ein, Faye gibt Gas, Sie murmeln ein paar Zauberformeln, und schon sind wir an der Wash des 13. Jahrhunderts.«

»Oh, wenn ich mich da kurz einmischen darf – mein Auto ist leider kein Amphibienfahrzeug«, mischt sich Faye ein.

»Kein *was*?«

»Kein Amphibienfahrzeug. Es kann nicht schwimmen.«

»Na und?«

»Als ich mir in meinem Büro die alten Karten von der Wash und dieser Gegend angesehen habe, habe ich bemerkt, dass sich der Mündungsverlauf im Laufe der Jahrhunderte immer wieder verändert hat. Wo früher noch Wasser war, ist heute Land und umgekehrt.«

»Oh!«, ruft Hilda, die im Gegensatz zu mir sofort zu

verstehen scheint, was Faye damit meint. »Wir brauchen also etwas, das sowohl fährt als auch schwimmt, richtig?«

»Genau.«

»Moment mal – das verstehe ich nicht«, outet sich Siegfried, worüber ich ein bisschen froh bin. Dann muss ich wenigstens nicht zugeben, dass ich gerade auch keine Ahnung habe, worüber sich Faye und Hilda Gedanken machen.

»Mann, Siegfried«, stöhnt Hilda. »Das ist doch wohl sonnenklar! Wenn wir die Zeitreise in dem Auto antreten und hier dann zufälligerweise keine Straße mehr, sondern das Meer ist, dann ist unser Abenteuer schneller beendet, als wir *piep* sagen können. Denn dann liegen wir auf dem Grund der Nordsee, und ich glaube kaum, dass wir 1216 auf die Seenotrettung hoffen dürfen.«

»Außerdem müssen wir eher direkt in die Wash, wenn wir John und seine Soldaten finden wollen. Dafür bräuchten wir aber ein Schiff und nicht mein Auto. Ach was – am besten eine Mischung aus beidem«, lacht Faye.

Eine Mischung aus beidem … tief in meinem Hinterkopf klingelt etwas. Erst ganz leise, dann immer lauter. Und dann hab ich es!

»Das Wash-Monster! Wir brauchen das Wash-Monster!«

Faye, Siegfried und Hilda starren mich an. Nur Frau Urdmann lächelt milde, ganz so, als ob sie wüsste, was ich da gerade vorgeschlagen habe.

»Was, um Himmels willen, ist das Wash-Monster?«, will Hilda sofort wissen.
»Na, ich glaube, das ist so ein Amphibiendings. Ich habe an der Ortseinfahrt ein Plakat davon gesehen. Die scheinen Touren durch's Watt mit dem Ding anzubieten. Vielleicht können wir das mieten.«
»Heinrich! Eine ausgezeichnete Idee!« Frau Urdmanns Augen beginnen zu leuchten, und ich merke, dass mich das richtig stolz macht.
»Okay, einen Versuch ist es wert.« Hilda schaut auf ihre Uhr. »Aber es ist erst sieben Uhr morgens. Ich glaube kaum, dass wir den Vermieter schon so früh erreichen. Vielleicht sollten wir ein paar Stunden schlafen, und loslegen, wenn *normale* Touristen unterwegs sind.«

Ein paar Stunden später stehen wir tatsächlich vor dem Wash-Monster. Der Empfang durch den Vermieter des Bootes könnte allerdings etwas freundlicher ausfallen.
»Seid ihr Amerikaner?« Der ältere Herr beäugt mich misstrauisch. Er hat ziemlich viele weiße Haare auf dem Kopf und erinnert mich stark an Beethoven. An Beethoven im Freizeitlook, denn natürlich trägt der Mann keinen Frack, sondern T-Shirt, Jeans und Turnschuhe. Auf dem Namensschild an seinem T-Shirt steht »Bob«.
»Äh, ja«, beantworte ich seine Frage. »Ähm, ich meine: nein. Also, teilweise.«
Das Misstrauen in Bobs Gesicht verwandelt sich in Belustigung.

»Ja, nein, vielleicht? Das heißt, du weißt nicht so genau, was ihr seid?« Er grinst. Ich merke, wie ich rot anlaufe.
»Doch, natürlich, Sir. Ich bin Amerikaner, und meine Cousine und ihre Familie kommen aus Deutschland. Meine Tante Faye wiederum kommt aus London.«
»Aha. Ein kleiner Amerikaner. Dachte ich es mir doch. Ihr Amerikaner habt diesen lustigen Akzent. Klingt immer so, als hättet ihr schon einen Kleinen genommen.«
»Wie bitte?«
»Na, einen Kleinen genommen. Schon etwas getrunken. Einen Schnaps oder so. Aber nichts für ungut, ich kann mir schon denken, dass du für Alkohol noch zu jung bist. Ein Greenhorn, so sagt ihr Amis doch, oder?«
»Seit Buffalo Bill eigentlich nicht mehr, aber ansonsten haben Sie recht, Sir.«
»Und ihr wollt einen kleinen Ausflug mit Bobs Wunderwerk der Technik machen? Eine gute Wahl. Die nächste Fahrt mache ich heute um zwei Uhr mittags. Die Tickets könnt ihr natürlich jetzt schon kaufen.«
Hilda bufft mich in die Seite.
»Zwei Uhr? Das ist viel zu spät!«
»Ja, ich weiß«, zische ich ihr zu.
»Alles in Ordnung?«, will Bob wissen.
»Na ja, eigentlich würden wir lieber sofort losfahren, wissen Sie? Gibt es da gar keine Möglichkeit?«
Bob mustert mich.
»Hm, du meinst eine exklusive Sonderfahrt? Moment, da frage ich am besten mal meine bessere Hälfte.«

Er dreht sich zum Wash-Monster, das direkt hinter ihm auf dem Strandabschnitt parkt.
»Hey, Dave! Die Truppe hier hat wenig Zeit und will direkt los. Was hältst du von einer Charterfahrt mit dem guten Willy?«
Eine Mütze taucht hinter der Tür zur Kommandobrücke auf. Unter ihr ein Typ, auf den die Beschreibung *Seebär* sehr gut passt: braun gebrannte, wettergegerbte Haut, grauer Rauschebart, kräftige, tätowierte Oberarme. Er beäugt uns.
»Greetings! Wer will hier was mit Willy?«
»Diese nette Familie will sofort zu einer kleinen Runde in die Wash aufbrechen«, erklärt ihm Bob.
»Äh, sorry, wer ist denn Willy?«, frage ich nach.
Dave lacht dröhnend.
»Na, unser Wash-Monster. Wir nennen ihn Willy, weil er nicht einfach ein Schiff, sondern ein fröhliches Kerlchen ist. Immer ein Lächeln auf den Lippen!«
Ich gucke genauer hin. Tatsächlich haben sie dem Schiff ein riesiges Grinsen auf den Bug gemalt. Damit sieht es zwar eher aus wie der Weiße Hai, aber wenn Dave das für ein freundliches Lächeln hält – von mir aus!
»Okay, eine Sonderfahrt also.« Dave schiebt sich die Mütze nach hinten und kratzt sich am Kopf. »Gut, sagen wir fünfhundert Schleifen, und die Sache läuft.«
Fünfhundert Schleifen? Meint der damit fünfhundert englische Pfund? Also mehr als sechshundert Dollar? Ist der irre?
»Das ist aber ganz schön teuer!«, beschwere ich mich.

»Wir schippern doch höchstens ein Stündchen mit dem Monster über die Wash.« Okay, das ist zwar gelogen, denn, genau genommen, brauchen wir das Schiff ja eher achthundert Jahre, aber das werde ich den beiden Matrosen hier wohl kaum auf die Nase binden.
»Dave, der Junge hat recht«, brummelt Bob vor sich hin. »Fünfhundert Kröten sind ein bisschen happig. Wir sollten uns doch freuen, gerade den Ladies hier die Schönheit unserer Heimat zeigen zu können.« Er strahlt Faye an. »Wobei, Sie sind aus London, sagt der Junge? Erkennt man auch sofort an Ihrer Eleganz, meine Liebe!«
Faye lächelt, sagt aber nichts. Dafür schnaubt Dave los. »Bob, hör auf, hier Süßholz zu raspeln! Da werde ich glatt eifersüchtig!« Er läuft über das Vordeck, klettert über die Gangway zu uns hinunter und bleibt schließlich genau vor Siegfried stehen.
»So, Chef – du bist doch hier der Chef, oder?« Siegfried nickt hocherfreut, Hilda presst die Lippen zusammen. »Fünfhundert Pfund sind dir also zu viel für ein unvergessliches Abenteuer? Eine Fahrt mit mir als Privatskipper durch ein einzigartiges Naturwunder. Allein meine Begleitung ist ja schon mindestens zweihundertfünfzig Pfund wert.«
Ach, du Schreck – die beiden Vögel wollen natürlich mitkommen. Daran hatte ich überhaupt nicht gedacht, so ein Mist! Was nun? Mit zwei unbeteiligten Engländern ohne ihr Wissen, mal eben achthundert Jahre rückwärts zu reisen, scheint mir keine gute Idee zu sein.

Siegfried atmet tief durch.
»Hundert. Und keinen Cent mehr. Eine kleine Spritztour, einmal rauf und runter, mehr nicht. Und auf Ihre Dienste als Skipper verzichten wir dankend. Sie bekommen Ihren Willy in einer Stunde unversehrt zurück.«
Wow, eines muss man Siegfried lassen – er mag nicht die hellste Kerze auf der Torte sein, aber wenn er nicht einen auf Ken macht, kann er echt cool sein. Auch Dave guckt ganz beeindruckt, dann räuspert er sich.
»Okay, Chef, die Hundert sind gebongt. Aber alle könnt ihr nicht mit Willy in die Wash fahren. Das ist zu gefährlich, man braucht dafür einen Führerschein. Die Strömung hier ist unberechenbar, und der alte Willy ist ein wirklich störrischer Kahn.«
Bob nickt bekräftigend, und gerade in diesem Moment sehen die beiden aus wie ein altes Ehepaar. Wahrscheinlich haben sie die letzten dreißig Jahre zusammen auf dem Wash-Monster verbracht.
»Tja, Leute, da hat mein Dave leider recht. Zu gefährlich, den Kahn ein paar Landratten zu überlassen.«
»Komm schon, Siegfried. Gib ihnen die Kohle«, flüstert Hilda unserem Helden auf Deutsch zu. »Ist doch egal, ob die mitkommen oder nicht. Die beiden sind so kauzig, denen würde sowieso niemand glauben, wenn sie nachher erzählen, dass sie auf eine Zeitreise entführt worden sind.«
Siegfried schaut unschlüssig, dann kramt er in seiner Hosentasche, zieht ein paar Geldscheine heraus, nimmt den

Rucksack von der Schulter, das Wechselkästchen heraus, legt die Geldscheine hinein – und drückt dem erstaunten Dave drei Sekunden später hundert Pfund in die Hand.
»Whoa! Seid ihr irgendwie so 'ne Zirkustruppe und du ein Zauberer? Hoffe doch stark, dass das kein Falschgeld ist!«
Dave hält den Schein gegen das Sonnenlicht und betrachtet ihn kritisch.
»Hm, sieht sauber aus. Na gut, dann kommt mal an Bord.«
Kurz darauf haben wir alle auf den Bänken an Deck des Wash-Monsters Platz genommen. Bob greift zu einem Megafon, was angesichts der Tatsache, dass wir nur vier Passagiere sind, leicht übertrieben ist.
»Ladies and Gentlemen, willkommen an Bord von Willy, dem Wash-Monster! Wir hoffen, ihr habt eine schöne Zeit mit uns. Wenn ihr zufrieden seid, erzählt es euren Freunden. Wenn nicht – erzählt es Dave! Und nun macht euch bereit für ein großes Abenteuer, das ihr vermutlich nie vergessen werdet!«
Wenn Bob wüsste, wie recht er damit hat!

# 22. Kapitel

## Willkommen in der Vergangenheit!

Willy rollt mit lautem Rattern über den Strand ins Wasser. Es dauert nicht lange, dann merken wir an einem leichten Schlingern, dass das Wash-Monster offenbar keinen Boden mehr unter den Rädern hat.

»So, dann will ich euch mal etwas über die Wash erzählen.« Bob hat das Megafon wieder zur Seite gelegt und setzt sich neben Faye auf die Bank. Diese nickt ihm freundlich zu.

»Ja, bitte, ich bin schon ganz gespannt!«

»Also, was viele gar nicht wissen: Die Geschichte der Wash ist wirklich spannend! Vor ziemlich genau achthundert Jahren hat sich hier sogar mal ein echtes Drama abgespielt, als nämlich ...«

Bevor Bob uns noch erzählen kann, was wir alle längst wissen, steht Frau Urdmann auf einmal von ihrem Platz auf und läuft nach vorn zum Bug.

»Lady, ist Ihnen schlecht?«, ruft ihr Bob hinterher, aber Frau Urdmann beachtet ihn gar nicht. Sie kniet sich auf das Vordeck und beginnt, ihren Oberkörper vor und zurück zu wiegen und dabei zu summen.

»Keine Sorge, Sir! Meine Tante macht nur Yoga«, erklärt Hilda mit bitterernster Miene.
»Aha. Na, von mir aus. Was ich eigentlich gerade erzählen wollte, ist die Geschichte von King John und den verlorenen Kronjuwelen. Vor ungefähr achthundert Jahren, genau genommen, am 12. Oktober 1216, schickte der König nämlich ...«
»Bob!« Daves Stimme dröhnt durch den Bordlautsprecher. »Komm bitte mal zu mir auf die Brücke. Ich glaube, wir bekommen hier ein Wetterproblem.«
Bob zuckt mit den Schultern.
»Entschuldigt mich bitte kurz.«
Er läuft zum Heck des Wash-Monsters. Ich stehe von der Bank auf und blicke mich um. Nach ungefähr zwei Sekunden ist mir klar, welches Wetterproblem Dave gemeint hat. Vor uns baut sich eine dichte Nebelwand auf, und wir steuern direkt auf sie zu. Ich schaue noch einmal genauer hin: Nein, *sie* steuert auf *uns* zu! Keine Minute später sind wir mitten im Nebel, man kann die Hand kaum noch vor Augen sehen.
»Verdammt!«, ruft uns Dave vom Fenster der Brücke zu. »Wir müssen umkehren, und zwar sofort! Sagt eurer Tante, dass sie sich gefälligst wieder auf die Bank setzen soll. Es ist zu gefährlich, jetzt auf dem Vordeck rumzuturnen.«
Als ob es Frau Urdmann kümmert, was wir ihr sagen. Außerdem bin ich mir sehr sicher, dass es Frau Urdmann selbst ist, die hier den Nebel geordert hat. Schätze mal, wir sind mitten auf dem Weg in die Vergangenheit. Bei

dem Gedanken fröstelt es mich etwas. Ich höre Dave hinter uns fluchen.

»Verdammte Scheiße, Bob – das GPS ist ausgefallen, das Ruder auch! Ich kriege den Kahn nicht mehr gesteuert! Wir müssen eine Seenotrakete abfeuern, sofort!«

»Aye, aye«, ruft Bob, und ich höre es laut rumpeln. »Autsch! Jetzt fällt mir doch glatt der Deckel auf den Daumen ... verflucht, wo ist die Rakete? Dave, mach mal Licht hier ...«

Es ist mittlerweile stockdunkel, der Wind pfeift, und um uns herum tosen die Wellen. Dazu noch Frau Urdmanns Singsang – die ganze Atmosphäre wird immer gruseliger.

»Hoffentlich weiß Frau Urdmann, was sie da tut«, flüstere ich Hilda zu.

»Keine Sorge, Urd ist seit ein paar Tausend Jahren im Geschäft«, beruhigt sie mich. »Du wirst sehen, gleich sind wir genau da, wo wir hinwollen.«

In diesem Moment stolpert Bob an uns vorbei – und zwar mit der Leuchtrakete unter dem Arm, beziehungsweise mit etwas, das wie eine Pistole aussieht, in der Hand.

»Ohren zuhalten!«, ruft er, dann feuert er in den Nebel hinein, der sich daraufhin rot verfärbt – und dann urplötzlich verschwunden ist! Bis auf das letzte Wölkchen – einfach weg!

»Heiliger Bimbam, was hast du gemacht?«, ruft Dave von der Brücke. Bob lässt die Pistole völlig verdattert sinken.

»Ich habe nicht die leiseste Ahnung, ehrlich nicht! Ich habe nur in die Luft gefeuert, und jetzt ist der Nebel auf einmal verschwunden!«

»Ist ja irre!«, stellt Dave fest und kommt auch zu uns aufs Deck. »Völlig irre! Und was zur Hölle ist das?!« Er deutet hektisch und mit offenem Mund über die Reling. Ich folge der Bewegung seiner Hand – und dann sehe ich es auch: Ein langer Tross aus Reitern, Wagen und Fußvolk zieht in sicherer Entfernung an uns vorbei. Gewänder und Rüstungen sehen eindeutig aus wie auf den mittelalterlichen Gemälden, die wir im Tower gesehen haben. Wahnsinn! Es hat also tatsächlich geklappt! Wir sind offenbar genau bei King John und seinen Männern gelandet!

»Diedonner! Dabei ist es doch noch nicht mal Mittag, und ich habe noch keinen Schluck Alkohol getrunken!«, platzt es aus Bob heraus. »Was geht hier vor sich? Vielleicht drehen die hier irgendeinen Film? So einen Historienschinken?«

Dave kratzt sich am Bart.

»Ja, so etwas muss es sein. Oder vielleicht auch irgendeine Art Spiel. Oder Ausflug. Vielleicht von der berittenen Polizei? Und wieso ist die Küste auf einmal so weit entfernt? Nein, mein Lieber – irgendetwas stimmt hier nicht! Und zwar ganz und gar nicht!«

»Meine Herren!«, spricht Frau Urdmann die beiden nun an. »Ich heiße Sie willkommen im England des 13. Jahrhunderts. Ich möchte Sie nun bitten, das Wash-Monster möglichst unauffällig zu parken, nichts anzufassen und

zu warten, bis Ihre Fahrgäste, also wir, wieder zurück an Bord sind und wir unsere Fahrt zurück in die Zukunft fortsetzen können.«
Bob und Dave starren Frau Urdmann an, als hätte sie mindestens zwei Köpfe.
»Was ... wo sind wir? In der Vergangenheit? Das ist doch totaler Quatsch, ausgemachter Unsinn!«, regt sich Dave auf. »Und deswegen werde ich jetzt auch wieder den Motor anwerfen und den Hafen ansteuern. Mit Sicherheit gibt es für all das hier eine natürliche Erklärung, und mit noch größerer Sicherheit lasse ich mich hier nicht von ein paar deutschen Touristen für dumm verkaufen!«
»Genau!«, ruft Bob. »Ich auch nicht. Los, Dave, gib Gas, damit wir diese Verrückten schnell wieder loswerden!«
Frau Urdmann seufzt ein sehr tiefes Seufzen, dann macht sie eine blitzschnelle Bewegung mit der rechten Hand, ganz so, als wollte sie Bob und Dave irgendwie *wegwischen*. Die beiden Seebären gehen daraufhin sofort zu Boden, wo sie regungslos liegen bleiben. Frau Urdmann schüttelt den Kopf.
»Immer diese lästige Rumdiskutiererei mit den Menschen! Na ja, die werden jetzt erst mal ziemlich tief schlafen. Dann muss Mutti jetzt also selbst ran!«
Zielstrebig marschiert sie auf die Kommandobrücke, ich laufe neugierig hinterher. Dort angekommen, bedient sie zu meinem großen Erstaunen tatsächlich das Steuerrad. Als sie meinen überraschten Blick sieht, lacht sie.
»Mein Junge, wenn man wie ich ein paar Tausend Jahre

auf dem Buckel hat, kann man so ziemlich alles bedienen: Kutsche, Wash-Monster oder Space Shuttle. Völlig egal!«
Dann steuert sie Willy geschickt aus dem Wasser über den Strand an Land und parkt ihn hinter ein paar Büschen, die nahe am Wasser stehen.
»So. Ich würde sagen, ihr macht euch auf den Weg und sucht den Tross. Weit kann er ja noch nicht gekommen sein. Ich bleibe an Bord und bewache Bob und Dave. Ach ja, und dann müssen wir auch noch kurz über *drittens* sprechen.«
»Drittens?«, frage ich nach. Sie nickt.
»Du erinnerst dich doch noch, oder? Die drei Regeln der Zeitreise! Erstens: Ich muss vorher genau wissen, wo wir hinwollen. Zweitens: Ich kann nur in Bewegung reisen. Und drittens: Wir müssen zu einer bestimmten Zeit wieder zurückkommen, sonst bleiben wir sehr viel länger in der Vergangenheit, als euch lieb sein dürfte.«
Ich nicke.
»Stimmt, das haben Sie gesagt.«
»Komm, lass uns raus zu den anderen gehen, dann erkläre ich genau, was es mit *drittens* auf sich hat.«
Wieder bei den Bänken angekommen, winkt sie Siegfried, Faye und Hilda zu sich.
»Da es unsere erste gemeinsame Zeitreise ist, muss ich euch noch eine besonders wichtige Sache erklären, die unsere Rückkehr betrifft.«
»Ja, ja, das hast du doch schon gesagt – nichts mitneh-

men!«, gähnt Siegfried und sieht dabei unglaublich gelangweilt aus. Frau Urdmann schüttelt den Kopf.
»Nein, das meine ich nicht, mein Held!«
»Sondern?« Faye Morgan schaut sie neugierig an. Nur Hilda verzieht keine Miene. Ich frage mich, ob sie schon längst weiß, was uns Frau Urdmann erklären will.
»Es ist so: Eine Zeitreise muss in dem Mondzyklus zu Ende gebracht werden, in dem sie auch begonnen wurde. Gerechnet wird dabei immer von Vollmond zu Vollmond.«
»Hä?« Mehr fällt mir dazu nicht ein. Frau Urdmann lächelt.
»Es ist doch ganz einfach: Wer in die Vergangenheit aufbricht, muss spätestens zurückkommen, wenn der nächste Vollmond aufgegangen ist.«
»Welcher Vollmond denn? Der aus der Gegenwart oder der aus der Vergangenheit?«, will Faye wissen.
»Entscheidend ist immer der Ort, an dem man gestartet ist. Man hat also längstens vier Wochen Zeit und im ungünstigsten Fall nur einen Tag.«
»Aha. Sehr interessant«, nölt Siegfried. »Und was passiert, wenn man nicht in der gleichen Mondphase zurückkehrt? Muss man dann Strafe zahlen? Gewissermaßen ein *erhöhtes Beförderungsentgelt*?« Er lacht. Es klingt sehr unfreundlich und so, als würde er Frau Urdmann nicht besonders ernst nehmen. Der Typ ist einfach obernervig!
Frau Urdmann lässt sich davon aber überhaupt nicht irritieren, sondern bleibt ganz geduldig.

»Mein lieber Siegfried, wenn ihr nicht rechtzeitig zurückkehrt und der Vollmond über Hunstanton untergegangen ist, müsst ihr leider bis zum nächsten blauen Mond mit eurer Rückkehr warten.«
»Aha. Heißt was?«
»So ungefähr zweieinhalb Jahre. Mit Pech auch drei Jahre. Eben so lange, bis der nächste blaue Mond aufgeht.«
Faye reißt die Augen auf.
»Gute Güte, das ist aber ganz schön lang! Was ist denn ein blauer Mond?«
»Ein blauer Mond ist, wenn es im Monat nicht nur zweimal Vollmond gibt, sondern ausnahmsweise noch ein dritter aufgeht«, erklärt ihr Frau Urdmann. »Und wer seinen eigenen Rückreisevollmond verpasst, der muss warten, bis mit dem blauen Mond ein Extravollmond am Himmel auftaucht. So einfach ist das.«
»So ein Mist«, rufe ich, »ich glaube, wir hatten fast Vollmond in Hunstanton. Hat irgendjemand von euch drauf geachtet, wie groß der Mond gestern genau aussah? Ich glaube, er war schon ziemlich voll – aber so genau weiß ich es nicht.«
»Mach dir keine Sorgen, Henry«, beruhigt mich Frau Urdmann. »Nicht nur Loge versorgt seine Agenten mit kleinen Hilfsmitteln. Auch ich habe für euch etwas dabei, was euch die Frage nach dem Vollmond immer zuverlässig beantworten wird.« Sie kramt in ihrer Rocktasche, dann zieht sie eine lange Kette mit einem runden Anhänger hervor. »Hier, das ist eine Monduhr.« Sie hängt mir die

Kette um den Hals. Ich nehme den Anhänger in die Hand. Er ist rund, ganz glatt und weiß mit einem bläulichen Schimmer. Bei näherem Hinsehen entdecke ich, dass man ihn aufklappen kann, was ich sofort tue.

»Wohoo!« Vor Überraschung springe ich einen Schritt zurück. Aus dem aufgeklappten Anhänger schwebt ein kleiner Mond heraus, ungefähr so groß wie ein Tischtennisball, zwei Striche umkreisen ihn.

Selbst die sonst so coole Hilda macht jetzt große Augen.

»Was ist das?«, will sie sofort wissen.

»Diese Monduhr ist ein Geschenk einer Kollegin aus alter Zeit. Luna. War bei den Römern als Mondgöttin beschäftigt. Die Uhr zeigt die Tage an, die euch noch bis zum Ende eurer Mondphase bleiben. In diesem Fall drei Tage und zwei Nächte, die Ziffern sind natürlich römisch. Ihr solltet euch also beeilen, denn wie ihr sehen könnt, ist der kleine Mond schon fast kreisrund.«

»Äh, zwei Nächte? Das ist aber ganz schön wenig Zeit für unsere Mission«, werfe ich ein. Frau Urdmann lächelt.

»Genau so ist es. Also auf, auf! Oder wollt ihr die nächsten Jahre im finsteren Mittelalter verbringen?«

# 23. Kapitel

## Kleider machen Leute – oder auch nicht

»Wir haben's gleich geschafft!«, ruft Hilda, die ein gutes Stück vorgelaufen ist. »Ich kann sie schon sehen!«
Das sind eindeutig gute Nachrichten. Tatsächlich sind wir bestimmt schon eine Stunde an der Küste entlanggelaufen, und mir tun langsam die Füße weh. Es ist ja nicht so, dass es entlang der Wash im 13. Jahrhundert eine Strandpromenade oder einen gemütlichen Wanderweg gegeben hätte – nein, es geht über Stock und Stein, vor allem Stein!
Noch eine Kurve, dann sehe ich sie auch: Soldaten, Pferde und Wagen lagern am Rande eines kleinen Wäldchens, und nun werden dort auch Zelte aufgebaut. Offenbar ist eine längere Rast geplant, fliegende Händler sind schon eingetroffen, um den Tross mit Essen und anderen Waren zu versorgen.
»Na, da ist ja einiges los«, stellt Siegfried fest. »Und dort sollen wir jetzt diesen King John finden? Nur gut, dass ihr mich dabeihabt!«
»Wie meinst du das?«, will Hilda wissen, die wir mittlerweile eingeholt haben.

»Ist doch wohl klar: In dem Gewühle brauchen wir ewig, um den zu finden. Aber wir haben wenig Zeit, oder wollen die Damen noch zwei, drei Jährchen hier hocken bleiben? Also schnapp ich mir gleich einen der Soldaten, hau ihm kräftig was auf's Maul, und dann wird der uns schon zügig zu seinem König führen. *So* löst man Probleme, Ladies!«
Hilda bricht in fast irres Gelächter aus.
»Natürlich, ein Spitzenplan vom Herrn Siegfried! Und total leicht umzusetzen. Lass mich mal kurz überlegen: Wir sind eins ... zwei ... drei Agenten und eine Museumspädagogin. Macht insgesamt vier. Und da drüben sind ungefähr, na ja, grob geschätzt, vierhundert Soldaten. Also hundert Mal so viele, falls du mitgerechnet hast. Ist doch überhaupt kein Problem! Das wird auf alle Fälle klappen!«
»Schon klar«, faucht Siegfried sie an. »Du findest doch sowieso immer alles schlecht, was ich vorschlage, Miss Superschlau. Aber ich sag dir mal was: Ohne mich würde dich Wotan nirgendwo hinfahren lassen! Der Held bin ich, verstanden?«
Mittlerweile stehen sich die beiden wie zwei Boxer im Ring gegenüber, und ich fürchte, unsere Mission wird schon daran scheitern, dass sich unsere Agenten gegenseitig k.o. hauen. Peace, Leute!
»Äh, nun hört doch mal auf, euch zu streiten«, werfe ich ein. Hilda fährt zu mir herum.
»Halt du dich da raus, Henry. Ist doch Weltklasse, unser Superheld hier! Weißt du eigentlich, was Wotan wirklich über dich denkt, Siegfried?«

»Nein, was denn, du Oberzicke? Dann leg mal los, ich werde dir schon ...«
»Schluss jetzt!«, donnert Faye Morgan auf einmal so unerwartet laut, dass Hilda und Siegfried tatsächlich verdutzt aufhören, sich zu streiten. »So kommen wir nicht weiter. Ich habe da einen anderen Vorschlag: Wir müssen uns als Erstes mal Kleidung besorgen, in der wir uns unauffällig bewegen können. Dann mischen wir uns unter die Händler im Lager und suchen nach King John.«
Hilda überlegt, dann nickt sie langsam.
»Du hast recht, Faye. Wir brauchen neue Klamotten. So jedenfalls sind wir unschwer als Fremde zu erkennen, die man bestimmt nicht in die Nähe des Königs lässt. Nur: Wo bekommen wir die her?«
»Ich sag's ungern – aber auch hier ist es nahe liegend, wenn ich einen Soldaten ausknocke und sein Gewand anziehe«, schlägt Siegfried vor, was aber sowohl Hilda als auch Faye nicht weiter beachten. Stattdessen setzt Faye ein wirklich sehr zauberhaftes Lächeln auf.
»Siegfried, du hattest da doch vorhin dieses Kästchen, mit dem du Euro in Pfund verwandelt hast. Meinst du, dass klappt auch mit was auch immer man hier so braucht, um etwas zu kaufen?«
Siegfried nickt und sieht nicht mehr ganz so grimmig aus. Faye hat wirklich eine phänomenale Wirkung auf ihn.
»Ja, das würde gehen. Ich persönlich hätte zwar nichts gegen eine gepflegte Prügelei, aber wenn du meinst ...«
Er seufzt, holt wieder hundert Euro aus seiner Hosenta-

sche und das Kästchen aus seinem Rucksack, legt den Schein in das Kästchen und gibt es Faye. Die öffnet es ganz vorsichtig, und tatsächlich: Aus dem Geldschein sind mehrere alte Münzen geworden! Begeistert klatscht Faye in die Hände.

»Siegfried, du bist einfach großartig!«

Hilda schnappt nach Luft, sagt aber nichts. Warum auch? Schließlich hat Faye versprochen, auf Siegfried aufzupassen, und ich finde, das macht sie ziemlich gut!

Dann brauchen wir ja jetzt nur noch einen Händler, der bereit ist, Kleidung zu verkaufen. Wie das allerdings gehen soll, ist mir schleierhaft. Für örtliche Verhältnisse sehen wir wahrscheinlich aus, als kämen wir vom Mars. Hilda scheint den gleichen Gedanken zu haben.

»Hm, so können wir aber nicht mal am Rande des Lagers aufkreuzen und einen Händler anquatschen. Da werden wir bestimmt gleich festgenommen. Oder für Gaukler gehalten.« Dann mustert sie uns alle kritisch und nickt.

»Ja, so könnte es gehen«, murmelt sie.

»Was denn?«, frage ich neugierig nach.

»Wir schicken nur einen von uns, und den statten wir vorher mit einem Mix aus unseren Klamotten so aus, dass er gerade noch so eben als *seltsam, aber harmlos* durchgeht. Am besten wäre es, Henry geht los. Wenn ich das auf die Entfernung richtig sehe, geht der Trend im 13. Jahrhundert in Richtung fließendes Oberteil. Henry, du bist am kleinsten. Mit Siegfrieds Hemd und meinem Gürtel könnte das funktionieren.«

Siegfried schüttelt den Kopf.
»So ein Quatsch! Ich gebe dem doch nicht mein Hemd! Und überhaupt würde ich sagen, der Trend geht auch im 13. Jahrhundert noch ganz klar in Richtung schöne Frau. Am besten schicken wir also Faye, die würde mit ihrem guten Aussehen den Händlern hier bestimmt noch die eigene Großmutter abschwatzen. Egal, was sie anhat.«
»Na gut, wenn du meinst, es braucht hier weiblichen Charme, dann gehe eben ich«, knurrt Hilda. Siegfried lacht.
»Nee, Tantchen! Missverständnis. Ich sagte: *schöne* Frau, nicht Schreckschraube.«
Oh nein, jetzt geht die Streiterei schon wieder los! Ich schlage mich kurz entschlossen auf Hildas Seite.
»Ich finde Hildas Idee mit deinem Hemd gut. Du wirst ja wohl noch mal 'ne halbe Stunde oben ohne aushalten. Ich mach auch keine Flecken rein, versprochen. Dann erzähle ich den Händlern irgendeine traurige Geschichte von 'nem Unglücksfall oder so, und die werden mir schon irgendwelche Klamotten verkaufen.«
Hilda guckt mich sehr ernst an. »Aber sei bloß vorsichtig, Henry! Nicht, dass dir hier noch irgendwas passiert!«
»Das ist nett, dass du dir Sorgen machst, aber das brauchst du nicht.«
Sie schüttelt den Kopf.
»Ich mach mir keine Sorgen. Ich hab nur Angst, dass du unsere Mission vermasselst.«
Siegfried hat recht. Sie *ist* eine Schreckschraube.

»Der ganze Hof ist abgebrannt?« Der große, bärtige Mann mit den schlechten Zähnen reißt die Augen auf. »Und jetzt lebt ihr in den Wäldern und habt nur das, was ihr am Leibe tragt?«

Ich nicke und bemühe mich, möglichst geknickt auszusehen. »Ja, es ist furchtbar! Plötzlich stand alles in Flammen, wir mussten den Hof ganz schnell verlassen und konnten gar nichts mitnehmen. Also, außer ein wenig Geld.«

Langsam öffne ich meine rechte Hand und lasse den Händler einen Blick auf die Goldmünzen erhaschen, die ich darin umschlossen halte. Seine Augen bekommen einen gierigen Glanz. Der wird doch wohl nicht auf blöde Gedanken kommen und mich hier ausrauben?

»Äh, da drüben im Wäldchen warten mein Vater und unsere Knechte, wir bräuchten also dringend etwas, das sehr starken Männern passt!« Und die kommen im Zweifel auch und boxen mich hier raus, damit das mal klar ist! Der Glanz verschwindet tatsächlich wieder, Gott sei Dank!

»Gut. Aber der Preis für gute Kleidung ist hoch. Ich fürchte, ihr werdet nicht viel von eurem Gold behalten können, junger Herr!«

Ich seufze. Anscheinend ist der Händler, der gleich am Rande des Soldatenlagers seine Waren ausgebreitet hat, fest entschlossen, mir mein gesamtes Geld abzunehmen. Aber die Zeit ist knapp, und es muss schnell gehen, also spare ich mir das Handeln.

»Nun gut. Ich brauche Kleidung für mich und meinen Vater. Und meine Mutter und Schwester.«
»Sagtest du nicht gerade auch etwas von euren Knechten?«
»Äh, ja ... aber die haben ihre Sachen noch retten können.«
Der Händler lacht laut auf.
»Typisch Gesindel! Anstatt den Herrschaften zu helfen, haben sie nur die eigene Haut im Sinn! Schlimm ist so etwas!«
»Ja, ja, schlimm. Aber, wie gesagt, es ging auch alles ganz schnell, denn wir haben den Brand viel zu spät bemerkt.«
»Ihr Armen! Aber wie ist denn das passiert?«
Ich zucke mit den Schultern.
»Vielleicht ein Kabelbrand. So etwas bekommt man schließlich nicht sofort mit.«
»Ein *Kabelbrand*?« Der Mann schaut mich erstaunt an. »Was ist denn ein Kabelbrand? Und was ist denn ein Kabel?«
Mist! Was rede ich denn da? Ich sollte besser mal nachdenken, bevor ich den Mund aufmache!
»Sagte ich Kabel? Wo bin ich nur mit meinen Gedanken! Na ja, kein Wunder, ich habe die ganze Nacht nicht geschlafen. Ich meinte ... äh ... Ka... Ku... Kurbel... Kurbelbrand ...«, mein Gegenüber guckt noch erstaunter aus der Wäsche, »äh, nein ... Kuh..., äh, genau – Kuhstall. Kuhstallbrand. Ich vermute, es war ein Brand im Kuhstall,

der dann auf die Scheune übergriff. Aber weil der Kuhstall genau entgegengesetzt von unserem Haus an die Scheune grenzt, haben wir es zu spät bemerkt.«
Jetzt gleitet so etwas wie Verständnis über das Gesicht des Händlers. Puh, da war knapp!
»Ja, das ist schlimm, junger Herr! Na, dann will ich euch mal trefflich ausstatten! Kommt mit!«

Hilda kichert.
»Du siehst wirklich komisch aus, Henry! So im Kleidchen mit Strumpfhose. Nur ohne Strumpfhose, natürlich.«
Nachdem es mir tatsächlich gelungen ist, einen ganzen Haufen Kleidung für uns zu kaufen, haben wir uns in dem kleinen Wäldchen umgezogen. Ich trage jetzt tatsächlich etwas, das, von Weitem betrachtet, als eine Art Kleid durchgehen könnte: ein längeres Hemd mit einer Art Leggings aus irgendeinem extrem kratzigen Stoff. Es juckt fürchterlich! Knöpfe hat das Hemd nicht, dafür wird der Halsausschnitt von einer Art Kordel zusammengehalten – ob Knöpfe vielleicht noch gar nicht erfunden waren? Für einen kurzen Moment muss ich an meine Klassenkameraden in San Francisco denken und bin sehr froh, dass sie mich in diesem Aufzug nicht sehen können!
Auch Siegfried sieht, sagen wir mal, ungewöhnlich aus. Allerdings hat er mit seiner Mischung aus Ritterrüstung, Wams und Lederhose noch Glück gehabt. Das kratzt bestimmt nicht so und sieht einigermaßen bequem aus. Da er sich sowieso immer und überall für den Schönsten

hält, dürfte er auch jetzt davon überzeugt sein, gerade der bestangezogene Mann des 13. Jahrhunderts zu sein. An der Damenmode der letzten tausend Jahre hingegen hat sich nicht allzu viel geändert. Langes Kleid geht halt immer, und Faye und Hilda sehen darin sehr hübsch aus. Ihre langen Haare haben beide zu einer Art Flechtfrisur zusammengedreht – ich würde sagen, unser Ausflug ins Mittelalter kann beginnen!

# 24. Kapitel

## Der wahre Beschützer der Witwen und Waisen?

Entschlossen marschiert Siegfried auf das Lager zu. Wir müssen uns bemühen, mit ihm Schritt zu halten. Nicht, dass er doch gleich den ersten Soldaten umhaut, dem er begegnet. Faye scheint die gleiche Sorge zu haben, sie löst das Problem ziemlich geschickt: Sie hakt sich bei Siegfried unter und schmiegt sich sogar ein wenig an ihn. Tatsächlich bremst ihn das deutlich.
»Faye, hab keine Angst! An meiner Seite wird dir nichts passieren. Wir gehen da jetzt rein, suchen uns diesen King John, schütteln den Löffel aus ihm raus, und ab geht es nach Hause. Du wirst sehen, heute Abend können du und ich schon ein romantisches Dinner in einem schicken Restaurant in London einnehmen. Und zwar bei Kerzenschein!«
»Genau. Kerzenschein. Gutes Stichwort!«, mischt sich Hilda ein. »Und zwar deshalb, weil wir heute Abend noch hier sein werden und das elektrische Licht leider noch nicht erfunden wurde. Wir werden nämlich ganz bestimmt nicht irgendwas aus irgendwem rausschütteln. Du hast

doch gehört, was Frau Urdmann gesagt hat: Wir dürfen nichts mitnehmen, sonst stürzen wir die Welt in den Untergang!«

»Ach was!« Siegfried macht eine abfällige Handbewegung. »Die Alte immer mit ihren Gruselstories! Natürlich nehmen wir den Löffel mit, wie wollen wir ihn denn sonst vor Alberich retten?«

»Darüber habe ich mir tatsächlich auch schon Gedanken gemacht«, setze ich an, komme damit aber nicht weit.

»Wie niedlich! Unser Kleiner hat sich Gedanken gemacht«, lacht Siegfried. Ich merke, wie ich rot werde. Allerdings nicht, weil mir das peinlich ist. Sondern, weil ich ich langsam richtig wütend werde! Mann!

»Lässt du mich vielleicht mal ausreden?«, fahre ich Siegfried an, dem vor Erstaunen der Mund offen stehen bleibt.

»Also, wir sollen den Löffel nicht mitnehmen, schon klar. Aber was wäre, wenn wir ihn an einem sicheren Ort verstecken? An einem Ort, den man noch in achthundert Jahren finden kann? Dann reisen wir wieder zurück und holen ihn dort.«

Hilda legt den Kopf schief.

»Hm, aber angefasst haben wir ihn dann doch trotzdem.«

»Klar, aber wie willst du sonst sichergehen, dass Alberich das Teil nicht abgreift? Immerhin verändern wir rein massetechnisch nichts.«

»Rein massetechnisch?«, wiederholt Hilda.

»Ja. Physik, verstehst du? Die Masse des Löffels bleibt

doch genau in dem Jahr, in dem wir uns jetzt befinden. Wir ändern nur den Ort ein wenig. Also, ich kann mir nicht vorstellen, dass das so schlimm ist. Jedenfalls nicht so schlimm wie ein Löffel aus Nibelungengold in den Händen von Alberich.«

»Das ist doch eine super Idee!«, lobt mich Faye. »Ich finde, genau so solltet ihr es machen.«

Siegfried reibt sich die Hände.

»Also doch: reingehen, schütteln, rausgehen!«

»Nein, eben nicht«, widerspreche ich ihm. »Reingehen, observieren, Löffel sichern, zurück in die Zukunft.«

»Observieren?« Für einen Agenten guckt Siegfried bei diesem Wort ganz schön blöd aus der Wäsche.

»Ja, beobachten und verfolgen. Erst King John, dann hoffentlich Robin Hood.«

Siegfried hebt die Hände. »Na gut, ich gebe euch zwar Brief und Siegel, dass es mit meiner Methode deutlich schneller geht, aber wenn ihr es unbedingt auf die sanfte Tour machen wollt ... von mir aus!«

Im Lager angekommen, fällt mir als Erstes der sehr, SEHR strenge Geruch auf, der über den Zelten und Wagen weht. Ganz so, als hätten sich die Soldaten und Knechte schon ziemlich lange nicht mehr gewaschen. Auch bis zur Erfindung des Deos dauert es eindeutig noch ein paar Hundert Jahre.

Außer mir scheint aber keiner meiner Mitreisenden den Gestank wahrzunehmen. Bei Siegfried und Hilda wundert mich das nicht, die haben immerhin beide selbst in solchen Zeiten gelebt. Aber dass nicht einmal Faye Morgan die Nase rümpft, finde ich erstaunlich.

Wir versuchen uns möglichst unauffällig unter die Menschen zu mischen was im Fall von Hilda und Faye nicht ganz einfach ist. Sie sind weit und breit die einzigen Frauen! Tatsächlich starren die Soldaten Faye hinterher und rufen ihr Bemerkungen wie *Holde Maid* oder *Werde mein!* hinterher. Siegfried legt den Arm um sie und zieht sie fest an sich heran, und zum ersten Mal, seit wir gemeinsam unterwegs sind, finde ich das okay.

»Wie wollen wir denn in diesem Gedränge den König finden?«, frage ich ratlos.

»Vielleicht müssen wir jemanden fragen«, schlägt Hilda vor.

»Jemanden fragen? *'tschuldigung, können Sie mir mal sagen, wo ich Ihren König finde?* Nee, ich kann mir nicht vorstellen, dass das so funktioniert. Wahrscheinlich werden wir dann eher verhaftet.«

»Du hast recht. Aber ich habe schon eine Idee, wie wir an die Infos kommen, die wir brauchen.«

Sie schaut sich kurz um, dann läuft sie zu einem der Soldaten, der sich gerade mit einem Händler unterhält, der Obst und Gemüse anbietet.

»Sir, ich habe eine wichtige Nachricht für den König! Könnt Ihr mich zu ihm geleiten?«

Der Soldat starrt sie an, dann lacht er.

»Ein kleines Mädchen mit einer Botschaft für den König. Hört, hört!«

Hilda verzieht keine Miene.
»Es geht nicht um mich, es geht um meine Schwester.« Sie nickt in Richtung Faye. Der Soldat folgt ihrem Blick, mustert Faye von oben bis unten und fängt dann an zu grinsen.
»Hat die Dame eine Verabredung mit unserem König?«
»Genau so ist es«, erwidert Hilda mit fester Stimme. Das Grinsen des Soldaten wird noch breiter.
»Dann wollen wir unseren Herrn besser nicht warten lassen. Folgt mir.«
Der Soldat stapft los, wir im Gänsemarsch hinterher. So einfach geht das?
»Aber Faye hat doch gar keine Verabredung mit King John«, flüstere ich Hilda zu. Die schüttelt unwirsch den Kopf.
»Na und? Das weiß doch der Soldat nicht. Der wird einfach denken, dass Faye ganz dringend ... na ja, gewissermaßen einen *Promi* kennenlernen möchte, verstehste? Und dass der König mit Sicherheit nichts dagegen hat.«
»Also wie Fan und Star?«
»Ja, so ähnlich. Wir tun einfach so, als hätte Faye gleich ein Meet & Greet mit King John, okay?«
Gut, das leuchtet mir jetzt tatsächlich ein. Meet & Greet mit King John. Mit einem entscheidenden Unterschied: Wahrscheinlich hat King John keine Autogrammkarten, und er würde wohl auch komisch gucken, wenn Faye ihr Handy zückt und ein Selfie von sich und Ihrer Majestät macht.

Kurz darauf stehen wir vor einem Zelt, das von zwei grimmig dreinschauenden Männern mit langen Speeren bewacht wird.

»Dann sind wir wohl am Ziel«, flüstert Faye. »Was genau soll ich denn jetzt sagen? Nicht, dass der uns gleich verhaften lässt, weil wir ihm komisch vorkommen.«

»Lass mich das mal machen, irgendwas wird mir schon einfallen«, beruhigt Hilda sie. Ich bin allerdings auch sehr gespannt, wie wir King John erklären wollen, warum wir ihn so dringend sprechen mussten.

»Was willst du, Mann? Wen bringst du uns?«, herrschen die Wachen den Soldaten an, der uns zum königlichen Zelt geführt hat.

»Eine holde Jungfer, verabredet mit unserem König«, antwortet er ihnen.

Die Männer runzeln die Stirn, lassen uns aber passieren. Der Soldat schlägt die Plane zurück, und vor uns steht: King John! Eindeutig! Er sieht genauso aus wie sein Geist, allerdings trägt er kein langes Leinenhemd, sondern eng anliegende Hosen, ein Wams und Teile einer Rüstung. Erstaunt schaut er uns an.

»Wer seid ihr?« Als Hilda etwas sagen will, bringt er sie mit einer schnellen Handbewegung zum Schweigen. »Halt, sagt nichts – irgendwie kommt ihr mir bekannt vor!« Er geht um uns herum und mustert uns eindringlich. »In der Tat – irgendwo habe ich euch schon einmal gesehen! Aber wo?«

Sollte sich King John wirklich gewissermaßen an die Zukunft erinnern? In der er ja schon lange tot ist? Das kann doch gar nicht sein! Obwohl: Hätte man mir letzte Woche prophezeit, dass ich bald im Jahr 1216 in einem Feldlager in England stehen würde, hätte ich genau das geantwortet: Das kann nicht sein!

King John schüttelt den Kopf.

»Ich komme nicht drauf ... die Erinnerung verschwimmt ... auf alle Fälle wart ihr in Begleitung einer alten Frau ... am Meer ... ich sehe es noch vor mir.«

Gruselig! Es ist die Zukunft, an die er sich erinnert. Die feinen Härchen an meinen Unterarmen beginnen sich aufzurichten, und mir wird kalt. Hilda scheint allerdings härter im Nehmen zu sein als ich, sie nutzt die Gelegenheit sofort.

»Genau so ist es, Sir! Ihr habt uns schon mal gesehen. Meine Großmutter, an die Ihr Euch noch so freundlich erinnert, war Hilfsköchin bei Hofe. Meine Schwester Faye«, sie deutet auf Faye, die King John sofort ein strahlendes Lächeln schenkt, »hat ihr oft geholfen. Nun, da meine Großmutter verstorben ist und meine Eltern auch, haben wir kein Auskommen mehr und dachten, Eure Majestät könnte meiner Schwester vielleicht eine Empfehlung für eine Anstellung in einem edlen Hause geben. Mein Bruder«, sie deutet auf Siegfried, »wäre ganz bestimmt ein hervorragender Knecht.«

Siegfried zuckt zusammen, sagt aber nichts.

»Hm. Eine Empfehlung als Köchin? Durch den König von England?« King John lacht dröhnend. »Das ist gewiss nicht das, was mir die Würde meines Amtes gebietet. Um die Witwen und Waisen mögen sich andere kümmern.«

»Genau. Robin Hood«, rutscht es mir heraus. King John fährt herum und starrt mich an. Mist! Was habe ich da bloß angerichtet?!

»Was hast du gesagt, Knabe? Robin Hood? Kennst du ihn?«

»Äh ... nein, nein ...«, stammle ich und hoffe, dass wir nun nicht alle einen Kopf kürzer gemacht werden, »äh ... das habe ich nur so gehört ... dass dieser Herr sich um die Armen, die Angestrengten und Beladenen ... äh ... kümmert. Also, äh, nur ein Gerücht, verzeiht, Majestät!«

Ich verbeuge mich unbeholfen. King John überlegt. Wahrscheinlich, ob man Kinder in meinem Alter schon teeren und federn oder vierteilen darf. Aber darf man als König hier bestimmt.

»Nun, Knabe, die Gerüchte sind falsch. Denn tatsächlich ist es der König selbst, der gütig über sein Volk wacht. Und wie ein guter Hirte nach den schwächsten Lämmern sieht, so helfe auch ich euch gern in eurer Not. Meine Cousine Nicola ist Herrin von Lincoln Castle, ich werde euch eine Empfehlung geben, bestimmt sind fleißige Leute bei ihr hochwillkommen. Wartet draußen, ich werde diese sofort schreiben und versiegeln lassen.«

Wir haben das Zelt schon fast wieder verlassen, als uns King John noch etwas hinterherruft.

»Und vergesst nicht: Euer König ist der mit dem guten

Herzen, nicht dieser Robin Hood! Ihr werdet alle noch davon hören.«

»Natürlich nicht!«, antworte ich schnell, dann fällt die Zeltplane hinter uns zu. Wir gehen ein paar Meter weiter und setzen uns auf ein Fleckchen Gras, von dem aus man das Zelt des Königs gut sehen kann.

»Puh, das hätte auch schiefgehen können!«, stellt Hilda trocken fest.

»Ist es aber nicht«, erwidere ich grinsend. »Und jetzt haben wir sogar einen guten Grund, hier noch herumzulungern, bis Robin Hood auftaucht, um mit King John über dessen neues Image zu sprechen.«

»*Worüber* sprechen die?« Siegfried hat mal wieder gar keinen Durchblick.

»Na, darüber, dass Robin in Zukunft nur noch Gutes über King John verbreiten soll. Und dafür wird er dann doch mit dem Löffel aus dem Kronschatz bezahlt.«

Siegfried schüttelt den Kopf.

»Mann, Mann, Mann – den würde ich nicht dafür bezahlen, dem würde ich einfach ...«

»... ein paar auf's Maul hauen, ich weiß. Aber einige von uns klären nicht alles mit Fäusten, sondern mit Köpfchen.«

»Hör mal, du Bengel! Willst du damit etwa sagen, dass du schlauer bist als ich?«

»Jungs, Schluss jetzt!«, ruft Faye dazwischen. »Ich sehe nämlich etwas, was ihr nicht seht. Guckt mal, da vorn!«

Tatsächlich schlängelt sich gerade ein hochgewachsener,

gut aussehender Mann durch die Soldaten, der eindeutig nicht zum Tross selbst gehört, dafür ist er zu anders angezogen. Ein Geistlicher, der den Soldaten die Beichte abnehmen oder einen Segen spenden will, scheint er aber auch nicht zu sein. Der Kleidung nach zu urteilen, ist er eher Jäger, auf alle Fälle trägt er Pfeil und Bogen auf dem Rücken. Zielstrebig läuft er auf das Zelt von King John zu. Vor den Wachen bleibt er kurz stehen.
»Hey da, Männer! Sagt eurem Herrn, Robin von Locksley will ihn sprechen.«
BINGO! Wir haben soeben Robin Hood gefunden!

# 25. Kapitel

## Der wahre Beschützer der Witwen und Waisen!

»Meinst du, er führt uns direkt zu seinem Lager?«, flüstert Hilda mir von hinten ins Ohr.
»Ja, aber warum flüsterst du? Der ist mindestens fünfzig Meter von uns entfernt. Der kann uns garantiert nicht hören.«
Seitdem Robin Hood vor einiger Zeit aus dem Zelt des Königs gekommen ist, verfolgen wir ihn. Offenbar hat ihm King John nicht nur den Krönungslöffel anvertraut – nein, Robin Hood schleppt einen ganzen Sack aus dem königlichen Zelt. Pressearbeit ist anscheinend auch im Mittelalter schon ziemlich teuer!
Zum Glück hat Robin sich am Rande des Lagers nicht einfach auf sein Pferd gesetzt und ist davongeritten – dann hätten wir bei unserer Verfolgung wohl sehr schlechte Karten gehabt. Stattdessen hat er den großen Sack auf den Sattel seines Pferdes gelegt und führt das Tier nun neben sich her.
Mit sicherem Abstand laufen wir hinterher und versuchen dabei, wie ganz gewöhnliche Reisende auszusehen. Eine

halbe Stunde sind wir nun schon unterwegs, und ich frage mich gerade, ob Robin Hood wirklich auf direktem Weg zu seinem Lager im Sherwood Forest läuft. Ich habe nicht auf eine Karte geguckt, aber wahrscheinlich ist das zu Fuß ein ziemlich weiter Weg. Ich klappe das Medaillon an meiner Halskette auf. Der kleine Mond erscheint. Noch tanzen zwei Striche um ihn herum, doch der zweite Strich ist schon ziemlich schwach geworden und kaum noch zu sehen.

Wir erreichen die ersten Häuser einer Siedlung, schließlich taucht ein langer Erdwall mit einem Palisadenzaun darauf vor uns auf. Der Zaun hat in der Mitte ein großes Tor.

»Ich glaube, das ist der Vorläufer einer Stadtmauer«, sagt Faye. »Wahrscheinlich sind wir gleich in King's Lynn.«

»Ich hoffe sehr, Freund Hood legt da mal eine kurze Pause ein«, stöhnt Siegfried. »Gern in einem Wirtshaus. Ich hätte nichts dagegen, ein paar unserer Münzen gegen ein kühles Bier einzutauschen.«

Robin Hood spricht die Wachen am Tor an, und die lassen ihn passieren.

»Los, hinterher! Nicht, dass wir ihn gleich aus den Augen verlieren und ich kein Bier mehr bekomme!«

Aber das ist gar nicht so einfach. Denn anders als Robin Hood dürfen wir nicht so einfach durch das Tor marschieren – die Wachen, drei ziemlich breitschultrige Männer, versperren uns den Weg mit einer Art Schlagbaum.

»Wohin des Wegs, Bauern?«, fragt einer der Wachen und klingt dabei nicht besonders freundlich.

»Bauern? Was fällt dir ein, du Flegel!«, pfeift ihn Siegfried sofort an. Was keine besonders gute Idee war. Denn nun schieben sich die drei die Ärmel ihrer Hemden hoch, und der Größte von ihnen packt Siegfried am Handgelenk.
»Hör zu, Bauer! Wenn du glaubst, du kannst hier Ärger machen – sei eines Besseren belehrt. Du landest schneller am Pranger, als du deine Schweine daheim im stinkenden Stall gezählt hast!«
Aus den Augenwinkeln sehe ich, dass ich Robin Hood bald nicht mehr sehen werde. So ein verfluchter Mist! Was legt sich unser Möchtegernheld denn hier wieder mit allen an? Auch Faye erkennt sofort, dass Siegfried kurz davor ist, unseren schönen Plan endgültig zu versauen. Sie drängt sich nach vorn und zieht die Pergamentrolle hervor, die uns ein Diener des Königs vorhin gegeben hat.
»Haltet ein, Männer!«, ruft sie laut und wedelt mit der Rolle. »Wir sind im Auftrag des Herrn unterwegs!«
Tatsächlich lässt der Große Siegfrieds Handgelenk los.
»Was hast du da, Weib?«
»Ein Schreiben des Königs. Er sichert uns freies Geleit im gesamten Königreich zu. Lasst uns also passieren!«
»Zeig her!«
Faye gibt ihm das Pergament, der Wächter betrachtet es misstrauisch und rollt es auf. Na großartig! Nun wird er gleich merken, dass es ein Empfehlungsschreiben für eine Stelle als Köchin ist. Nix freies Geleit!
Aber anstatt in Gelächter auszubrechen, reißt der Mann die Augen auf.

»Es trägt wirklich das königliche Siegel! Nun, meine Dame – verzeiht, dass wir euch aufgehalten haben.« Faye nickt huldvoll.
»Es sei euch verziehen. Aber nun beeilt euch und gewährt uns Eintritt – wir sind in einer äußerst dringenden Mission unterwegs!«
Die drei Männer nicken, dann öffnet der kleinere den Schlagbaum. Geschafft! Schnell laufen wir hindurch.
»Wie konntest du so sicher sein, dass der Mann nur auf das Siegel gucken würde?«, will ich von Faye wissen. Sie grinst.
»Na, ich hielt es für ausgeschlossen, dass einer von den Typen lesen kann. Aber ein Siegel oder Wappen ist ja wie ein Bild – und das können sich die meisten Analphabeten gut merken. Funktioniert doch in Ländern, in denen viele Analphabeten leben, heute noch so – da gibt es zum Beispiel auf dem Wahlzettel Symbole für die jeweiligen Parteien. So weiß jeder, was damit gemeint ist. Selbst, wenn er nicht lesen kann.«
Ganz schön schlau, diese Faye! Gut, dass wir sie mitgenommen haben. Und jetzt schleunigst in die Richtung, in der ich Robin Hood zuletzt gesehen habe!
Ich renne also um die nächste Ecke, wo ich zwischen zwei geduckten Fachwerkhäusern tatsächlich Robins Pferd entdecke – angebunden zwischen einem Esel und einer Kuh.
»Kommt«, rufe ich den anderen zu, »hier sind wir richtig.«

»Goldrichtig!«, lacht Siegfried, als er näher gekommen ist. »Denn hier bekommen wir nicht nur diesen Robin Hood, sondern ich endlich mein Bier!«
Tatsächlich ist das linke der beiden Häuser offenbar ein Wirtshaus – durch die geöffneten Fenster dringt fröhlicher Lärm und Musik, ab und zu klirren Gläser. Ich werfe einen Blick auf das Schild, das am Strohdach befestigt ist.
»Wie passend«, grinse ich, »das Wirtshaus heißt *Merry Men*, Fröhliche Gesellen.«
»Wieso passend?«, will Hilda wissen.
»Ganz einfach: *Merry Men* wurde die Bande von Robin Hood genannt. Kein Wunder, dass der hier reingeht.«
»Stichwort reingehen: Genau das machen wir jetzt auch«, brummt Siegfried und stößt die Tür des Wirtshauses auf. Sofort stehen wir im gut gefüllten Gastraum, die Köpfe der anderen Gäste drehen sich kurz zu uns um, und ich hoffe inständig, dass wir nicht allzu interessant aussehen.
»Oh, hallo, wen haben wir denn da?«
Mist! Wir *sehen* interessant aus.
»Was macht denn eine so schöne Frau in dieser finsteren Spelunke?«
Korrigiere: Nicht *wir* sehen interessant aus, es ist natürlich mal wieder Faye, die hier Aufsehen erregt. Und natürlich auch nicht bei irgendeinem der Wirtshausbesucher, sondern bei Robin Hood selbst. Ich würde sagen, unser Plan, ihm unauffällig zu folgen, hat sich soeben in Luft aufgelöst. Faye selbst scheint das allerdings überhaupt

nicht zu stören, im Gegenteil – sie steuert direkt auf Robin Hood zu und setzt ein schüchternes Lächeln auf.
»Edler Herr, wir sind ganz fremd hier in der Gegend und auf der Suche nach einer sicheren Begleitung.«
Robin lacht ein dröhnendes Lachen.
»Sichere Begleitung? Und die sucht Ihr ausgerechnet im *Merry Men*? Männer, was sagt ihr dazu?«
Nun brechen auch Robins Begleiter in Gelächter aus. Ich merke, wie ich rot im Gesicht werde. Faye allerdings bleibt völlig gelassen. Offenbar hat sie einen Plan.
»Mein Herr, man sagte mir, dass ein gewisser Robin Hood in diesem Hause verkehrt. Er soll von edlem Gemüt und großem Herz sein, immer bereit, für Witwen und Waisen einzustehen.«
Robin runzelt die Stirn. Er sieht nicht mehr ganz so belustigt aus.
»Ein Held also? Aber welche Witwe braucht denn solchen Schutz durch einen Helden?«
»Ich selbst. Eine Witwe bin ich nicht, jedoch ein armes Waisenmädchen, Faye ist mein Name. Meine Eltern starben früh, ich bin die Älteste und trage Sorge noch für meine Schwester und den Bruder«, sie deutet auf Hilda und mich, »der Onkel will uns nicht mehr auf dem Hof. So baten wir unsere Tante um Hilfe. Sie lebt am Rande des Sherwood Forest und nimmt uns auf. So wir denn dorthin gelangen und sie finden. Denn wir reisen nur mit unserem treuen Knecht Siegfried und fürchten die Gefahren des Waldes.«

Bei den letzten Worten wirft Faye Robin einen Blick zu, der eine ziemlich genaue Mischung aus Bambi und Selena Gomez sein dürfte. Robin steht von seinem Tisch auf und macht einen Schritt auf uns zu.

»Mylady, das Glück ist Euch hold! Ihr habt Euren Helden gefunden! Ich, Robin Hood, werde nicht zulassen, dass Ihr und Eure Geschwister Opfer von üblen Wegelagerern werdet! Ich biete Euch sicheres Geleit nach Sherwood und eine Unterkunft in meinem Lager, bis Ihr Eure Tante gefunden habt!«

Er dreht sich zum Tisch.

»Männer, auf die hübsche Lady und ihre Geschwister!«

Alle heben die Bierkrüge.

»Auf die hübsche Lady!«

Die Männer prosten sich zu, sie scheinen mit dem Plan ihres Anführers einverstanden zu sein.

»Schlagt Euer Lager heute Nacht hier auf. Wir brechen morgen sehr früh auf. Es ist ungefähr eine Tagesreise von hier nach Sherwood. Ihr könnt in Bruder Tucks Wagen mitreisen. Nur für Euren Knecht ist dort wohl kein Platz mehr. Er mag auf Tucks Esel hinterherreiten oder laufen.«

Wer sagt's denn? Dass Faye Hildas Ausrede weitergesponnen hat, war einfach genial! Irgendwo auf dem Weg nach Sherwood oder in Robins Lager werden wir schon die Gelegenheit haben, uns den Löffel zu schnappen. Auch Hilda lächelt zufrieden. Nur Siegfried sieht so aus, als würde er liebend gern in die nächste Tischkante beißen. Anscheinend mag er keine Esel.

# 26. Kapitel

## Gespräche am Lagerfeuer mit echtem Pfadfinderfeeling

Als wir endlich in Sherwood Forest ankommen, tut mir jeder Knochen weh. U-Bahn zur Hauptverkehrszeit oder hinten im Auto sitzen ist nichts dagegen. Habe ich mich irgendwann mal darüber beschwert? Vergeben und vergessen! Selbst der voll gestopfteste Waggon oder die schmalste Rückbank sind noch hundert Mal bequemer als ein rüttelnder, ratternder Planwagen, der auf großen Holzrädern über unbefestigte Straßen rumpelt und mir dabei jedes Mal einen Schlag in den Rücken verpasst.

Meine Schmerzen vergesse ich allerdings sofort, als ich Robins Lager sehe: Es ist tatsächlich so, wie es in den vielen Legenden und Romanen beschrieben wird! Baumhäuser thronen auf den riesigen Eichen, Hängeleitern und Stricke bilden Zugänge zu den Häusern, und auf einer Art Dorfplatz in der Mitte brennt ein Lagerfeuer. Wow, wow und nochmals WOW!

»Hilda, ist das nicht faszinierend?«

»Ja, schon ganz gut.«

»Ganz gut? Es ist phantastisch! Wie haben die das bloß gebaut?«
»Keine Ahnung. Aber viel mehr als die Frage, wie die sich hier ihr kleines Pfadfinderlager gebastelt haben, interessiert mich, wo der verdammte Sack mit den Kronjuwelen geblieben ist? Ich habe ihn nicht mehr gesehen, seit wir Robin Hood an der Stadtmauer aus den Augen verloren haben. Allzu viel Zeit, ihn zu finden, haben wir nicht mehr. Im Grunde genommen, haben wir nur noch bis morgen früh Zeit, denn wir müssen auch noch rechtzeitig zurück zum Wash-Monster gelangen.«
Verdammt! Hilda hat recht! Wir sind schließlich nicht zum Spaß hier, sondern weil wir eine Mission haben!
»Also, in unserem Wagen war er schon mal nicht«, stellt Hilda fest. »Den habe ich während der Fahrt durchsucht, und zwar gründlich. Auf keinem der Pferde war der Sack befestigt, das hätte ich bemerkt. Und ohne Sack kein Krönungslöffel! Wir werden Robin also genau beobachten müssen, um ihn zu finden.«
»Vielleicht ist ein gemeinsamer Abend am Lagerfeuer schon mal eine gute Idee?«, wirft Faye ein.
»Ja, eine richtig gute Idee!«, meint Hilda. »So wie ich den einschätze, gibt der gern ein bisschen an. Glaubt mir, ein bisschen Wimperngeklimper von Faye, und schon erzählt der uns alles, was wir wissen müssen.«
Siegfried schnaubt. »Aber ohne mich! Anders als ihr alle bin ich nicht gemütlich hierhergeschaukelt worden, sondern habe mich den ganzen Tag mit dem störrischsten

Esel der Welt rumgeärgert. Ich brauche dringend Erholung und ein weiches Bett, nicht noch weitere Geschichten von diesem Möchtegernhelden und seinen Kumpanen!«

»Ich bin mir sicher, für so einen tapferen Knecht wie dich haben die hier ein hervorragendes Strohlager«, grinst Hilda.

»Hauptsache, ihr habt euren Spaß«, knurrt Siegfried und stampft davon, wahrscheinlich auf der Suche nach etwas Besserem als einen Strohhaufen. Wir bleiben aber nicht lange allein, denn jetzt taucht Robin Hood am Planwagen auf, offensichtlich auf der Suche nach Faye. Als er sie sieht, fängt sein Gesicht an zu strahlen.

»Mylady, da seid Ihr ja! Die Nächte in Sherwood Forest können sehr kalt sein. Wollt Ihr mir nicht Gesellschaft leisten und Euch etwas am Feuer wärmen?«

Bingo! Jetzt bittet der uns schon selbst in seine Runde. Das läuft ja wie am Schnürchen hier!

»Das ist eine richtig gute Idee, Sir!«, rufe ich fröhlich, und auch Hilda nickt sofort. Robin Hood guckt uns völlig entgeistert an.

»Nun ... äh ... ich gedachte eigentlich, den Abend mit Eurer Schwester zu verbringen.«

»Könnt Ihr doch, Sir! Wir haben nichts dagegen.«

»Allein.«

»Allein? Aber da sitzt doch Eure gesamte Gefolgschaft am Lagerfeuer.«

»Äh, ja, ich meine, *allein, ohne Kinder.*«

Faye zieht die Augenbrauen hoch.

»Sir, mögt Ihr meine Geschwister nicht? Sie sind doch alles, was ich noch habe!«
Robin Hood seufzt einen sehr tiefen Seufzer.
»Nein, nein, natürlich nicht. Dann folgt mir.«

»Und dann sage ich zu dem Bauerntölpel: Hey da, du! Wenn du deine letzten Pennys nicht an den Sheriff verlieren willst, musst du sie wohl vergraben. Ich werde ganz sicher nicht meinen Kopf für dich hinhalten!«
Die Menge am Feuer grölt und johlt, und ich glaube, ich hab mich verhört! *Bauerntölpel?* Und das aus dem Mund von Robin Hood, dem Rächer der Armen? Was geht denn hier ab? Aber es ist tatsächlich so: Gerade erzählt Robin von seinem letzten Besuch in einem Dorf, das von den Steuereintreibern des Sheriffs ausgeplündert worden war. Die Bewohner flehten ihn um Hilfe an – aber Robin war offenbar eher damit beschäftigt, Spanferkel und Met für ein Fest im Lager zu besorgen.
»Stellt euch vor, Männer, da brach der Tölpel in Tränen aus! Geflennt hat er wie ein kleines Mädchen! Und konnte mir so erst recht nicht sagen, wer denn im Dorf das beste Met braut, ist das denn zu fassen?«
Robin klopft sich auf die Schenkel, er amüsiert sich total über seine eigene Geschichte. Als er meinen entsetzten Blick sieht, hört er auf zu lachen.
»Tja, mein Kleiner, die wichtigste Regel hier im Wald von Sherwood lautet: *Hilf dir selbst, dann hilft dir Gott.* So einfach ist das. Und wenn die Bauern zu einfältig

sind, das zu beherzigen, müssen sie ganz sicher nicht auf mich hoffen. Ich habe Besseres zu tun. Zum Beispiel, ein Lied für diese wunderschöne Frau an meiner Seite zu singen.«

Er greift neben sich und hebt etwas vom Waldboden auf, das wie eine Art Gitarre aussieht, nur bauchiger. Will der jetzt etwa wirklich singen? Ein kräftiger Griff in die Saiten, ein tiefes Luftholen – ich fürchte, der will!

**»Ich traf eine Maid, so hold und rein,**
**und wollte gern ihr Beschützer sein!**
**Ihre Haare blond wie Weizenstroh,**
**sie machte mich im Herzen froh!**
**Oh, liebste Faye, komm bleib bei mir,**
**ich werde ewig treu sein dir!«**

Ach, du Schreck – ist das peinlich! Ob er mit so etwas schon mal Erfolg hatte? Allen Mädchen, die ich kenne, würde bei so einem Lied schlecht werden. Es scheint, dass Hilda recht hat. Robin Hood ist ein Angeber – große Klappe, nichts dahinter, aber restlos von sich selbst überzeugt. Und das war früher mein Lieblingsheld? Schlimm.

Faye macht natürlich einen auf beeindruckt, was ziemlich schlau ist. Schließlich müssen wir uns irgendwie Robins Vertrauen erschleichen, wenn wir herausfinden wollen, ob er den Löffel wirklich von King John bekommen hat.

»Oh, Robin, Eure Stimme lässt mein Herz erzittern!«

Uah, das ist jetzt aber echt dick aufgetragen! Nicht, dass er noch was merkt! Robin schaut Faye an und lächelt glücklich. »Und Eure Worte wärmen mein Herz!«
Nein, der merkt rein gar nichts. Aktion *Wimperngeklimper* funktioniert eins a!
»Sagt, Robin, bei Euren Abenteuern, habt Ihr da schon wichtige und hochvermögende Leute getroffen? Einen Grafen oder gar einen Baron?«, fragt Faye ganz harmlos.
Robin lacht laut auf.
»Einen Grafen oder einen Baron? Das ist doch gar nichts, meine liebe Faye! Tatsächlich habe ich erst gestern den König getroffen.«
»Den König?« Faye tut so, als ob sie nach Luft schnappen müsste. Robin nickt selbstgefällig.
»Ja, Ihr hört ganz recht. Den König. King John. Von Angesicht zu Angesicht. Er flehte um Gnade, als er vor mir stand.«
»Nein!« Faye reißt ihre himmelblauen Augen auf.
»Doch. Genauer gesagt, stand er nicht vor mir, er kniete und winselte um sein Leben.«
Er rückt ganz dicht an Faye heran und zwinkert ihr verschwörerisch zu.
»Und wollt Ihr wissen, was ich dann gemacht habe?«
Faye nickt und haucht ein zartes *Ja, bitte*. Robin grinst und flüstert ihr etwas ins Ohr.
»Nein!«, ruft Faye gespielt aufgeregt aus.
»Oh doch, meine Liebe«, bestätigt Robin, und ich ärgere mich, dass ich nicht verstanden habe, was er ge-

sagt hat. Aber wie sagte Robin eben? *Hilf dir selbst, dann hilft dir Gott.* Also zögere ich nicht, sondern hake einfach nach.

»Meister Robin, was habt Ihr dann gemacht?«

»Nun, junger Freund, ich raubte dem König die Kronjuwelen.«

»Nein!« Ich schlage mir, gespielt überrascht, die Hand vor den Mund, am Lagerfeuer geht ein Raunen durch die Menge.

»Doch, Ihr habt richtig verstanden – ich raubte die Juwelen von England. Knöpfte sie diesem Nichtsnutz von König ab. Denn die Reichen verdienen nicht, was sie haben. Und selbst so ein dummer Bauerntölpel im Nachbardorf hat mehr Anrecht auf diese Juwelen als der König selbst. Denn jener presst sein Volk aus, während es darbt. Das werde ich, Robin Hood, nicht länger zulassen!«

Okay, dieser Text passt schon besser zu einem Helden. Leider wissen wir ja, dass das komplett an der Wahrheit vorbei ist, um nicht zu sagen: gelogen! Aber wenn sich Robin Hood nun so als Held feiern lässt, tappt er bestimmt leicht in eine kleine Falle.

»Meister Hood«, melde ich mich daher erneut zu Wort, »seid Ihr sicher, dass Ihr die Kronjuwelen raubtet? Ich hörte, Ihr seid gar kein Rächer für die Armen, sondern nur ein Betrüger, der die Leute wegen ein paar Pennys übers Ohr haut und sich auf ihre Kosten im Wirtshaus betrinkt. Ich kann mir kaum vorstellen, dass so jemand auch nur in die Nähe von King John, geschweige denn der Kronjuwe-

len kommt. Fast könnte man denken, Ihr erzählt das alles nur, um meiner Schwester zu gefallen.«
»Was sagst du da?!«, schreit Robin wütend und springt vom Feuer auf. »Was fällt dir ein, mich einen Betrüger zu nennen, du kleiner Wurm!«
Er macht einen Schritt auf mich zu, dann zerrt er mich am Hemd zu sich hoch. Ist mir egal. Da muss ich jetzt durch!
»Nicht ich bin es, der Euch so nennt, Herr! Es ist nur ein Gerücht, das mir zugetragen wurde. Ihr könnt ja leicht beweisen, dass es eine böse Lüge ist und Ihr nun wirklich die Kronjuwelen Euer Eigen nennt.«
Robin stutzt, dann lässt er mich wieder los, und ich falle unsanft auf den Boden.
»In der Tat, das kann ich«, brummt Robin. »Tuck!«, ruft er dann dem dicken Mönch zu, der mit uns auf dem Planwagen gefahren ist. »Hol das Weinfass. Sofort!«
Der Mönch rappelt sich sofort hoch und läuft los. Wenig später rollt er ein Weinfass neben das Lagerfeuer. Hood schlägt den Deckel hinunter – und zieht einen Sack aus dem Inneren des Fasses! *Den* Sack! Da hat er also gesteckt!
Ohne weitere Worte zu verlieren, packt Robin Hood den Sack mit beiden Händen und schüttet seinen Inhalt vor uns auf den Waldboden.
Im Schein des Feuers glitzert nun ein ganzer Berg von Gold und Edelsteinen – Kronen, Diademe, prachtvoll verzierte Becher und Teller und mittendrin: der Krönungslöffel! Da liegt er zum Greifen nahe, geschmückt mit Ornamenten

und Perlen, und glänzt mit den restlichen Kronjuwelen um die Wette.

»Henry Smart«, flüstert mir Hilda ins Ohr, »du bist doch gar nicht so blöd.«

# 27. Kapitel

## Große Geschenke – und noch größere Bäume

»Nennst du mich nun immer noch einen Lügner, Bursche?« Robin Hood hat sich triumphierend vor seinem Schatz aufgebaut. Ich schüttle schnell den Kopf.
»Nein, Herr, ich bin beeindruckt. Das Gold habt Ihr dem um Gnade winselnden King John geraubt? Und wollt es nun unter den Armen verteilen?«
Robin nickt.
»Genauso ist es.«
»Was?«, mischt sich nun Bruder Tuck ein. »Ich dachte, wir bezahlen erst mal unsere Schulden im Wirtshaus. Sonst drehen die uns da bald den Hahn zu! Dann sitzen wir aber echt auf dem Trockenen, und es ist vorbei mit dem schönen Leben!«
»Schhh!«, faucht Robin ihn an. »Still, du Narr!«
»Welche Schulden?« Faye reißt ihre himmelblauen Augen auf.
»Unsinn!«, poltert Robin. »Ich habe doch keine Schulden im Wirtshaus. Bruder Tuck ist verwirrt. Er hat wahrscheinlich zu viel von seinem eigenen Messwein getrunken!«

»Oh, Robin, dann seid Ihr wirklich ein richtiger Held!«, ruft Faye aus. »Das ist einfach großartig! Ihr helft den Armen – wie selbstlos von Euch! Glaubt mir, ich weiß, wie glücklich Ihr die Menschen damit machen werdet, denn ich bin schließlich auch ein armes Waisenkind und muss nun hoffen, dass die Tante uns gut behandeln wird.«
Täusche ich mich, oder kullert da gerade eine Träne über Fayes Wange? Tatsächlich! Faye ist eine richtig gute Schauspielerin, das steht mal fest. Das lässt noch nicht mal einen Robin Hood kalt. Ganz zärtlich streicht er Faye die Träne von der Wange.
»Weine nicht, kleine Faye! Ich kann es nicht ertragen, ein so schönes Weib in Tränen zu sehen. Wisst Ihr, wer die ersten Armen sein werden, denen Robin Hood zu Hilfe eilt?«
Wortlos schüttelt Faye den Kopf und blickt ganz betrübt zu Boden. Robin fasst ihr mit einer Hand unter das Kinn und hebt ihr Gesicht ein Stück an, sodass die beiden sich tief in die Augen blicken können.
»Faye, Ihr sollt nicht mit leeren Händen zu Eurer Tante kommen. Sucht Euch etwas aus.«
»Wie meint Ihr das?«
»So, wie ich es sage: Sucht Euch ein Stück aus den Kronjuwelen aus. Ich schenke es Euch.«
Mir wird heiß und kalt gleichzeitig. Sollten wir wirklich so kurz vor dem Ziel stehen? Robin bückt sich zu dem Haufen aus Gold, hebt ein besonders prachtvolles Diadem auf und setzt es Faye auf die blonden Haare.

»Nun seht Ihr aus wie eine Königin! Dies Schmuckstück sei Eurer. Es bringe Euch Glück und Wohlstand.«

Faye lächelt schüchtern, dann schüttelt sie ganz vorsichtig den Kopf.

»Habt großen Dank, Robin Hood! Aber das kann ich nicht annehmen, ein armes Mädchen wie ich ist einer Krone doch nicht würdig. Ein anderes Stück aus Eurem Schatz würde besser zu mir passen.« Sie nimmt sich mit beiden Händen das Diadem ab und legt es vorsichtig zu den anderen Stücken zurück. Dann hebt sie den Löffel hoch.

»Wenn Ihr gestattet, würde ich gern das hier mitnehmen.«

Robin guckt sie erstaunt an.

»Einen Löffel?«

»Ja. Das passt doch zu einem einfachen Mädchen. Ich koche sehr gern, der Löffel steht mir besser als eine Krone.«

Breites Grinsen bei Herrn Hood.

»Na gut, warum nicht? Wie heißt es so schön? Frau am Herd ist Goldes wert.«

Hilda muss husten.

»Nee, ich glaube, es heißt: Noch so 'n Spruch, Kieferbruch«, flüstert sie mir dann zu. »Aber egal – wenn sein Machogehabe dazu führt, dass er Faye freiwillig den Löffel gibt, soll mir alles recht sein.«

»Habt vielen Dank, Robin!« Faye fällt Hood um den Hals und haucht ihm ein Küsschen auf die Wange. Täusche ich mich, oder wird er nun ein bisschen rot?

»Gern!« Er lächelt, dann kommt ihm eine Idee. »Warum machen wir es nicht so: Ich begleite Euch auf der Suche nach Eurer Tante, dann können wir dem Schicksal noch ein paar gemeinsame Stunden abringen. Sicherer ist es für Euch auch, schließlich habt Ihr nun ein Stück Gold im Gepäck.«

»Oh, ich bin Euch so dankbar für diesen Vorschlag«, haucht Faye.

Was?! Der kann uns nicht begleiten! Wir haben nicht mehr die Zeit, irgendeine ausgedachte Tante zu suchen, sondern müssen auf dem direkten Weg zum Wash-Monster. UND: vorher noch den Löffel verstecken. Ich gehe einen Schritt zur Seite und betrachte verstohlen meine Monduhr. Tatsächlich nur noch ein Strich. Morgen Abend müssen wir zurück sein, sonst geht der Vollmond über der Wash auf, und wir können gar nicht mehr zurück. Ein grauenhafter Gedanke!

Hilda gähnt laut und vernehmlich.

»Ich bin sooo müde! Können wir nicht erst mal schlafen, bevor wir Tante Abigail suchen?«

Faye streichelt ihr über den Kopf.

»Aber natürlich, mein Liebes! Morgen ist auch noch ein Tag. Ich glaube, unser Knecht ist auch schon irgendwo eingeschlafen. Sagt, Herr Robin, wo können meine Geschwister und ich unsere müden Häupter betten?«

»Folgt mir. Ihr könnt in meinem Baumhaus schlafen. Ich selbst beziehe Quartier bei Bruder Tuck.« Er verbeugt sich mit ritterlicher Geste vor uns, dann marschiert er los,

Faye und Hilda folgen ihm. Ich hoffe sehr, dass die beiden nicht ernsthaft planen, dort in Ruhe zu schlafen. Für unsere Rückreisemöglichkeit in die Zukunft sehe ich sonst äußerst schwarz ...

»Was meinst du mit: *Er hat ihr den Löffel geschenkt?*«, flüstert Siegfried. Es ist mittlerweile mitten in der Nacht; Faye, Hilda und ich sind aus dem Baumhaus geklettert, haben Siegfried tatsächlich in einem Strohlager bei den Ställen gefunden und geweckt. Wir bringen ihn kurz auf den neuesten Stand, er hat doch einiges verschlafen.
»Ich meine es genau so, wie ich es sage: Robin Hood hat Faye den Krönungslöffel geschenkt. Als Zeichen seiner Wertschätzung«, führt Hilda mit einem spöttischen Lächeln aus. »Unser Job ist es nun, den Löffel an einer guten Stelle zu verstecken, damit wir ihn auch in achthundert Jahren noch wiederfinden. Und dann müssen wir richtig Gas geben, um unsere Rückreise mit Urd nicht zu verpassen.«
Siegfried gähnt ausgiebig, fährt sich dann durch die Haare und sieht sich im Fackelschein im Stall um.
»Gut. Gibt's schon eine Idee, wo dieses gute Versteck sein könnte? Schätze mal, von dem ganzen Krempel hier steht in achthundert Jahren nicht mehr viel rum.«
»Eine Kirche vielleicht?«, schlägt Hilda vor.
»Aber da müssten wir schon die Kathedrale von Norwich nehmen, um auf der sicheren Seite zu sein«, wendet Faye ein. »Die ist vor 1216 erbaut worden. Bei den anderen Kir-

chen hier in der Nähe bin ich mir nicht sicher, ob die in achthundert Jahren noch stehen.«

»Und wie weit ist Norwich von hier entfernt?«, will ich wissen. Faye zuckt mit den Schultern.

»Ich glaube, es liegt von hier aus noch hinter King's Lynn.«

»Vergiss es. Das schaffen wir niemals. Wir müssen eigentlich jetzt direkt aufbrechen, wenn wir es noch rechtzeitig schaffen wollen. Große Umwege können wir nicht mehr machen.«

Hilda nickt.

»Du hast recht, Henry. Wir müssen etwas finden, was direkt auf dem Weg liegt.«

Leider kann man diese Frage jetzt nicht googeln, denn mein Handy hat hier im 13. Jahrhundert natürlich null Empfang. Ich denke nach. Sherwood Forest ... Sherwood ... Forest ... Forest ... Wald... WALD! BÄUME! Das ist es! Bäume!

»Ich hab's!«, rufe ich aufgeregt. »Die Bäume! Die Eichen, oder noch besser: die Eiche! Die Major Oak!«

»Henry, ich verstehe nur Bahnhof. Die Eiche? Was meinst du damit?«

»Na, die Major Oak. Der größte Baum hier. Ich habe zu Hause in Amerika einen Film darüber gesehen. Dort, wo wir jetzt stehen, wird in achthundert Jahren ein Landschaftspark mit einem Museumsdorf sein. Und in diesem Park steht genau die Eiche, die heute der Mittelpunkt von Robin Hoods Lager ist. In der Zukunft wird sie als Denkmal geschützt und mit einem Zaun umgeben sein. Wenn

wir also heute etwas tief unter ihren Wurzeln vergraben, müssten wir es eigentlich in der Zukunft wiederfinden.«
Hilda ballt ihre rechte Hand zur Faust und schüttelt sie triumphierend.
»Genialer Gedanke, Henry! Genau so machen wir es!«
»Gut!«, ruft Siegfried und klatscht in die Hände, »dann gebt mir den Löffel, ich werde ihn so tief unter dem Wurzelwerk vergraben, wie ich nur kann.«
»Ich helfe dir, eine gute Stelle zu suchen«, bietet Faye an. »Wir müssen ja sichergehen, dass wir die später auch wiederfinden.«
»Aber seid bloß leise dabei«, ermahnt Hilda sie. »Schließlich steht die Eiche mitten im Lager, und wenn Robin und seine Männer aufwachen, werden sie sich bestimmt wundern. Wir satteln in der Zwischenzeit unsere Pferde, und wenn ihr wiederkommt, reiten wir sofort los. Wir dürfen jetzt keine Zeit mehr verlieren.«
»*Unsere* Pferde?«, frage ich verdutzt nach. »Wir haben doch gar keine Pferde.«
Hilda lacht.
»Noch nicht. Aber gleich. Wir leihen uns welche bei Robin Hood. Oder wie willst du sonst rechtzeitig zum Wash-Monster kommen? Zu Fuß sind wir viel zu langsam.«
Das ist allerdings ziemlich wahr. Ich hoffe bloß, dass wir dabei nicht erwischt werden. Möglicherweise geht man mit Pferdedieben im Mittelalter so ähnlich um wie im Wilden Westen: Man hängt sie auf.

# 28. Kapitel

## Eine sehr große Überraschung, die keiner will

Erwähnte ich schon, dass Loge ein hammermäßiger Erfinder ist? Nein? Also: Er ist es! Ohne ihn wären wir mittlerweile völlig verloren, wahrscheinlich hätten wir nicht mal aus dem Sherwood Forest herausgefunden. Aber mit dem Navigationsgerät LOGE 6000 kommen wir wirklich sehr schnell voran. Wir haben kaum Pausen gemacht, nur zwischendurch die Pferde getränkt, zu groß ist unsere Angst, den Vollmond zu verpassen.

Jetzt knurrt mein Magen zwar überlaut, aber immerhin zeigt uns das Navi an, dass es bis zum Ufer der Wash nicht mehr sehr weit ist. Das sind tolle Nachrichten, denn mein Hintern tut mittlerweile ziemlich weh – die Kombi aus kratzender Leinenhose und hartem Sattel ist einfach nichts für mich.

»Mann, ich bin wirklich froh, wenn wir wieder zu Hause sind«, rufe ich Hilda zu. »Endlich wieder warm duschen und saubere Klamotten! Und Pause für meinen Po!«

Hilda lacht. Ihr blondes Haar fliegt im Wind, und in diesem Moment sieht sie einfach wunderschön aus.

»Wir haben's ja bald geschafft, Henry. Und wenn wir den Löffel an der Major Oak holen, reiten wir garantiert nicht. Da fahren wir dann einfach mit Fayes Auto hin. Wobei ich Reiten total klasse finde.«

Kein Wunder. Sie macht auf dem Pferd auch eine tolle Figur. Ganz im Gegensatz zu mir. Statt mit Siegfried in Bayreuth Lasertag zu spielen, wäre ein Anfängerkurs im örtlichen Ponyclub wahrscheinlich schlauer gewesen.

»Laut Navi sind es nur noch zehn Minuten. Ich glaube, ich kann das Meer schon riechen!«, erklärt Siegfried. »Hinter dem Wäldchen müsste man die Küstenlinie schon sehen können. Also, Attacke!«

Er treibt sein Pferd schneller an und prescht vor, wir galoppieren hinterher. Hinter der nächsten Kurve ist er zwischen den Bäumen verschwunden – dann hören wir ihn plötzlich laut schreien!

»Henry, schnell, da muss etwas passiert sein!« Hilda stößt ihrem Pferd die Hacken in die Flanken, ich versuche, es ihr nachzumachen. Auch Faye rast hinterher. Als wir um die Kurve kommen, sehen wir es: Siegfried liegt auf dem Boden, offenbar gestürzt. Direkt vor ihm steht eine Gruppe Reiter. Und die sieht leider überhaupt nicht so aus, als wäre sie gekommen, um Siegfried zu helfen. Genau genommen, sieht sie sogar so aus, als wäre sie gekommen, um Siegfried gefangen zu nehmen. Und uns gleich mit. Vor uns stehen nämlich: Robin Hood und seine Männer!

»Ihr Diebe! Betrüger! Verbrecher!«, schreit er uns an.

»Meine vier besten Pferde – dreist gestohlen! Mein Vertrauen – schändlich missbraucht!«
»Äh, Sir, wir können das erklären«, stammelt Hilda, »wir wollten uns die Pferde nur leihen, ehrlich!«
»Leihen?« Robin lacht bitter auf. »Und offenbar haltet Ihr mich auch noch für einen Dummkopf, dass Ihr mir nun noch Ammenmärchen erzählen wollt! Schämt Euch!«
Er springt von seinem Pferd und läuft auf Faye zu.
»Steig ab, elendes Weib!«
Als sie seinem Befehl nicht sofort folgt, packt er sie am Arm und versucht, sie hinunterzuzerren. Siegfried rappelt sich vom Boden auf und will Faye helfen, es kommt zu einem Gerangel zwischen den dreien. Da fällt plötzlich etwas aus Fayes Ärmel auf den Boden, trifft dabei auf einen Stein, und ein heller Klang ertönt. Ein goldener Lichtstrahl blitzt auf. Direkt vor uns liegt: der Krönungslöffel! Wie kommt der denn hierher?
Siegfried bückt sich langsam, hebt den Löffel auf und betrachtet ihn verwundert.
»Komisch. Den habe ich doch sehr, SEHR tief unter der Eiche vergraben. Wieso fällt der aus deinem Ärmel, Faye?«
Eine gute, eine sehr berechtigte Frage!
»Wolltest du den etwa mitnehmen?«, fährt Hilda Faye an. »Spinnst du total? Hast du nicht gehört, was Urd gesagt hat?«
Aber anstatt zu antworten, breitet Faye ihre Arme aus. Ein gleißendes Licht umgibt sie auf einmal, es sieht fast

so aus, als würde eine riesige Lichtkugel um sie herum erstrahlen. Faye sitzt auch nicht mehr auf ihrem Pferd, nein – irgendwie schwebt sie nun über ihrem Sattel. Und je heller es um Faye herum strahlt, desto dunkler scheint der Himmel über uns zu werden. Ein starker Wind kommt auf, und es wird plötzlich sehr kalt.

»Was ... was ... ist denn hier los?«, stammle ich.

»Schweigt, Unwürdige!«, herrscht uns Faye an. Ihre Stimme ist völlig verändert. Nicht mehr warm und sanft, sondern sehr schrill und hallig, fast wie durch ein Megafon gebrüllt. Robin Hood sieht mindestens so geschockt aus wie wir, hält sich allerdings nicht an Fayes Befehl, zu schweigen.

»Wer bist du?«, will er stattdessen von ihr wissen. »Ein armes Mädchen vom Land doch wohl kaum.«

Faye starrt ihn an, dann bricht sie in ein geradezu irres Gelächter aus. Der Knoten, zu dem ihre Haare zusammengefasst waren, löst sich, und ihre lange Mähne weht wild um ihr Gesicht herum. Ihre Augen sind nicht mehr himmelblau, sondern nachtschwarz, und ihre Gesichtszüge haben jede jugendliche Schönheit verloren. Stattdessen sind sie nun sehr scharfkantig, so als hätte sie ein Steinmetz aus Marmor gehauen. Mit anderen Worten: Sie sieht furchterregend aus!

»Kennst du mich nicht, Robin von Locksley?«

Ihre Stimme dröhnt so laut, dass ich Kopfschmerzen bekomme. Robin schüttelt den Kopf, Faye lacht wieder ihr irres Lachen.

»Ich bin Morgaine. Die Fee Morgaine.«

Faye Morgan ist in Wirklichkeit die Fee Morgaine? Robin bleibt der Mund offen stehen, und ich überlege, wo ich diesen Namen schon mal gehört habe. Im Geschichtsunterricht? Im Fernsehen? In irgendeinem schlechten Film? Während ich noch grüble, hat Robin Hood offenbar seine Muttersprache wiedergefunden.

»Ihr seid Morgaine? Die Schwester unseres edlen Königs Artus?«

Ha! Natürlich! König Artus und die Ritter der Tafelrunde! Der mit dem Schwert Excalibur und Merlin, dem Zauberer. Das ist eine von Dads Lieblingslegenden. Er hat bestimmt alle Bücher, die es darüber gibt, und die meisten Filme dazu haben wir zusammen gesehen. Stimmt, Artus hat eine Schwester, besser gesagt, eine Halbschwester. Und die war irgendwie böse und gemein UND eine Zauberin. Wenn ich mir Faye jetzt so anschaue, scheint das ja alles zu stimmen. Vor allem das mit böse und gemein.

Faye – oder besser Morgaine – schwebt von ihrem Pferd hinab und um Robin herum.

»Ja, du hast es erkannt. Artus war mein Bruder. Lange schon ist er tot. Und doch steht es mir zu, den nächsten König von England zu bestimmen.«

»Wieso?«, fragt Robin. »King John erfreut sich bester Gesundheit. Ich habe ihn gerade erst gesehen.«

»Das täuscht. Der König ist dem Tod geweiht, er wird schon nächste Woche sterben. Willst du, Robin von Locksley, der nächste König Englands werden?«

»Wer? Ich?«
»Du hörst richtig. Robin, König von England. Es steht in meiner Macht.«
»Wie das?«
»Nun, du bist beim Volk ein Held, und ich habe magische Kräfte. Es wäre ein Kinderspiel für mich, dich auf den Thron Englands zu bringen. Vorausgesetzt natürlich ...«
Sie macht eine kunstvolle Pause, Robin hängt mittlerweile an ihren Lippen.
»Vorausgesetzt, du hilfst mir, diese lästigen Kinder und den Knecht loszuwerden. Nur sie können meinen Plan noch durchkreuzen und deine Regentschaft verhindern. Eine Regentschaft, die dir gut stehen und England nur Glück bringen würde.«
Moment mal, das geht nun aber in die ganz falsche Richtung!
»Robin«, rufe ich, »hört nicht auf sie! Ich glaube nicht, dass die Euch wirklich zum König machen will. Sie will bestimmt nur das Nibelungengold, die Weltherrschaft und sonst nichts!«
Robin guckt verwirrt. Okay, den Hinweis auf das Nibelungengold hätte ich mir sparen können, mit dieser Insiderinformation kann er natürlich nichts anfangen. Er schaut zwischen uns hin und her.
»Siehe, dies könnte deine Zukunft sein«, erklärt Morgaine mit beschwörender Stimme und formt aus ihren Händen einen Halbkreis. In diesem erscheint eine Art Hologramm, und wie in einem Film sehen wir auf einmal Robin, eine

große Krone auf dem Kopf, auf einem Thron sitzen. Neben ihm eine wunderschöne Frau, Faye nicht unähnlich, vor ihm eine Menschenmenge, die ihm zujubelt.
»Weib, das ist ja Hexerei!«, ruft er aus. Morgaine lacht.
»Nein, es ist ein Blick in die Zukunft. Und deswegen musst du mir jetzt helfen. Diese Kinder und der Knecht sind aus der Zukunft hierher gereist, um zu verhindern, dass ich dich kröne. Du musst mir helfen, mein Werk zu vollenden. Nimm sie gefangen und hilf mir, auf das Schiff der Zukunft zu gelangen.«
»Das Schiff der Zukunft?«, echot Robin und sieht dabei sehr verwirrt aus.
»Genau. Es liegt am Ufer der Wash. Mit den Kindern als Geisel kann ich die Hexe, die das Boot befiehlt, zwingen, uns in die Zukunft zu fahren. Dort wird der Löffel, den du mir geschenkt hast, sehr dringend gebraucht. Im Gegenzug belege ich dich mit dem Königszauber, sodass du der nächste König von England wirst.«
»Das ist doch totaler Quatsch!«, halte ich dagegen. »Das könnt Ihr unmöglich glauben.«
Robin überlegt kurz.
»Männer, fesselt die Kinder und den Knecht«, befiehlt er dann. Gut, er kann es wohl doch glauben.

Kurz darauf liegen wir verschnürt und geknebelt wie Rollbraten über den Rücken unserer Pferde. Siegfried hat sich noch sehr heldenhaft gewehrt und dem ein oder anderen ein Veilchen verpasst, aber am Ende nützt es nichts. Robin und seine Männer sind einfach zu viele. So schleppen sie uns in Richtung Wash-Monster, und wir können nicht das Geringste dagegen tun. Es ist zum Heulen!

»Hilda«, flüstere ich meiner Co-Agentin zu, deren Pferd direkt neben meinem hertrottet, »das ist hier die absolute Katastrophe! Wenn Faye mit dem Löffel zurück in die Gegenwart will, kann das nur eines bedeuten: Sie steckt mit Alberich unter einer Decke!«

»Ich fürchte, du hast recht«, flüstert sie zurück.

»Aber wenn das so ist und Faye Alberichs Komplizin ist, dann sind wir nicht nur auf sie reingefallen, sondern haben ihr sogar den Weg zum Löffel gezeigt und damit die ganze Welt dem Untergang näher gebracht. Was ich damit sagen will: Wenn du noch ein bisschen göttliche Kraft in dir hast, wäre jetzt ein verdammt guter Zeitpunkt, die mal auszupacken!«

»Henry, ich würde es ja tun, wenn ich könnte«, Hildas Stimme klingt fast wie ein Schluchzen, aber das kann natürlich auch daran liegen, dass sie kopfüber über einem Pferderücken hängt, »aber ich kann nicht. Ich bin zwar ein göttliches, unsterbliches Wesen, und ich finde auch jederzeit den Weg nach Walhall – aber Zauberkräfte habe ich nicht.«

Ein Licht blitzt auf, Morgaine steht zwischen uns und lacht wieder ihr irres Lachen. Die nervt aber wirklich gewaltig!

»Hörst du, Zauberkräfte hat sie nicht, die kleine Brunhild! Oh, ich amüsiere mich gerade köstlich! Da hat Wotans

Tochter, das schlaue Kind, tatsächlich nicht gemerkt, dass sie von einer alten Fee hereingelegt wurde, ist es denn zu glauben?«

Morgaine schüttet sich aus vor Lachen, und ich komme mir vor wie der letzte Depp. Schätze mal, Hilda geht es gerade nicht viel anders.

»Aber ihr hattet eigentlich von vornherein keine Chance«, fährt Morgaine fort. »Immerhin bin ich wohl mit Abstand die Raffinierteste von uns dreien hier. Von uns vieren sowieso, denn Siegfried ist nun wirklich ein Volltrottel. Dass ich ihn rumkriegen würde, war klar. Bei euch beiden war ich mir nicht ganz so sicher. Aber Alberich hatte die ganze Zeit Vertrauen in meine Fähigkeiten. Klar, sonst hätte er mich auch gar nicht erst als Agentin angeworben.«

Alberich! Ich wusste es! Wenn mein Kopf nicht sowieso schon hängen würde, nun würde er es!

»Alberich wird die Welt in den Abgrund reißen – wieso hilfst du ihm dabei?«, will ich von ihr wissen.

»In den Abgrund? Pah! Er wird sie ein klein wenig gerechter machen! Wenn er erst das Sagen hat, werden Wesen wie ich endlich die Macht bekommen, die ihnen zusteht. Alberich hat mir versprochen, dass ich Königin von England werde – danach sehne ich mich jetzt seit mehr als tausend Jahren! Mein Bruder Artur war so ein Idiot! Die Krone hätte mir zugestanden, ich hätte England groß gemacht! Stattdessen durfte dieser Hohlkopf mit seinen unterbelichteten Rittern regieren ... Und was für ein Theater die veranstaltet haben! Ehre! Würde! Der Heilige Gral!

So ein Quatsch! Na ja, damit ist ja nun bald Schluss. Als mir Alberich von dem Krönungslöffel erzählt hat, wusste ich, was zu tun ist. Als wir euch erst mal nach London gelockt hatten, war der Rest nur noch ein Kinderspiel.« Sie kichert böse. »Allein der Zwergenaufstand im Tower – eine wirklich gigantische Show! Oder die falsche Überraschung, dass der ausgestellte Löffel nicht der aus dem 12. Jahrhundert ist. Wusste ich natürlich längst. Ihr seid uns komplett auf den Leim gegangen, herrlich!«
Ich schnappe nach Luft.
»Das war nur Show? Warum? Warum habt ihr uns nach London gelockt?«
»Weil ich euch brauchte. Ich kann wirklich vieles, zum Beispiel meine Gestalt verändern und noch ein paar andere tolle Sachen. Aber eins kann ich nicht: in die Vergangenheit reisen. Alberich hatte die Geschichte des Nibelungengoldes bis zum Krönungslöffel genau recherchiert. Bis zu jenem Tag, als John den Löffel Robin gab. Ab da war er verschollen. Ich musste also unbedingt zurück zu jenem Tag, um mir den Löffel dort zu holen. Und dafür brauchte ich Urd. Sie ist das einzige Wesen auf der Welt, das dazu in der Lage ist. Hat ja auch hervorragend geklappt. Und genauso hervorragend wird auch die Rückreise klappen, wenn Urd erst einmal sieht, dass wir ihre Schützlinge sonst ziemlich schnell ins Jenseits befördern werden.«
»Ich bin unsterblich. Das kannst du vergessen!«, krächzt Hilda.
»Selbst daran habe ich gedacht, meine Liebe! Du bleibst

natürlich hier im Mittelalter. Da störst du mich nicht. Und bis die nächsten achthundert Jahre vergangen sind und du wieder in der Gegenwart angekommen bist, haben Alberich und ich die Sache längst geregelt.«

Leider haben Alberich und Morgaine anscheinend wirklich einen bombensicheren Plan. Mir wird flau im Magen, und das liegt nicht nur an meiner unbequemen Lage.

»Männer«, ruft Robin, »da vorn kann ich etwas sehr Ungewöhnliches sehen! Eine Art Schiff mit Rädern.«

»Richtig! Das ist das Wash-Monster!«, jubelt Morgaine begeistert.

»Gut, dann bringt unsere Gefangenen dort hin!«, befiehlt Robin.

»Und sucht nach einer alten Frau!« Ebenfalls Befehlston bei Morgaine. Sie ist wirklich zu allem entschlossen.

In diesem Moment wird mir eines ganz klar: Ich bin auch zu allem entschlossen. Entschlossen, uns zu retten! Zumindest werde ich genau das jetzt versuchen!

# 29. Kapitel

## Das große Finale – Hoffentlich vermassle ich's nicht!

Robin packt mich, zerrt mich vom Pferd und wirft mich über seine Schulter. Jetzt oder nie!
»Robin Hood«, flüstere ich in sein Ohr, »glaubt Ihr wirklich, dass ich aus der Zukunft komme?«
»Schweig, du Bengel!«, brummt Robin unwirsch. Das allerdings ist mir schnuppe, schließlich muss ich gerade die Welt retten.
»Also, die fiese Morgaine hat recht. Jedenfalls in dem Punkt. Ich komme wirklich aus der Zukunft. Und deswegen kann ich Euch sagen, dass Ihr selbst in achthundert Jahren noch wichtig für Kinder auf der ganzen Welt sein werdet! Wer kennt schon die Namen aller englischen Könige? Euren Namen hingegen sprechen die Kinder in Zukunft mit Ehrfurcht aus!«
»Still!« Er schüttelt mich kurz, aber ich rede weiter.
»Und wisst Ihr auch, warum? Weil Ihr in den Legenden nämlich der Retter der Armen und der Beschützer von Witwen und Waisen seid! Euer Name steht für Edelmut, Tapferkeit und Selbstlosigkeit. Ihr seid ein echter Held,

Robin Hood! Jedenfalls glauben das alle Kinder. Und ich habe es auch geglaubt.«

Robin Hood bleibt stehen und atmet tief durch.

»Ich meine, dass müsst Ihr Euch mal reinziehen, Sir!«

*»Reinziehen?«*

»Äh, ich meine, das müsst Ihr Euch mal vorstellen: Ich komme nicht nur aus der Zukunft, ich komme auch noch vom anderen Ende der Welt, aus Amerika!«

*»Amerika?«*

»Genau, aus Amerika! Das ist momentan noch gar nicht entdeckt und liegt so schlappe fünftausend Meilen von Sherwood entfernt, aber selbst bis dahin hat sich Euer Ruhm herumgesprochen.«

»Ach?«

»Ja, ach! Und nun stellt sich heraus – stimmt alles gar nicht! Robin Hood ist in Wirklichkeit ein mieser Typ, der sofort mit einer Hexe gemeinsame Sache macht, nur um unverdient König von England zu werden. Einer Hexe übrigens, die selbst gerne Königin sein möchte – ich wäre mir also nicht so sicher, dass sie ihre Versprechen hält! Ich glaube, sie wird Euch genauso über's Ohr hauen, wie sie es mit uns gemacht hat. Und dann steht Ihr am Ende da und seid WEDER König noch ein HELD. Sondern einfach nur ein Gauner, und ein dämlicher noch dazu.«

Ein Grummeln. Ich verstehe nicht genau, was Robin gesagt hat, aber ich glaube, er denkt nach. Ich rede also weiter.

»Wollt Ihr wirklich der Komplize von Morgaine sein? Ein

rücksichtsloser Verbrecher, dem es völlig egal ist, dass in der Zukunft die Welt untergeht und die Kinder gleich mit? Das ist doch wohl ziemlich das Gegenteil von *edel, hilfreich* und *gut*!«

Robin wuchtet mich von seiner Schulter, stellt mich vor sich ab und guckt mir genau in die Augen.

»Das stimmt doch überhaupt nicht! Wie könnte mir egal sein, wenn die Welt in den Abgrund taumelt, Bursche? Mein Leben hier im Wald ist nicht so einfach, wie du dir das vorstellst. Ab und zu muss ich fintenreich sein, um unser aller Überleben hier zu sichern. Das hat nichts mit Rücksichtslosigkeit zu tun, sondern mit Klugheit!«

Okay, scheint wirklich, als würden meine Vorwürfe ankommen, und man könnte ihn bei der Ehre packen! Ich setze also noch einen drauf.

»Es ist Euch nicht egal? Und klug seid Ihr auch? Dann aber sage ich: Robin Hood, bitte helft uns! Seid der Held, für den Euch alle halten! Lasst die Gerechtigkeit siegen, tut das Richtige! Ihr werdet dann nicht König von England, aber mit Sicherheit der König der Herzen bei den Kindern dieser Welt!«

Robin zögert einen Moment, und ich fürchte schon, dass er sich über mein flammendes Plädoyer gleich ausschütten wird vor Lachen. Aber stattdessen tritt ein fast weicher Ausdruck auf sein Gesicht, dann greift er an meine Hüfte und löst mit einem geschickten Griff meine Fesseln.

»Ich danke dir für deinen Rat, mein junger Freund aus der

Zukunft! Dein Rat ist zwar ungebeten, trotzdem magst du recht haben. Es ist vielleicht an der Zeit, wirklich der Held zu werden, für den mich alle halten. Nimm den Löffel und bringe ihn dorthin, wo er gebraucht wird – ich versuche, euch einen Vorsprung vor der Hexe Morgaine zu verschaffen.« Er zwinkert mir zu. »Aber wehe, du redest dann nicht mehr gut über mich. In achthundert Jahren!«
Er zieht den Löffel aus seinem Hemd und drückt ihn mir in die Hand, dann weist er seine Männer mit einem Kopfnicken an, auch Hilda und Siegfried wieder loszubinden.
Aus den Augenwinkeln sehe ich, dass Morgaine zu uns hinüberläuft.
»Robin, beeilt euch!«, ruft sie ihm zu, »wir haben wirklich nicht mehr viel Zeit!«
Als sie bei uns angekommen ist, nimmt Robin das Seil, mit dem ich eben noch gefesselt war, packt blitzschnell Morgaine und schlingt das Seil um ihre Hände, dann um ihren ganzen Körper, sodass sie sich nicht mehr rühren kann.
»Los! Schnell! Rennt um euer Leben!«, brüllt er uns zu – und, ohne zu zögern, sprinten Hilda, Siegfried und ich zum Wash-Monster, das ungefähr zweihundert Meter von uns entfernt steht. Ich kann sogar schon Frau Urdmann sehen, die an der Bordwand lehnt und zu uns herüberschaut. Gleich haben wir es geschafft!
In diesem Moment setzt hinter uns ein ohrenbetäubender Lärm ein. Erschrocken halte ich kurz inne und schaue

mich um: Faye Morgan hat die gefesselten Hände geballt und singt. Wobei *singen* die Sache nicht ganz trifft, denn sie klingt wie eine Sirene, ganz hoch und schrill, ich halte mir die schmerzenden Ohren zu. Gleichzeitig braut sich nun in Sekundenschnelle ein Sturm zusammen, der nur so durch die Bäume peitscht und die Blätter regelrecht herunterreißt. Die Bäume biegen sich unter der Wucht des Windes, der tost und heult und so stark ist, dass er sogar kleine Steine vom Boden aufwirbelt. Der Himmel verdunkelt sich, mit einem Mal ist es rabenschwarze Nacht, und der Mond beginnt aufzugehen – und zwar deutlich schneller als gewöhnlich!

»Wir müssen unbedingt zurück auf das Schiff!«, ruft Siegfried. »Wenn der Mond vollständig aufgegangen ist, haben wir unser Zeitfenster verpasst. Das darf unter keinen Umständen geschehen! Lauft, so schnell ihr könnt!«

Leichter gesagt als getan. Denn der Gegenwind ist so stark, dass wir kaum noch vorankommen. Wir kämpfen uns trotzdem weiter Richtung Wash-Monster, jetzt sind es vielleicht noch fünfzig Meter, die uns von unserem Ziel trennen. In diesem Moment stürzen auf einmal von allen Seiten Vögel auf uns herab und greifen uns an. Schützend hebe ich die Hände über den Kopf und kassiere sofort jede Menge Schnabelhiebe. Hilda und Siegfried geht es nicht anders, ich höre Siegfried fluchen und nach den Vögeln schlagen, aber auch er kann die Tiere nicht abwehren. Verdammt! So schaffen wir es unmöglich, rechtzeitig an Bord zu kommen!

Morgaines Gesang wird noch einmal lauter, es kommen immer mehr Vögel hinzu. Sie sind überall – Spatzen, Tauben, Möwen, Bussarde, sie kreischen und pfeifen und lassen nicht mehr von uns ab.
»Hilda!« Siegfrieds Stimme klingt verzweifelt. »Nun sei nicht so verdammt stur! Hol endlich Hilfe, oder willst du, dass die ganze Chose hier den Bach runtergeht?«
Ich habe zwar keinen blassen Schimmer, was er damit meint, aber gegen ein bisschen Unterstützung hätte ich tatsächlich auch nichts einzuwenden. Hilda weiß anscheinend, was Siegfried ihr damit sagen will. Sie dreht sich zum Himmel und ruft so laut, dass es selbst Morgaines Gesang und das Kreischen der Vögel übertönt:
»Hugin! Munin! Den Ruf erteilt, der Ruf ereilt, auf schwarzen Schwingen Rettung naht sogleich!«
Rettung klingt schon mal gut – den Rest kapiere ich nicht.
In diesem Moment tauchen zwei riesige Raben im angreifenden Vogelschwarm auf – und etwas Unglaubliches geschieht: Die anderen Vögel lassen von uns ab und versammeln sich hinter den beiden großen Raben, um schließlich mit ihnen am Himmel zu verschwinden, wo der Mond schon fast seinen höchsten Punkt erreicht hat. Puh, das war knapp! Wie auch immer Hilda das angestellt hat, es war genau richtig und Rettung in letzter Minute!
Wir schleppen uns mit letzter Kraft zum Wash-Monster. Frau Urdmann hat bereits die Gangway ausgeklappt und empfängt uns mit einem ungnädigen »Na endlich!«. Wir

sind kaum an Bord, da schmeißt sie den Motor an und steuert das Schiff genau in die Wash hinein. Als der Mond direkt über uns steht, taucht wieder dichter Nebel auf, in den wir direkt hineinfahren. Aber anders als beim letzten Mal finde ich das nun nicht mehr unheimlich, sondern bin überglücklich, die Nebelbank zu sehen! Frau Urdmann hockt wieder auf dem Vordeck und murmelt Unverständliches vor sich hin.
Ich lehne mich völlig erschöpft an die Bordwand des Monsters, froh, dass ich das überlebt habe. Hilda setzt sich neben mich, auch sie sieht ganz schön mitgenommen aus. Eine Weile schweigen wir beide, dann ziehe ich den Löffel aus meinem Hemd und betrachte ihn nachdenklich.
»Auweia, ich hoffe, ich habe jetzt keine große Katastrophe ausgelöst. Schließlich sollten wir doch nichts aus der Vergangenheit mitbringen.«
Hilda guckt mich an – und dann nimmt sie mich tatsächlich in den Arm!
»Nein, das war genau richtig von dir. Hätten wir den Löffel dagelassen, hätte ihn sich Morgaine geholt. Und wie du Robin Hood bei der Ehre gepackt hast – Weltklasse!« Sie grinst. »Manchmal habt ihr Menschen Mittel und Wege, bei denen selbst die Götter passen müssen. Was Gefühle angeht, habt ihr die Nase eindeutig vorn.«
»Oh, wo wir gerade dabei sind: Was meinte Siegfried eigentlich mit seiner Bemerkung, dass du nicht so stur sein sollst? Und was war dann die Nummer mit den Ra-

ben? Ich denke, du hast keine Zauberkräfte? Hast du jedenfalls vorher behauptet.«

Hilda zuckt mit den Schultern, sagt aber nichts.

»Hey, Hilda, nun rück schon raus mit der Sprache!«

»Okay, es ist so: Ich hatte vor vielen, vielen Jahren mal einen ziemlichen Streit mit meinem Vater. Ging um eine Geschichte, wo er jemanden sehr ungerecht behandelt hat. Fand ich nicht fair und habe mich eingemischt. Ich kann das Schicksal der Menschen ja auch ein bisschen beeinflussen. Das hat ihn so aufgeregt, dass er mich daraufhin selbst zum Menschen machen wollte. War mir aber total egal. Hat ihn dann noch mehr aufgeregt, und er hat es letztendlich gelassen. Aber ich habe ihm damals geschworen, dass er mit mir machen kann, was er will – ich würde sowieso nicht in seine Trickkiste greifen. Weil ich es nämlich nicht richtig finde. Also, entweder ich löse ein Problem auf natürliche Art und Weise – oder ich löse es eben gar nicht. Basta.«

»Und das findet Siegfried stur?«

Hilda nickt.

»Klar. Er ist schließlich ein Held, kein Gott. Und ich glaube, er hätte gern ein bisschen Magie zur Verfügung.«

»Hm, aber eben hast du das Problem nicht auf natürliche Weise gelöst, richtig?«

Sie hebt die Hände.

»Ging ja nicht anders. Du weißt doch: Hugin und Munin sind Wotans Raben. Also göttliche Tiere. Als Walküre kann ich sie sofort an jeden Ort dieser Welt beordern.

Kein anderer Vogel würde sich je gegen sie stellen. Also habe ich sie eben um einen kleinen Gefallen gebeten. Aber«, sie legt den Zeigefinger auf die Lippen, »erzähl es nicht weiter.«

Ich schüttle den Kopf.

»Nein, mach ich nicht. Ehrenwort.«

# 30. Kapitel

## Willkommen zu Hause – und zur Pizza-Party!

Als sich der Nebel wieder verzieht, sehen wir die Küste von Hunstanton. Und zwar genau so, wie sie vor drei Tagen aussah – mit einigen größeren Hotels, einem Vergnügungspark mit Karussells und einem großen Parkplatz. Scheint also alles beim Alten zu sein – zum Glück! Dass ich den Löffel mitgenommen habe, hat offenbar nichts in der Gegenwart verändert.

Stopp! Wirklich nichts? In diesem Moment erwachen Bob und Dave wieder aus ihrer tiefen Ohnmacht – und ich stelle fest, dass aus den zwei alten Matrosen nun ein Pärchen geworden ist. Im Ernst? Ja, im Ernst! Ein Pärchen. Ein Mann und eine Frau. Ach, du heiliger Schreck!

»Hilda«, flüstere ich meiner Co-Agentin zu, »guck mal, was ich mit dem Löffel angerichtet habe! Hoffentlich dreht mir Frau Urdmann jetzt nicht den Hals um.«

Hilda kichert.

»Wieso, passt doch! Die beiden waren doch schon zu Beginn unserer Reise wie ein altes Ehepaar. Jetzt sind sie es eben tatsächlich. Wenn Urd meckert, sag einfach, du hast aus den beiden gemacht, was sie sowieso schon waren.«

Aber Frau Urdmann quittiert die Verwandlung nur mit einem Kopfschütteln, offenbar hat sie nicht vor, mir dafür die Ohren lang zu ziehen, oder sie will sich das für später aufheben.

»Puh, Berta, ist dir auch so schummerig?«, ruft Dave jetzt seiner Frau zu und wankt dann in Richtung Brücke. Berta nickt ihm zu.

»Ja, komisch. Dabei ist gar kein starker Seegang.« Dann, mit Blick auf uns: »Tja, nun sind wir auch schon wieder auf dem Rückweg. Ich hoffe, es hat euch gefallen.«

»Ja, es war einfach großartig. Und total spannend.« Hilda grinst. »Ich würde sagen: Wir hatten viel Spaß!«

»Sehr viel Spaß!«, bestätigt Siegfried. Berta nickt zufrieden und geht zu ihrem Mann auf die Brücke. Ich schaue ihr nach und seufze tief. Siegfried lacht und klopft mir auf die Schulter.

»Keine Sorge, Henry. Es war richtig von dir, den Löffel einzustecken. Der wandert jetzt in Wotans Safe, dort ist er sicher. Ein Agent muss eben tun, was ein Agent tun muss. Der Weltuntergang wäre schließlich keine Alternative gewesen.«

Da hat er recht. Und zum ersten Mal, seitdem wir uns kennen, ist mir Siegfried richtig sympathisch.

»Sie sind also Hildas Vater? Angenehm! Alexander Smart mein Name! Ich arbeite diesen Sommer als Maskenbild-

ner bei den Festspielen. Vielen Dank für die nette Einladung!«
Dad streckt Wotan die Hand hin, dieser erwidert mit einem Händedruck und einem freundlichen Nicken, dann nehmen beide Platz. Zur Feier des Tages hat Wotan nach unserer Rückkehr zu einer Pizza-Party in *Papas Pizza* eingeladen. Angeblich als Dank für meine Übersetzungskünste bei der Familienangelegenheit in London. Die drei Nornen sind mit von der Partie, Frau Skuldmöller sitzt sogar in einem besonders hübschen Kleid neben Dad. Ob sie sich extra nur für ihn so aufgebrezelt hat? Auch Siegfried und Hilda sitzen mit am Tisch. Nur der arme Farbauti wurde in die Küche verbannt, vermutlich hält Wotan ihn für zu gewöhnungsbedürftig, um meinem Vater ein kleines Familienessen vorzuspielen.
»Ja, ich bin Hildas Vater. Allerdings bin ich hier im Restaurant geschäftlich sehr eingespannt, weshalb mein liebes Töchterlein bei ihren Tanten wohnt. In einem Restaurant hat man leider keine besonders familienfreundlichen Arbeitszeiten.«
»Tja, Familie und Beruf. Ein schwieriges Thema«, seufzt Dad verständnisvoll. »Ich bin sehr froh, dass sich Henry so sehr für meinen Beruf interessiert und Lust hatte, mich nach Bayreuth zu begleiten.«
Hä? Also DARAN erinnere ich mich ganz anders!
»Ja, da haben Sie wirklich einen sehr netten, hilfsbereiten Sohn«, lobt mich Wotan. »Ich glaube, die Kinder verstehen sich mittlerweile auch sehr gut, oder, Hilda?«

»Auf alle Fälle, Papa!«, bestätigt Hilda.
»Vielleicht hätte Ihr Sohn Lust, ab und zu in der Pizzeria auszuhelfen?«
Dad zuckt mit den Schultern.
»Was meinst du, Henry? Wäre das etwas für dich?«
Bevor ich noch antworten kann, fliegt die Küchentür auf, und Farbauti stürzt an unseren Tisch. Dad starrt ihn mit großen Augen an.
»Chef, Alarmstufe Rot! Du musst sofort kommen!«
Wotan springt von seinem Stuhl auf.
»Herr Smart, Sie entschuldigen mich kurz! Wahrscheinlich ein Problem mit unserem Pizzaofen.«
Er verschwindet in Richtung Küche. Ein Problem mit dem Pizzaofen? Wer soll ihm das denn glauben? Wahrscheinlich gibt es neue Berichte von Alberich und Co! Und noch wahrscheinlicher droht schon wieder der nächste Einsatz! Auweia, mittlerweile würde ich mich über langweilige Ferien fast freuen!

Wir bekommen Wotan den ganzen Abend nicht mehr zu Gesicht. Seine Pizzaofen-Geschichte ist so was von offensichtlich eine Ausrede. Aber mein Vater scheint das nicht zu bemerken, so angeregt unterhält er sich insbesondere mit Frau Verdan-Dimitrowski. Er greift sogar immer wieder nach ihrer Hand – das habe ich so bei Dad noch nie gesehen! Sie lachen viel und stecken immer wieder die Köpfe zusammen. Als wir wieder nach Hause spazieren, ist Dad blendend gelaunt.

»Siehst du, Junior, ich hab dir doch gesagt, dass wir hier ruckzuck nette Leute kennenlernen. Und vielleicht ist die Idee, dass du ab und zu mal in der Pizzeria aushilfst, gar keine schlechte!«

»Ich weiß nicht, Dad. Bin ich dafür nicht noch viel zu jung?«

Dad lacht.

»Ach was. Ich habe eher das Gefühl, sie können deine Hilfe da richtig gut brauchen. Sonst hätte Hildas Vater doch nicht gefragt. Stell dir das doch mal vor: Du und diese Hilda im Dienste von *Papas Pizza* – wäre das nicht eine lustige Sache? Gemeinsam könntet ihr da bestimmt so einiges bewegen.«

Ich atme tief durch.

»Ja, Dad. Super Idee. Hilda und ich als Kollegen. Das wäre bestimmt nett.«

»Junior, den ersten Job soll man nicht unterschätzen. Ich sag dir was: Wenn man eine verantwortungsvolle Aufgabe übernimmt, ist es fast egal, was man macht. Es ist immer ein bisschen so, als würde man gerade die Welt retten!«

Wenn Dad wüsste, wie recht er damit hat …

# Henry Smart 2

## Einmal Agent – immer Agent

Endlich wieder zu Hause! Keine Helden und keine Zwerge, stattdessen Matheunterricht bei Mr. Thomas – herrlich! Doch aus der Langweile wird nichts, denn ehe Henry sichs versieht, wird er von Wotan schon zum nächsten Abenteuer abkommandiert. Ausreden gibt's nicht: Einmal Agent, immer Agent – die Schule kann warten. Und so jettet Henry mit Hilda und Siegfried um die halbe Welt nach Paris – dort hat ein gewisser D'Artagnan verdächtige Zwergenaktivitäten gemeldet. D'Artagnan? Da klingelt es bei Henry irgendwie. Ist das nicht einer der berühmten Musketiere? Was hat der denn mit Alberich und dem Nibelungengold zu tun? Und überhaupt – müsste der nicht schon ungefähr vierhundert Jahre alt sein? Henry ahnt, dass er die nächste Mathearbeit gepflegt vergessen kann. Stattdessen geht es in die Katakomben tief unter der Stadt, wo zwischen alten Grabsteinen und dunklen Stollen der Schlüssel liegt, um die Welt zu retten … oder zu vernichten.

# ES IST GESCHAFFT! DEN GÖTTERN SEI DANK!

## ABER NICHT NUR. EIN PAAR STERBLICHE SEIEN AN DIESER STELLE AUCH NOCH ERWÄHNT ...

... zum Beispiel meine Agentinnen Bettina Keil und Sarah Haag. Weil sie nämlich Henry von der ersten Idee bis zum fertigen Manuskript begleitet und immer an ihn geglaubt haben. Auch wenn ich ihn zwischendurch mal nach Hel verflucht habe ...

... und außerdem Doris Janhsen, Carina Mathern und Lilly Raible, wobei Erstere den jungen Mann sofort entdeckt hat, als sie zum ersten Mal von der Geschichte hörte, und Carina und Lilly gewissermaßen seine Hebammen auf Verlagsseite waren. Carina durch ihre schlauen Gedanken und die inspirierenden Gespräche mit ihr, Lilly durch ein Weltklasse-Lektorat – schlaue Gedanken natürlich auch!

... wie überhaupt das gesamte Oetinger-Team Henry sofort eine tolle Heimat gegeben hat, ein Walhall sozusagen ...

... außerdem meine Freundin Flora, die mich nach Bayreuth mitgenommen und mir eine Karte für die Festspiele organisiert hat. Und die einen Tisch für die Pause im Steigenberger reserviert hat! Und mich als alte Wagnerianerin mit allen wichtigen Infos über das Drumherum versorgt hat ...

... und meine Freundin Alex, bei der ich während meiner Rechercheresie in London gewohnt habe und die sich sehr interessiert die gesamte Handlung inklusive aller germanischen Gottheiten angehört hat ...

... und natürlich mein Mann Bernd, der sich tatsächlich hat breitschlagen lassen, unseren 20. Hochzeitstag an der ostenglischen Küste zu verbringen, durch King's Lynn zu traben und als Gipfel der Romantik mit dem Wash-Monster in See zu stechen!

# Freunde, Wünsche und Geheimnisse

Angie Westhoff
**Das Buch der seltsamen Wünsche**
256 Seiten | ab 10 Jahren
ISBN 978-3-8415-0194-3

Alles beginnt damit, dass der 12-jährige Flint in den Sommerferien zu seiner Tante fährt. Dort lernt er die verrückte Charlotte, ihren Cousin Ben und die hübsche Jette kennen. Und Hausmeister Schripp, der die vier bittet, einen alten Schulfreund von ihm aufzuspüren. Als sie den Freund finden, übergibt dieser ihnen ein Geschenk: das Buch der seltsamen Wünsche. Kaum haben die Freunde die erste Seite aufgeschlagen, beginnt das Abenteuer …

Weitere Informationen unter:
**www.oetinger-taschenbuch.de**

# Der Meisterdieb von Venedig

Cornelia Funke
**Herr der Diebe**
400 Seiten | ab 10 Jahren
ISBN 978-3-8415-0294-0

Der Herr der Diebe, das ist der geheimnisvolle Anführer einer Kinderbande in Venedig, die er mit dem Verkauf der Beute aus seinen Raubzügen über Wasser hält. Keiner kennt seinen Namen. Auch nicht Prosper und Bo, zwei Ausreißer, die auf der Flucht vor Detektiv Victor Unterschlupf bei der Bande gefunden haben. Als die Kinder einen rätselhaften Auftrag bekommen, geraten sie alle in große Gefahr ...

Auch als eBook

Weitere Informationen unter:
**www.oetinger-taschenbuch.de**

# Es gibt 1000 Gründe für Darkmouth ...

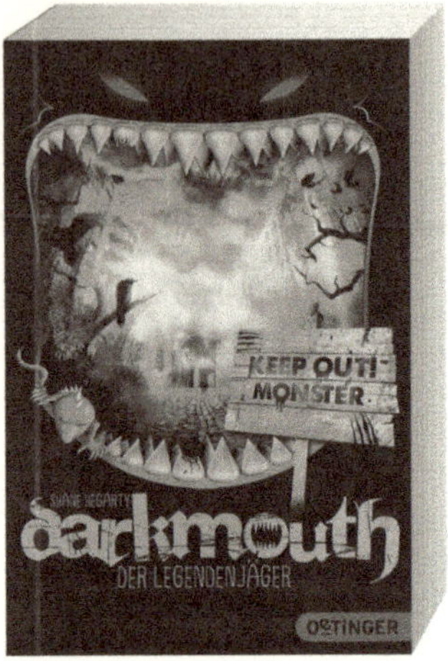


Shane Hegarty
**Darkmouth.**
**Der Legendenjäger (Bd. 1)**
368 Seiten | ab 10 Jahren
ISBN 978-3-8415-0460-9

... aber eine Million, lieber nicht dorthin zu gehen. Das Leben des 12-jährigen Finn ist alles andere als langweilig. Denn er ist der Sohn des amtierenden „Legendenjägers" von Darkmouth. Dabei will Finn mit den Monstern eigentlich nichts zu tun haben! Doch als der finstere Riese Gantrua plant, geheime Portale zur „Verseuchten Seite" zu öffnen, hat Finn keine Wahl und muss sich dem großen Kampf stellen.

Auch als eBook

Weitere Informationen unter:
**www.oetinger-taschenbuch.de**